아카식 레코드

AKASHIC
Records

박성인 퓨전 판타지 소설

아카식 레코드 1

박성인 퓨전 판타지 장편 소설

초판 1쇄 찍은 날 § 2006년 7월 26일
초판 1쇄 펴낸 날 § 2006년 8월 5일

지은이 § 박성인
펴낸이 § 서경석

편집장 § 문혜영
편집책임 § 최하나
편집 § 문정홈

펴낸곳 § 도서출판 청어람
등록번호 § 제1081-1-89호
등록일자 § 1999. 5. 31
어람번호 § 제1-0732호

주소 § 경기도 부천시 원미구 심곡1동 350-1 남성B/D 3F (우) 420-011
전화 § 032-656-4452 팩스 § 032-656-4453
http://www.chungeoram.com
E-mail § eoram99@chollian.net

© 박성인, 2006

ISBN 89-251-0235-8 04810
ISBN 89-251-0234-X (세트)

아카식 레코드

AKASHIC Records 1

박성인 퓨전 판타지 소설

CONTENTS

"세상에는 말이야, 알아야 할 것과 알아서는 안 될 것. 그 두 가지가 있어."

"뭐?"

"너는 그중에서 알아선 안 될 것에 손을 댄 거야. 세상의 본질, 아카식 레코드에 손을 댄 것은 축하해. 하지만……."

"하지만……?"

"때문에 네게는 더 이상……."

머릿속이 아득해지는 느낌.

들어야 하는데 더는 들을 수 없는 목소리를 들으며 태는 그렇게 정신을 차렸다.

긴 꿈.
흐릿해 지워져 가는 꿈이 머릿속을 맴돌고 있었다.

AKASHIC
Records

Chapter 1
하루

지끈거리는 머리를 누르고 자리에서 일어섰다. 꿈자리가 사나웠는지 잠에서 깨어나자 머리가 바늘로 찌르듯 쿡쿡거렸다.

"빌어먹을 저혈압!"

휘청거리는 몸을 기댄 채 태는 가빠오는 숨을 참았다.

두근두근.

세차게 뛰어오르는 심장 소리가 온몸을 울린다.

"훅― 후욱― 후욱―"

한 템포 늘인 숨에 맹렬히 뛰어나가는 심장을 추스렸다. 그제야 머리가 조금은 가벼워진 느낌이다. 약도 듣지 않는 저혈압을 이렇게 조절하다니……

그러고 보면 오랜 시간 앓아오며 터득한 그만의 방법은 무척이나 굉장한 것일지도 모른다.

"그나저나… 여긴 어디야?"

태는 낯익은 방 안을 둘러보았다. 정겹지만 달갑지 않은 퀘퀘한 방. 지저분하게 널브러진 책가지들을 바라보며 휘휘 고개를 저었다.

도대체 무슨 일이 있었기에 이런 구질구질한 방에 몸을 누이고 있는 것일까?

정리되지 않는 머리를 흔들며 털썩 침대 위에 앉았다.

"이런 방에서 잠을 잤으니 꿈자리가 좋을 리 없지."

바스락.

주저앉은 엉덩이 위로 들리는 기분 나쁜 소리와 함께 회색빛 신문이 손에 걸렸다.

대한조선일보.

태는 사대일보 중 하나라는 타이틀을 달고 있는 우스꽝스런 신문을 바라보며 피식 웃음을 터뜨렸다. 그러고 보니 해묵은 기억이 난다. 몇 년 전까지만 해도 수습 기자로 이리저리 뛰어다닌 것 같은데 잘 기억이 나질 않는다.

잠에서 덜 깼기 때문일까?

손에 쥔 신문을 쳐다보며 침이 말라 빡빡한 입을 열었다.

"대한조선일보라……. 뭐, 확실히 스포츠 찌라시보다 낫기는 하지. 그럴싸한 말로 뻥치는 게."

흘깃 깔고 뭉갠 신문을 내려다보며 코웃음치던 태의 눈매가 한순간 꿈틀거렸다

"20XX년 X월 X일자? 뭐야, 이거? 십 년, 아니, 십오 년은 더 된 신문이잖아?"

그러고 보니 그렇다.

도서관에서나 찾아볼 수 있을 만큼 오래된 회색 종이와 구닥나리 신문 디자인.

태는 기묘하게 익숙한 신문을 집어 벌떡 자리에서 일어섰다. 낯익지만 왠지 달갑지 않은 방. 그곳은 케케묵은 옛날 보육원에서 나와 얻었던 구질구질한 첫 월세방, 바로 그곳이었다.

*　　　*　　　*

꿈을 꾸고 있는 것일까, 아니면 긴 꿈을 꾼 것일까?

머릿속이 복잡해졌다. 신문을 보고 텔레비전을 켜고 책장을 여는 순간 한 가지는 분명해졌다. 꿈을 꾼 것이든 꿈을 꾸고 있는 것이든 간에 지금은 분명 익히 알고 있는 기억 속의 일부였다.

"그렇게 오랜 시간 꿈을 꿀 수도 있나? 아니, 그게 아니면 꿈이 이렇게 기묘하고 또렷한 정신일 수도 있나?"

복잡해진 머리칼을 정신없이 헤집어놓았다.

뭘까?

도대체 둘 중 어떤 것이 사실이고 믿어야 할 현실일까?

태는 손에 쥔 신문을 거머쥔 채 말없이 자리에서 일어섰다.

꿈, 현실.

둘의 모호한 경계선을 허물 만한 것이 더는 생각나지 않았기 때문이다.

*   *   *

"후아—"

밖으로 나온 세상은 상쾌했다. 날씨, 바람, 습도, 그 무엇 하나 나쁠 게 없는 화창한 날씨다.

"꿈, 현실, 꿈, 현실……. 나는 지금 장자몽이라도 꾸고 있는 건가?"

푸른 하늘을 올려다보며 작게 중얼거렸다. 오늘이 내일 같고 내일이 오늘 같은 기분이다. 마치 이 모든 것이 뜬구름처럼 혼란스럽고 답답했다.

멍한 기분에 집을 나와 한참 거리를 걸었다. 점점 머리가 맑아지며 흐릿했던 기억들이 지워져 사라진다.

무엇을 고민하고 있었을까?

옛일이라고 생각했던 무언가가 깨끗하게 지워져 나갔다. 길게 꾼 꿈이라는 단편적인 생각만이 머릿속을 맴돌 뿐이다.

"아!"

그러자 중요한, 평생 잊혀지지 않을 것만 같던 간밤의 일이
생각났다.

돈 많은 남자에게로 떠나가 버린 그녀.

태는 그 전날 배신에 치를 떨며 깡소주를 비웠다. 잊으리
라. 깨끗하게 지워 잊어버리리라 다짐하고 또 다짐했다.

"그래, 그랬어. 분명히 어제 일이고, 나는 지금 오늘을 사
는 건데… 그런데 왜 나는 오늘 역시 어제와 같은 느낌이 드
는 거지?"

기묘한 기분이다. 오늘이 어제 같다니, 그게 말이나 되는
소리일까?

태는 기이한 기분에 머리를 털며 털썩 벤치 위에 주저앉았
다. 오늘이 어제 같건 내일이 오늘 같건 그것은 이제 중요치
않다. 차라리 아침의 꿈처럼 기억이 나지 않으면 좋으련만 머
릿속에 떠오른 사랑의 배신감이 생각을 좀먹는다.

"돈, Money. 그래, 그거 중요하지. 수야, 그래도 그게 아니
잖아? 돈, 그게 그렇게 중요한 건……."

푸념 섞인 말을 꺼내놓던 태의 입이 잠시 멈췄다. 하고 싶
은 말이 있는데, 꺼내고 싶은 말이 있는데 도저히 입이 떨어
지지 않았다.

차를 모르는 문외한이 보아도 한눈에 알 수 있는 고급 승용
차와 비싸 보이는 옷가지들이었다. 거기에 잘생기고 멋진 능
력있는 남자.

태는 그렇게 다른 남자의 품에 안겨 이별을 고하는 그녀를 멍하니 바라보았다. 낡아빠진 옷과 더위를 피하려 입에 문 쭈쭈바가 툭, 바닥으로 떨어져 내릴 때까지 태는 아무런 말도 하지 못했다. 그저 웃으며 사라지는 그녀의 뒷모습을 멍하니 바라보았을 뿐이다.

"돈, Money. 그래, 돈이 전부지. 그 빌어먹을 게임 스타크래프트도 그렇잖아? 미네랄, 돈. 그래, 그게 다야. 사랑? 추억? 씨발, 다 엿 먹으라고 해!"

분에 차 저도 모르게 버럭 소리를 내질렀다. 하고 싶은 말은, 마음에 담긴 말은 그것이 아니었는데 그 말은 현실과 분노에 눌려 차마 꺼낼 수가 없었다.

돈이 최고다. 아무리 부정하려 해도 부정할 수 없다. 자본주의. 마르크스가 열변을 토했던 이상향의 공산주의는 이미 무너진 지 오래다.

"엿 같은 세상, 엿 같은 세상, 엿 같은 세상! 우와아악!"

부글부글 끓어오르는 화에 태는 미친 듯 머리칼을 헤집었다. 주위를 오가는 사람들의 따가운 시선이 느껴졌지만 전혀 신경 쓰지 않았다. 지금의 머릿속에는 창피한 마음도 민망한 마음도 들어찰 틈이 없다. 분노로, 부글부글 끓어오르는 분노로 마음이 가득 찼다.

1시 24분.

분노에 차 소리치고 화를 내보아도 배는 고픈 것일까?

생각해 보니 어제저녁부터 오늘 아침까지 먹은 것이 아무 것도 없다. 꼬르륵꼬르륵 소리 내는 주린 배를 움켜쥐고 근처 분식집을 향해 터덜터덜 걸음을 옮겼다.

너저분한 옷가지를 털어 나온 천 원짜리 몇 장.

한심한 인생이다. 남자로서도 어른으로서도 한심한 인생일 따름이다.

"천 원짜리 세 장에… 오천 원짜리 한 장이라……."

꾸깃꾸깃 구겨진 돈을 세는 태의 입술이 삐죽 꺾였다. 하긴, 웃으며 떠날 만도 하다.

고작해야 분식집에서 떡볶이나 사주는 남자와 고급 승용차에 비싼 레스토랑에서 식사를 대접하는 남자가 비교나 될까?

비교거리조차 안 되는 자신을 향해 큭큭 새어 나오는 웃음을 터뜨렸다. 어디를 보아도, 몇 번을 생각해도 한심한 꼬라지일 뿐이다.

제 여자 하나 지키지 못하고 돈과 능력에 푸념만을 터뜨리고 있는 패배자.

태는 그렇게 자신을 조소하며 울었다. 서러운 눈물이 눈이 아닌 가슴에 흐른다.

"거참, 내 눈물 젖은 빵을 먹는다는 이야기는 들어봤지만 눈물 젖은 라면을 먹는 건 또 처음 보는군. 무슨 일 있어?"

드르륵, 문을 열고 들어간 분식점의 주인이 말을 걸어왔다. 자주 봐서 이제는 친해져 익숙해진 사람. 태는 말을 걸어오는 주인을 바라보며 피식 웃었다.

"아아, 있지요, 있어요. 큰일이… 아주 우습고 큰일이 있지요."

"응? 거참, 오늘따라 너답지 않다. 같이 오던 예쁜 아가씨는 왜 안 왔어? 이런 날 위로해 주는 게 애인의 몫인데 왜?"

"그 애인이 바람났거든요."

"아!"

피식 웃으며 말하는 태의 모습에 분식점 주인은 잠시 말을 잃었다. 말을 잘못 꺼냈다. 슬퍼 우는 것이 뻔한 사람에게 말로써 비수를 꽂아버렸다.

"눈물 젖은 라면, 아마 저도 잊지 못할 거예요. 형이 끓여 주는 라면은 정말 맛이 좋은데 오늘은 특히 더 그렇네요."

"아, 그래. 쩝, 그렇다니 다행이다. 젠장, 하여간 예쁜 것들이란……. 바람이라니, 네가 얼마나 잘해줬는지 떠나간 후에야 알 거다. 후회할 거야, 그 사람."

"하하, 글쎄요. 아마 그렇지 않을 것 같아요. 상대가 안 되거든요. 그 사람이랑 저."

"임마, 무슨 말이 그러냐? 너, 잘났어. 그 잘난 S대에 떡하니 붙었고, 얼굴도 그만하면 준수하고, 성격도 좋고, 또…….”

"그래 봐야 돈이 없잖아요. 그래서 그 잘난 S대 등록금도 못 내고 휴학했고요. 지금은 집에서 방바닥이나 긁는 아르바이트생, 아니, 백수죠."

태는 애써 자신을 칭찬하려는 사내의 말을 자르며 말했다. 애써 칭찬할 것 없다. 자신의 모습은 자신이 가장 잘 아는 법. 위로에 의한 칭찬은 독이 될 뿐이다.

"야, 그건……!"

사내는 자조하는 태를 보며 이를 악물었다. 그가 보기에 눈앞의 그는 분명 잘난 사람이다. 공부도 잘하고 끈기도 있고 성품도 바르다. 한데 말할 수가 없다.

세상천지에 기댈 곳 없는 고아인 그가 어디 편하게 살 수 있겠는가?

칭찬을 칭찬으로써 말할 수 없는 입이 쓰게 느껴졌다.

"에이, 빌어먹을 세상! 에이, 몹쓸 세상!"

사내는 탕탕! 탁자를 두드리며 욕설을 뱉어냈다. 씁쓸한 마음에 절로 욕이 흘러나온다. 좋은 사람이, 자신에 비해 너무나 잘난 사람이 라면 한 그릇에 눈물을 담고 있다.

"그렇게 욕할 거 없어요. 그렇다고 달라지는 것도 아닌걸요, 뭐. 시간이 지나면 잊혀지겠죠. 이 엿 같은 세상, 그런 것 하나 잊어버리지 못하면 살 수 없을 테니까."

"야, 그렇다고 너무 다 산 것마냥 푸념하지는 마라. 넌 젊고, 아직 앞길이 창창한 대한의 건아가 아니냐. 세상의 반이 여자다. 기죽지 말고 가는 거야!"

"하하! 예, 형. 고마워요. 그런 의미에서 여기 라면 값이요. 형도 돈 벌어야지요."

"쩝, 됐다. 치워라, 자식아. 네 눈물로 끓여 먹은 라면에 내가 무슨 염치로 돈을 받냐. 그냥 가라. 다음에 술이나 한잔하자. 내가 살게."

주머니에서 꺼내 건넨 돈을 받지 않는 사내.

그의 얼굴만큼이나 구겨진 돈의 가치를 안 것일까?

태는 건넨 돈을 마다하는 사내를 바라보며 웃었다. 자신과 같이 돈 없고 백 없는, 평범해서 좋은 사람이다.

"고마워요, 형. 형, 진짜 좋은 사람이야."

"새끼……."

사내는 태의 말에 부끄러운지 벅벅 뒷머리를 긁었다. 라면 한 그릇에 고맙다는 말을 듣는 형이라니, 왠지 가슴이 미어졌다. 자신이 조금만 더 잘났더라면, 현실의 일에 치이지 않았더라면 지금 당장에라도 가게 문을 걸어 닫고 진창 술이라도 푸련만 세상은 그의 마음처럼 여유롭지 않다.

"이거, 나 살려고 가져왔던 건데, 쩝, 라면 값 대신 가서 긁어봐라. 혹 누가 아냐? 그 빌어먹을 돈, 세상에 눈먼 돈이 다 너한테 갈지."

앞치마에 찔러둔 로또 카드를 건네준다.

인생 역전의 꿈, 서민들의 희망.

태는 사내가 건네주는 로또 카드를 손에 쥐며 말했다.

"로또라……. 그래, 형. 라면 값으로 한번 넣어볼게. 고마워."

"거, 고맙다는 말 좀 그만 해라. 가슴 아프다. 뭐 해준 게 있다고 자꾸 고맙다는 거냐. 새끼, 형 그만 아프게 하고 나중에 진짜 고마울 때, 그때를 위해서 그 말은 아껴둬라. 그때가 되면 아프지 않게 당당하게 들어줄 테니까."

"하하! 그래, 알았어. 그렇게 할게, 형."

태는 머쓱하게 앉아 말하는 사내를 보며 정이 든 분식집을 나섰다.

주머니에 든 팔천 원과 손에 쥐어진 로또 카드.

왠지 익숙한 어느 날의 오후가 슬픔으로 물들어가고 있다.

드르르륵.

분식집을 나서 집으로 돌아오는 길이었다.

매일 오가는 길이라지만, 길이 이리도 익숙해 보일 수 있을까?

태는 미로처럼 얽힌 샛길들을 둘러보며 고개를 갸웃거렸다. S대에 붙어 서울 변두리로 이사를 한 지 어느덧 일 년. 사는 동네라고는 하지만 아직 가보지 못한 길이 많다.

동네를 뛰어다니며 노는 꼬마가 아닌 이상 그 누가 시간을 내어 수많은 동네 샛길을 모두 돌아보겠는가?

'이상해. 분명 가본 적이 없는 길인데……'

태는 그것이 이상했다. 낯설어야 할 길의 낯익음. 분명 걸어본 적 없는 길이건만 앞으로 걸으면 무엇이 나올지 머릿속에 훤하게 그려졌다.

착각일까?

태는 머릿속에 그려지는 길을 따라 유유히 걸음을 옮겼다. 익숙함에서 생겨난 착각이라면 분명 생각과 다른 길이 나올 거라 믿었기 때문이다.

"그러니까… 이 길로 꺾으면 책방이, 고개를 위로 올리면 다방."

눈뜬 장님마냥 태는 머릿속으로 그려진 지도를 되뇌이며 걸었다. 이쯤 되면 틀린 곳이 하나쯤 나올 법도 하건만 전혀 그렇지 않았다. 생각난 대로, 입으로 읊은 대로 동네의 작은 길은 그 모습 그대로를 태에게 보여주고 있었다.

"하, 이걸 뭐라고 해야 하나? 데쟈뷰? 아니면 익숙함의 낯섦?"

태는 뻐근해져 오는 다리에 길을 돌아다니는 것을 그만두었다. 이미 충분히 답이 나올 만큼 걸었다.

"뭐, 언젠가 술 먹고 걸었던 길이 새삼 오늘 생각난 걸지도 모르지. 그래, 그뿐이겠지."

모호한 마음을 추스르며 말했다. 비겁한 방법일지 모르지만 고민하고 생각해 봐도 답이 나오지 않는 일이라면 태는 편하게 생각하는 것이 낫다고 생각했다.

"아, 맞다. 그래, 저기 저 모퉁이 너머 복권방이 하나 있었지? 복권방, 복권방이라……. 형 말대로 로또나 질러봐?"

집을 향해 길을 거슬러 올라가는 태의 눈에 복권방이 띄었

다. 순간 분식집을 나오며 건네받은 로또 카드 한 장이 손에
걸린다. 슬픔에 젖어 있던 것도 잠시, 태는 피식 웃으며 부스
럭거리는 돈과 카드를 꺼내 들어 복권방으로 걸음을 옮겼다.

"안녕하세요?"

"음? 아아, 손님이구먼. 로또인가, 아니면 주택복권?"

"로또요. 여기서 카드 작성하는 거 맞죠?"

"그럼. 이렇게 보여도 여기가 로또 2등이 나온 녕당집이라
고, 명당집!"

"하하, 그렇습니까?"

태는 그것도 몰랐냐는 듯 투덜거리는 주인을 향해 웃으며
책상 위에 놓인 컴퓨터용 사인펜을 집어 들었다.

흰색과 분홍색. 큰 기대로 사람을 설레게 하는 그 카드 앞
에서 태는 잠시 턱을 괴고 앉았다. 지금껏 로또라고는 해본
적이 없는데 어쩐지 익숙하다. 편하게 자동 표기에 펜을 놀려
볼까 생각했지만 이상하게도 머릿속에서 숫자들이 맴돈다.

"거참, 이상하네. 마음에 둔 번호도 없는데 왜 요상하게 번
호들이 떠오르는 거지?"

머릿속으로 떠오르는 여섯 개의 숫자를 되뇌이며 카드 위
로 펜을 놀렸다. 어차피 라면 값을 굳혀 사는 로또. 태는 별
생각 없이 떠오르는 숫자 위로 휘적휘적 펜을 놀렸다.

6. 7. 12. 32. 21. 30.

　　여섯 개의 숫자를 적어 넣은 카드 위로 사상 최대의 적립금
이라는 전광판의 노란 불빛이 반짝였다.
　　열풍을 넘은 광풍.
　　서민들의 꿈이 한창 부풀어 오르던 날이었다.

Chapter 2

당첨

손이 부들부들 떨려왔다.

삼 일? 사 일?

죽은 듯 방 안에만 틀어박힌 채 시간이 가고, 우연히 켠 텔레비전으로 로또 방송을 볼 때만 해도 피식 웃음이 터져 나왔다.

이제는 익숙해진 일상의 권태로움.

그저 그러려니 하고 넘긴 화면의 로또 볼이 현실과 겹치는 순간 태는 숨을 쉴 수가 없었다.

'이, 일등?

미칠 듯 쿵쾅대는 가슴이 터질 듯 요동쳤다. 꿈은 아닌가 볼을 꼬집어보길 한참. 결국 태는 손에 쥐어진 로또 한 장이

꿈이 아닌 현실임을 자각했다.

6. 7. 12. 32. 21. 30.

행여 뚫어질까 조심스럽게 살펴보고는 복권을 품 안으로 넣었다. 당첨이다.
사등도 삼등도 이등도 아닌 일등, 일등이다!
"배, 배당금이… 어, 얼마였지?"
태는 떨리는 손으로 꺼져 있는 컴퓨터의 전원을 켰다. 그간 단 한 번도 켠 적 없던 컴퓨터는 낮은 소음을 내며 환한 윈도우 화면을 비췄다. 옛 애인과 함께 찍은 바탕 화면의 사진 때문에 켜는 것을 꺼려했던 컴퓨터이지만 지금은 그런 사진 따위가 눈에 들어올 상황이 아니다.
"배당금… 배당금……."
터지려는 가슴을 내리누른 채 조용히 인터넷을 켰다.
다각, 다가각.
컴퓨터가 돌아가는 소리와 함께 로또를 검색하는 순간 태는 다시금 입을 다물 수가 없었다.

사상 최대 배당금 이천칠백억!

이월되고 이월된 로또에 국민적 열풍이 더해져 평소의 몇

십 배로 불어난 배당금이 화면을 가득 채웠다.

　"일, 십, 백, 천, 만, 십만, 백만, 천만, 억, 십억, 백억, 천억……."

배당금의 끝자리를 세어가던 태의 입이 쩍! 하고 벌어졌다.

현기증이 날 만큼 아득한 천문학적인 수치의 당첨금.

태는 미친 듯 요동치는 가슴을 내리누르며 담배 한 개비를 꺼내 들었다.

　"후～"

신호흡을 하듯 입에 문 담배를 빨았다. 애인을 잃고 다시 시작한 담배가 이리도 도움이 되다니, 태는 믿지 못할 현실을 받아들이지 못한 채 밤을 지새웠다.

월요일.

온 세상이 떠들썩해진 그날이 오기 전까지 말이다.

＊　　　　＊　　　　＊

사상 초유의 당첨 액수에 일인 당첨의 행운까지?

수많은 이슈를 낳았던 로또의 열풍이 끝난 월요일. 온 방송과 신문사들은 일제히 최고액의 당첨금과 함께 한 명밖에 나오지 않았다는 당첨자 소식을 전하기에 바빴다.

수많은 경쟁률과 수학적 조합을 깨고 나온 부동의 일등.

태는 며칠이 지나고 나서야 손에 복권을 꼭 쥔 채 국민은행을 찾았다. 믿기지 않는 현실을 현실로 인정한 후 차후의 일을 짜나가기 시작했다. 당첨금의 수령부터 시작되는 난코스를 시작으로 일 년간의 스케줄을 마친 태는 그렇게 은밀하게 움직였다.

"개인 자산으로는 손에 꼽히는 돈이라 들었습니다. 전화로 밝혔다시피 신원이 노출될 시 저는 다시는 국민은행을 찾지 않을 겁니다."

"여부가 있겠습니까. 저희 은행뿐 아니라 한국 경찰과 수많은 사람들이 보안을 위해 뛰어다니고 있으니 그런 걱정은 하지 않으셔도 됩니다."

"그럼 다행이군요. 여기 당첨 복권과 계좌입니다. 당첨금은 모두 이곳으로 수령해 주시고, 조금은 분할해서 타 계좌로 송금할까 합니다. 향후 일 년간은 한국에 있기 힘들 것 같으니까요."

"예, 말씀하신 대로 처리해 드리겠습니다. 그럼 오늘 바로 떠나시는 겁니까?"

"예. 여러분들이 힘써주신 덕에 여권과 비자, 비행기 표까지 모두 준비되었으니 망설일 필요가 없지요."

"그렇군요. 그럼 좋은 여행 되십시오."

"예, 일 년 후에 다시 뵙겠습니다. 그럼 이만."

세금을 떼고도 이천 억이 넘는 어마어마한 당첨금에 태는 쿵쾅거리는 가슴을 내리누른 채 조심스럽게 은행을 나섰다.

일등 당첨자를 찾기 위해 동분서주하는 수많은 사람들, 태는 그런 그들을 바라보며 손에 쥔 핸드폰을 들었다.

[예, 맛난다 분식입니다.]

핸드폰으로 들려오는 쾌활한 목소리에 절로 웃음이 난다. 태는 비지땀을 흘리며 주문을 받고 있을 사내를 떠올리며 피식 웃었다.

"형, 나야."

[음? 나가 누구냐? 형 바쁘다. 빨리빨리 용건만 말해.]

"나, 태야. 형, 그간 연락 못해서 미안해."

[태? 야, 이 자식아! 연락도 없이 숨어버리면 어떻게 해! 내가 너 때문에 얼마나 밤잠을 설쳤는지 알아? 이 미친놈, 자살이라도 해버리면 어쩌나 하고 내가 얼마나 가슴을 졸였는데! 이 새끼, 목소리 들어보니 그래도 마음 다 추스른 것 같구나. 다행이다, 자식아.]

태는 진심 섞인 사내의 말에 가슴이 찡해오는 것을 느꼈다.

"응… 고마워, 형. 형 아니었으면 정말 그랬을지도 몰라."

[됐다. 고맙다는 말 치우라니까, 새끼가 형 씁쓸하게.]

"아냐. 형이 제일 고마워. 내가 살아오면서 만난 사람 중 형만큼 나한테 잘해주고 관심을 가져 준 사람도 없어. 진짜진짜 많이 고마워, 형."

[아, 아, 대낮부터 형 닭살 돋는 말은 그만 하고, 언제 올 거

냐? 술 한잔해야지?]

　"한 일 년간 못 갈 것 같아. 일이 좀 생겨서."

　[일? 무슨 일? 야, 너 왜 그래? 너 혹시 군대 가냐?]

　사내는 수화기로 들려오는 태의 말에 고개를 갸웃거리며 물었다.

　"군대는 무슨, 그냥 일이 좀 있어. 형한테… 너무나 고마운 일… 아, 맞다. 형 바쁘다고 했지? 형 계좌 번호 좀 불러줘 봐."

　[계좌 번호? 그건 왜?]

　"바쁘다며. 어서 부르기나 해."

　[아, 새끼. 잠깐만 기다려 봐. 국민은행 XX—XXXX…….]

　태는 빠르게 내뱉는 사내의 말을 귀 기울여 듣고는 다시금 꼼꼼히 계좌 번호를 확인했다.

　"그럼 형, 돌아와서 보자. 간간이 연락할게. 번호 바꾸지 말고. 나 돌아와도 맞아줄 사람은 형밖에 없는 거 알지? 어디 가지 말고 거기에 있어. 꼭 그리로 갈 테니까."

　[새끼, 오늘따라 정말 이상하네? 그럼 임마, 내가 여기 있지 어디 가냐? 잔말 말고 언넝 돌아오기나 해. 형은 이만 바빠서 끊는다. 몸조심하고.]

　"응, 형."

　[아, 예, 예~ 갑니다, 가요!]

　밀려드는 주문에 후닥닥 뛰어가는 사내의 말을 들으며 태는 툭, 핸드폰을 닫았다. 멀리 창밖으로 티브이에서만 보아오던 인천 공항이 보였다.

"일 년. 그래, 일 년이다. 다시 돌아왔을 때, 그때부터 내 삶은 다시 시작이다."

수많은 사람들이 오가는 인천 국제공항.

태는 은행에서 마련해 준 차 문을 열고 나와 비행장으로 향했다.

누구도 무시 못할 새로운 삶.

태의 인생에 찾아온 큰 변혁.

Chapter 3
다시 돌아온 한국

세계 속에 한국, 한국 속의 세계화.

태는 일본에서 겪은 일 년간의 마지막 기묘함을 끝으로 한국 땅을 밟았다.

같은 공기, 같은 하늘이 이렇게나 다를 수 있을까?

떠나갈 때처럼 그 누구 하나 마중 나온 사람 없는 공항을 바라보며 웃었다. 일 년 전, 수많은 자선 단체들에서 찾아나섰던 그 사람이 일 년여의 장기 체류를 마치고 입국하고 있다.

"내가 숨은 거니까. 그래, 이 빌어먹을 땅에서 내가 숨은 거니까."

스스로를 그렇게 위안하며 모범택시 위로 몸을 실었다. 공

항 주변에서 마중 나온 가족들과의 포옹과 눈물, 그리고 입가
에 걸린 웃음들이 눈에 보였다.
　바란 적도 없고 바라서도 안 되는 가족애.
　태는 채울 길 없던 정을 그리며 그간 잊고 지낸 핸드폰을
꺼내 들었다.
　뚜루루룽― 뚜루루루룽―
　반가운 신호음이 울렸다.
　그대로 있을까?
　그 자리에 있을까?
　태는 받지 않는 긴 통화음을 들으며 그렇게 옛집으로 향했
다.

*　　　*　　　*

　맛난다 분식.
　태는 택시에서 내려 변한 것 하나 없는 분식집을 바라보았
다. 돈이 생기면 당장 바꾸겠다던 허름한 간판도, 구질구질한
문짝도 변한 것 하나 없다.
　'왜지? 왜일까?
　마치 일 년 전으로 돌아온 착각을 느끼며 태는 그렇게 조심
스레 분식집을 향해 걸었다.
　드르르르륵―

“어서 오십시오!”

늙은 문을 밀자마자 들려오는 밝은 목소리에 방긋 미소를 지었다. 저 사람, 저 사람을 만나기 위해서 이 먼 곳까지 애써 걸음했다. 태는 이마로 흐르는 땀을 쓸어닦으며 다가서는 사내를 보며 선글라스를 벗었다.

“형, 나야. 태.”

“네, 네? 아! 너…….”

사내는 태의 얼굴을 놀란 눈으로 바라보며 뻗은 손가락을 쭉 폈다. 놀란 마음에 말이 다 나오지 않는다. 무언가 말을 하려 더듬더듬거리며 태를 바라보다가 이내 곧 폭발해 달려들었다.

“이 새끼야! 이 자식! 그래, 일 년 꼬박 채웠구나, 채웠어! 이 새끼야! 그래, 이제 왔냐? 이제 왔어?”

“형.”

태는 눈물을 글썽거리며 소리치는 사내의 앞에서 뒷머리를 긁적였다. 욕이라고 해서 다 같은 욕이 아니다. 욕설 속에 담긴 사나이들만의 그 진한 감정을 그라고 모를쏘냐. 태는 말없이 다가와 어깨를 두드리는 사내를 보며 눈을 꾹 감았다.

“잘 왔다! 잘 왔어, 자식아!”

사내의 눈에서 떨어지는 눈물에 꾹 감은 태의 눈에서도 눈물이 흘렀다.

“그래 미국, 영국, 일본, 호주, 중국, 거의 세계 여행을 했구나."

"응. 마땅히 갈 곳을 정해두지 않고, 그냥 다 둘러보고 싶
었어. 뭐랄까, 확인하고 싶은 게 있어서."

"확인하고 싶은 거?"

사내는 활짝 웃으며 말하는 태를 향해 고개를 갸웃했다.

무엇이 확인하고 싶었다는 것일까?

아무리 생각해도 알 길이 없는 그의 마음에 사내는 턱을 긁
적였다.

"응, 확인도 끝났고, 약속한 시간도 다 되어서 이제 그만 돌
아온 거야. 이 땅에 남겨둔 것도 있고 말이야."

"그렇구나."

몇 년간 쉬지 않고 일해온 가게 문까지 걸어 잠그고 시작된
조촐한 술자리. 사내는 웃으며 말하는 태의 모습에 덩달아 기
분이 좋았다. 속사정은 모르지만 그가 웃는 것을 보니 그저
기쁘다.

"그나저나 가게 간판이랑 문은 왜 안 바꿨어? 돈 생기면 바
꾼다고 하더니, 혹시 이체가 잘못된 건가? 아니, 잘못됐을 리
가 없는데? 증여세도 다 물었으니."

"응? 아, 맞다! 야, 이 새끼야! 내가 너 때문에 얼마나 놀란
줄 알아?"

"어? 뭐가?"

"생각을 해봐, 자식아! 맨날 기껏해야 만 원, 이만 원 늘어

나는 통장에 갑자기 오십억이나 되는 돈이 들어오면 너라면 안 놀라겠냐? 무슨 전산 오류인가 싶어서 은행에 찾아가고 난리도 아니었다. 차후 네가 입금했다는 말을 듣고 얼마나 놀랐는지 넌 모른다."

"하하, 그랬구나. 미리 말이라도 해둘 걸 그랬나?"

"그래, 임마. 그랬으면 오죽 좋으냐. 여하튼 나는 네가 네 몸 팔아서 그 돈 나 준 줄 알았다. 북파 간첩으로라도 뽑혀 갔나 싶어 혹시나 하는 마음에 그 돈, 쓰지도 못했다. 자, 여기 통장. 네가 준 돈 하나도 안 쓰고 고이 모셔뒀다. 새끼, 나 같은 놈한테 그린 큰돈을 수면 어쩌냐? 내가 먹고 날랐으면 어쩌려고."

사내는 그동안 품 안에 간직해 온 통장을 꺼내놓았다.

"하하, 그래도 상관없어. 어차피 형 돈이니까. 형 쓰라고 준 돈, 형이 가지고 간다고 해서 이상할 게 있어? 이건 말이야, 내가 형이 고마워서 준 돈이니까 다시 돌려주지 않아도 돼."

"새끼. 됐어, 임마. 나는 그런 큰돈 필요도 없고, 어떻게 쓰는지도 몰라. 정 주고 싶으면 그냥 가게 간판 하나랑 문짝 하나만 바꿔줘. 돈이 원수이긴 하지만, 그렇다고 해도 동생에게 용돈받고 싶은 마음은 없다."

"형."

"됐어. 그 말은 거기까지. 더 말하면 화낼 거다?"

"후우~ 알겠어, 형. 그럼 잠시 내가 다시 받아둘게. 언제고 필요하면 말해."

"일없다. 그런 큰돈 있어봐야 잡생각만 나지. 아아~ 싫다, 싫어. 그런 돈 따위는."

태는 진절머리 난다는 듯 휘휘 손을 저어가며 말하는 사내의 모습에 피식 웃었다. 그답다. 일 년이 지났어도 정직하고 성실한 그의 모습이 너무나도 그다워서 웃음이 멈추질 않았다.

"그거 알아, 형? 세상 그 어디에도 형보다 좋은 사람은 없어. 미국, 영국, 일본, 중국 그 어디를 가도 형이 최고야. 형, 형은 정말 좋은 사람이야."

"아서라. 나 못난 건 내가 더 잘 알고 있으니까 그만 비행기 태우고 술이나 마시자."

"응. 그래, 형. 마시자, 마셔."

시원하게 소주잔을 들이키는 사내의 모습에 태 역시 손에 쥔 소주잔을 깨끗하게 비웠다. 쓰고 달달한 한국의 맛. 태와 사내는 연신 술잔을 기울이며 그간 나누지 못했던 수많은 얘기들을 나눴다.

돈.

설움.

행운.

여행.

태는 사내와의 이야기 속에 지난날의 과거를 모두 털어

냈다.

사랑,

사랑,

사랑…….

아직 정리해야 할 것이 남은 커다란 그림자는 빼어둔 채 말이다.

*　　　*　　　*

늦여름이 가고 가을이 오는 시월 초.

태는 짐 가방을 짊어진 채 다니던 대학을 향해 걸었다. 일학기뿐이었지만 대학가를 노닐며 놀던 추억이 새삼 머릿속을 스쳤다.

"그때는 아무것도, 아무것도 몰랐는데……."

작게 웅얼거리는 태의 눈빛이 깊게 가라앉았다. 높고 푸른 가을 하늘이 멋스럽게 펼쳐져 있었지만 선글라스를 낀 그의 눈에는 그저 회색빛 하늘일 뿐이다.

"어? 너, 태 아니냐?"

"아, 선배, 계셨어요?"

과사무실을 찾아 교정에 들어서는 순간 낯익은 목소리가 들려왔다. 짧게 자른 스포츠 머리와 떡 벌어진 어깨가 인상적인 사내. 태는 반갑게 인사하는 사내를 향해 고개 숙여 인사했다.

"오랜만이다. 일 년? 아니, 더 되었나? 복학을 안 하기에 군대 간 줄 알았다. 무슨 일 있냐?"

"아, 일은요. 별일없어요, 선배."

"그럼 다행이고. 쩝… 네가 없으니까… 뭐랄까. 후배 중에 눈을 둘 재목이 안 보여 답답하다, 내가."

"하하! 과찬이십니다, 현준 선배. 저 말고도 이곳에는 널린 게 인재들인걸요."

"하, 마, 그건 네 생각이고, 요즘 새끼들은 근성이 없어. 에이, 몰라. 얼른 군대들 좀 다녀와야 사람 되지. 그놈들은 다 글러먹었어."

현준이라 불린 사내는 말도 말라는 듯 휘휘 손을 내저어가며 말했다.

"아, 그나저나 복학 기간도 아닌데 학교에는 웬일이냐?"

"처리할 일이 좀 있어서요. 자퇴도 해야 하고."

"뭐? 자퇴?"

현준은 웃으며 고개를 끄덕이는 태의 모습에 깜짝 놀랐다. 힘든 환경 속에서도 꿋꿋하게 버틴 놈이라 괜스레 정이 가는 녀석이었다. 스스로 학비를 벌기 위해 휴학계를 냈다는 소리를 들었는데 자퇴라니? 현준은 믿어지지 않는다는 얼굴로 태를 바라보았다.

"너, 정말 무슨 일이 있는 거냐? 힘겹게 들어온 대학이다.

그렇게 쉬이 결정 내릴 게 아니야. 학비 때문에 그만두기엔 아까운 곳이다, 이곳은."

"알아요, 선배. 그런 것 때문에 그만두려는 것은 아니에요."

"그럼 뭐냐? 뭐가 그렇게 힘겹게 노력해 들어온 학교를 포기하게 만든 거냐? 뭐야? 뭔데?"

태는 자신의 자퇴 소식에 감성적이 되어버린 현준을 보며 피식 웃었다. 자신을 생각하는 사람이 또 있다니 왠지 기쁘다.

"사업을 시작해서요. 학업과 겹치는 일이 많을 것 같아서 이참에 포기하려고요. 질질 끄는 것은 질색이거든요."

"사업? 야, 네 나이가 몇이라고 사업 지껄이며 대학을 포기해? 그게 그렇게 큰 사업이야? 네 미래를 결정짓고 이어나갈 만큼 비전이 있는 일이야?"

태는 버럭 소리치는 현준을 보며 가볍게 선글라스를 벗었다. 검게 물든 세상이 환해졌다. 색(色). 선글라스에 그 누락된 세상의 빛이 생기를 발하며 일어섰다.

"선배, 나중에 이곳에 한번 들러주겠어요? 일이 없을 때, 편할 때 언제라도 찾아주세요. 기다릴게요."

"야, 태! 너 거기 안 서? 야! 어, 어?"

현준은 명함을 건네고는 쏜살처럼 달려나가는 태의 모습에 더 이상 말을 잇지 못하고 헛웃음을 터뜨렸다. 빠른 것도

빠른 것이지만 저렇게까지 할 정도로 마음을 굳혔다면 더는
말해봐야 소용이 없다.

"하긴 지금껏 네 스스로 그렇게 판단하고 걸어왔을 테니
까. 자식, 하여간 왠지 눈이 가는 놈이라니까, 저놈은."

휘휘 고개를 털고 돌아서는 현준의 입에 웃음이 걸렸다.

'찾았다!'

현준을 피해 학교를 쏘다닌 지 몇 분.

태는 멀리 자리를 펴고 모인 사람들을 바라보며 눈을 빛냈
다.

"오랜만이다."

"음?"

시끄럽게 이야기를 나누던 사람들의 시선이 한순간 태를
향했다.

일 년간 지겹게도 쫓아다녔던 사람.

태는 놀란 표정의 그녀를 바라보며 웃었다. 사랑할 때는 보
지 못했던 많은 것들이 이제야 보인다.

수…….

태는 손에 쥐고 있던 가방을 휙 내던졌다.

"잘 있었냐고는 묻지 않을게. 재미없는 말은 서로 사귈 때
도 잔뜩 했으니까. 받아. 그간 네게 그걸 건네지 못해 얼마나
힘들었는지 모르겠어. 그걸로 이제 너와의 인연도 끝이겠지.

잘 있어. 고마웠어. 나, 네 덕에 다시 설 수 있는 기회를 얻었거든. 진심으로 고맙다."

"무슨 말을 하는 거야? 너, 도대체 뭐야?"

"몇 번째일지 모르는 네 옛 남자 친구. 그리고 그건 좋아하는 거. 그래서 줄 수 없던 날 비웃던 거."

태는 그 말을 끝으로 돌아섰다. 뒤에서 버럭 소리치는 그녀를 외면한 채 묵묵히 걸음을 옮겼다. 끝이다. 응어리도 한도 설움과 수치심도 이제 더는 없다. 이것으로 끝이다.

"쟤, 태 아니야? 수야, 그거 뭐야? 태가 지금 뭘 던지고 간 거야? 응?"

호기심 많은 친구들이 그녀의 곁으로 달라붙어 가방의 정체를 물었다. 자리에 모인 그녀들 역시 수가 태에게 무슨 짓을 벌였는지 잘 알고 있다. 더 잘난 남자를 물어 옛 남자를 차버리는 여자. 여자들의 수다에 그보다 더 좋은 이야깃거리는 없다.

'제깟 놈이 뭐라고……'

수는 태에게 건네받은 가방을 바라보며 얼굴을 구겼다.

구찌에서 신상품으로 내놓은 고급 가방.

단번에 가방을 알아본 수의 눈빛이 작게 반짝였다.

'꼴에 자존심은 있었나 보지?'

갑작스레 던져 받은 가방에 나빴던 기분이 조금은 가시는 듯했다. 구찌의 신상품 가방이라니, 최소 몇십에서 몇백은 나갈 명품이다.

"뭐야, 뭐? 야, 빨리 열어봐. 빈 건 아닌 것 같은데……. 네가 준 선물이라도 모아온 건가?"

"맞아. 그런가 보다. 이 가방, 구찌잖아. 짝퉁인가? 저런 가난뱅이가 살 만한 게 아니잖아?"

"그럼, 그럼."

수는 시끄럽게 떠드는 그녀들을 뒤로한 채 조심스레 가방을 열었다. 그 안이 궁금한 것은 비단 그녀들뿐만이 아니었던 것이다.

"으앗!"

열린 가방을 보는 그녀들의 눈망울이 한순간 더없이 커졌다.

방금 인출한 듯 수북히 쌓인 새파란 만원권 지폐 다발이 가득한 가방.

수는 돈과 그 위로 놓인 작은 엽서에 바라보며 손을 뻗었다. 유려한 필체로 적힌 엽서에는 방금 자리를 떠난 태의 못다 한 말이 적혀 있었다.

일전에 날 만나준 데에 대한 화대야. 값싼 몸과 애정이었던 만큼 얼마 안 되는 푼돈이지만, 그간의 정을 생각해 네가 좋아하는 가방에 담아 보낸다. 우리가 만난 건 애초부터 사랑이 아니었으니까 말이야. 태.

엽서를 읽는 수의 얼굴이 잔뜩 붉어졌다.

*   *   *

대학을 나서며 태는 후련해진 가슴을 두드렸다. 일 년간 머릿속을 떠나지 않던 일이 이제야 가슴 후련하게 풀렸다.

돈. 그 크고 함부로 대할 수 없던 물질이 가벼워진 날.

태는 그렇게 현실과 다시 조우했다.

"불우한 이웃을 도웁시다. 저희 사랑 나눔이에서는 사회 복지를 받지 못한 채 불우하게 살고 있는 학우들을 돕기 위해 복지 시설을 방문, 일손을 돕는 것은 물론이고……."

지나는 사람들을 향해 고개 숙여 인사와 말을 전하는 남자.

모금함과 소개서를 전하는 그들의 모습에 태는 잠시 걸음을 멈췄다.

"사랑 나눔이라……. 지금 거기 목에 걸고 있는 꼬마는 무슨 병에 걸린 겁니까?"

"아, 채린이 말씀이십니까? 채린이는 현재 암 투병 중으로 입원비와 수술비가 턱없이 부족해 저희가 이렇게 모금 활동을 벌여서라도 조금이나마 보탬이 되지 않을까 싶어 거리로 나서게 된……."

"암이라……. 그럼 후원자가 없는 겁니까?"

태는 길게 늘어진 사내의 말을 자르며 물었다.

"후원자요? 아니, 여럿 계시긴 하지만 다들 형편이 그리 좋은 편이 아니라… 수술과 치료비를 모두 부담하기에는 무리가 있습니다."

"그렇군요. 사랑 나눔이라……."

뒷머리를 긁적이는 남자를 보며 태는 잠시 눈에 쓴 선글라스를 내렸다.

선한 눈으로 각종 사회 단체를 빙자해 사기를 치는 사람이 한둘이던가?

한참 남자를 바라보고 있던 태의 선글라스가 다시금 제 위치로 올라섰다.

"후우, 좋은 일을 하고 계시는군요. 아이의 수술비와 병원비는 전부 제가 지원하도록 하지요. 그러니 여기 일은 그만 접으시고 아이에게 가시죠. 지금 이런 모금 활동보다 아이가 바라는 것은 당신의 보살핌일 겁니다."

"…예?"

"말씀 못 들으셨습니까? 아이의 병원비와 수술비는 모두 제가 지원한다고 했습니다. 뭐, 마침 일도 없으니 같이 가시죠. 앞에 제 차가 있습니다."

"아, 예, 예! 그, 그렇게 하지요."

다시금 말을 꺼내고 나서야 남자는 태의 말을 이해할 수 있었다.

세상에 그 누가 이런 일을 기대하겠는가?

남자는 혹 사기꾼이 아닐까 하며 눈앞의 태를 관찰했다. 아무리 돈이 많은 부르주아라 해도 이렇게 갑작스레 돈을 쓰진 않는다.

"그렇게 안 보셔도 됩니다. 사람을 속이는 일에는 익숙하지만 돈 몇 푼 쓰는 것에 사람을 속이지는 않으니까요."

"아, 네……."

사내는 태에게 들켜 버린 마음에 움찔 놀라 차에 올라탔다.

아우디 TT 로드스터.

뽑은 지 얼마 안 된 태의 차는 그렇게 낯선 손님을 태운 채 서울 아산병원을 향해 내달리기 시작했다.

"채린아, 아저씨 왔다!"

"아, 아저씨!"

어린아이가 혼자 있기에는 너무나도 적막하고 삭막한 병실.

태는 문을 열고 들어선 남자를 향해 뛰어오는 아이를 보았다. 항암 치료에 미리 머리를 모두 밀었는지 흰 모자를 눌러 쓰고 있는 꼬마 아이는 영락없는 암 환자의 전형적인 모습이었다.

"아저씨가 없는 동안 심심했지?"

"웅! 크레파스도 스케치북도 이제는 다 써서 그림 그릴 데가 없어. 아저씨, 새 것 사준다고 했잖아. 언제 사줄 거야, 응?"

"아, 그랬었지? 미안하다, 채린아. 아저씨가 깜빡했어. 다음에 올 때는 꼭 사올게."

"피, 아저씨, 거짓말쟁이! 언제나 말만 그래. 어제도 그랬고, 그때도 그랬다, 뭐. 옛날에는 맨날 오더니 이제는 잘 오지도 않고, 채린이가 머리도 깎고 했다고 이제는 미운 거지? 그치?"

"아, 아니야, 채린아. 그런 게 아니라니까."

"맞으면서. 다 알아. 자주 찾아오던 언니, 오빠들도 이제는 안 오고……. 채린이도 아침마다 거울 봐. 머리도 없고 점점 얼굴도 이상하게 되어가. 미워. 못나 보이고 미워. 그래서 다들 채린이가 미워진 거야. 으아아앙! 채린이는 아무것도 잘못한 게 없는데, 으아아앙!"

소녀는 더는 뭐라 말하지 못하는 남자의 품에 안겨 엉엉 소리 내어 울었다. 크레파스가 다 닳도록 작은 병실에 홀로 남아 그린 스케치북의 그림들이 눈에 들어온다.

그런 것이다. 쓸쓸한 병실을 지킬 사람 없는 환자의 외로움.

태는 테이블 위에 놓인 스케치북을 넘기며 쓸쓸히 웃었다.

한 장 한 장 틈없이 그려진 사람들의 모습이 소녀가 말하는 언니, 오빠들일까?

혹, 미움받는 것은 아닐까 하는 생각에 눈물을 흘리며 그린 것인지 작게 구겨진 스케치북의 모습에 가슴 한 켠이 아려왔다.

'병원비를 벌기 위해 나다니는 사람들과 그 사람들을 기다리는 환자. 흔히 있는 일이지. 그래, 이 모든 게 흔히 있는 세상일이지.'

태는 우는 소녀와 그런 소녀를 어르는 남자를 보며 조용히 병실을 나섰다. 가슴이 아려오지만 그뿐이다. 이미 오래전에 말라 버린 눈물은 다시 흐르지 않았다. 소녀의 얼굴을 확인하기 위해 잠시 들렀던 병실. 그 자리에 더 있을 필요가 없다.

"사랑 나눔이라……. 후, 모르던 일거리가 또 하나 늘었군."

긴 병원 복도를 걷는 태의 입으로 가식적인 웃음이 걸렸다.

나눔, 봉사, 사랑.

밝게 빛나는 복도 끝으로 전에는 보지 못했던 새 길이 보인다. .

"돈, 그거 버는 만큼 쓰란 거니까. 그래, 버는 만큼 쓰라는 이야기니까."

세워둔 차의 시동을 걸며 조소했다. 하루에 세 번만 웃어도 장수를 한다는데 벌써 두 번째 웃음이다. 일 년 동안 크게 변한 것 없는 세상이 그에게만큼은 너무나도 달라진 것 같았다.

"후~ 아니, 세상이 변한 게 아니라 내가 변한 것이겠지. 그래, 내가 변한 거야. 빌어먹을 세상, 즐겁게 살고 싶어서."

해가 저문 병원 도로를 따라 나서는 태의 미등 위로 불이

켜졌다.
　빛. 어두웠던 삶을 비추던 밝은 빛이 세상 위로 타오르는 것 같았다.

Chapter 4

그날 밤

즐거운 마음과 시간은 언제나 빠르게 흐른다. 잠시 드라이브를 즐겼다 싶었는데, 어느새 달이 중천에 뜬 밤 11시다.

"이것참, 시간이 이리 빨리 갈 때도 있었나?"

시끄럽게 틀어둔 카 오디오를 끄고 태는 잠시 한강 둔치에 차를 세웠다. 일에 치여 힘겹게 사느라 그간 곁에 두고도 오지 못한 한강이다.

"후웁!"

이제는 제법 차가워진 바람을 맞으며 깊게 숨을 들이마셨다. 썩은 공기라는 말을 듣는 서울이지만 한강의 바람만은 그리 탁하지 않은 것 같았다.

"그럼 슬슬 가볼까?"

태는 상쾌한 가슴을 쭉 펴며 다시금 차에 올랐다. 그때 부르르 울리며 기다리던 말이 핸드폰의 문자로 화면에 떠올랐기 때문이다.

부릉부릉!

낮게 우는 자동차의 배기음을 고동 삼아 강남으로 향하는 라이트가 밤길을 번뜩였다.

크고 화려한 네온사인 간판.

태는 시야로 들어온 나이트 간판을 바라보며 차를 세웠다.

"어서 오십시오! 히야! 차 죽이는데요? 안으로 모실까요?"

멋진 차종에 놀란 웨이터가 재빠르게 다가서며 물었다. 돈 냄새가 난다. 부르주아. 상류층만이 뿜어낸다는 멋진 향기.

"그래, 잘 아는 놈으로 한 명 붙여서 VIP룸으로 부탁해."

"예, 예! 최고로 모시겠습니다. 어이, 빼박이! 파킹! 파킹!"

웨이터는 멀찍이 떨어져 있는 주차 요원에게 손을 흔들었다.

"그럼 차는 맡기시고 어서 안으로 들어가시죠. 정말 최고, 최상의 서비스로 모시겠습니다."

"그래, 그렇게 해야지."

"헤헤, 여부가 있겠습니까!"

태는 얼른 차로 다가서는 웨이터를 보며 훌쩍 차 문을 뛰어

넘었다.

"아아, 현빈! 현빈! VIP 한 분 들어가신다! 잘 잡아드려!"

복도로 들어서는 웨이터의 짧은 무전.

태는 지갑을 꺼내 웨이터를 향해 수표 한 장을 날렸다.

"차 빼기 쉽게 잘 대."

"아! 하하, 이러지 않으셔도 되는데……. 히히, 걱정 마십시오. 제가 또 주차에는 전문이라니까요. 하하하!"

차에 오르는 주차 요원의 얼굴이 차에 오를 때와는 전혀 다른 해맑은 웃음이 피어오른다.

무시를 받고 반말을 들어도 좋은 돈.

태는 주차장으로 향하는 웨이터를 뒤로하고 조용히 건물 안으로 걸음을 옮겼다.

"어서 오십시오!"

커다란 노랫소리도 묻혀 버릴 만큼 우렁찬 목소리가 울렸다. 잘 빗어 넘긴 머리에 빨간 조끼. 태는 현빈이란 명찰을 달고 있는 웨이터의 어깨 너머로 나이트를 빙 둘러보았다.

"사람이 꽤나 찬 모양이지?"

"아, 그럼 물론이죠. 날도 날이고 시간대도 시간대고. 오늘 오신 거 정말 후회하지 않으실 겁니다."

"그래? 뭐, 과연 어떨지 두고 보지. 방은 어디야?"

"아, 따라오세요. 이쪽입니다."

앞장서서 어둠 속을 걷는 웨이터 현빈의 발이 빨라졌다.

"술은 VIP 기본으로 미리 깔아두었고요, 뭐 필요한 거 더 없으세요?"

"아, 조금 있다가 일행이 오기로 했는데 시끄럽지 않게 미리 나가서 기다려 주면 안 되겠어?"

"에, 저, 다른 테이블도 맡고 있는 게 있어서……."

태는 길게 말을 늘이는 웨이터를 바라보며 수표 두 장을 꺼내 들었다.

"이거 받아두고. 그리 오래 걸리지 않을 테니까 미리 좀 나가줘. 시끄러운 일 싫어하는 사람이거든. 아마도 모자에 선글라스로 얼굴을 꽤 많이 가리고 있을 거야. 충분히 그럴 만한 사람이니까."

"아, 예! 그렇습니까? 오래 걸리지 않는 일이라니 여부가 있겠습니까. 정중하게 모시도록 하겠습니다!"

꾸벅 숙여지는 고개와 활짝 펴진 미소.

'잔심부름에 이십만 원이라니, 오늘 봉 잡았구나!

웨이터는 받아 든 수표를 얼른 챙긴 후 바쁘게 홀을 향해 달려나갔다.

두둥— 두둥— 두둥둥둥—

커다랗게 홀을 울리는 비트.

태는 작게 술잔을 기울인 채 어둑한 방을 둘러보았다.

세계 어디를 가도 비슷한 곳.

나이트의 구석진 방에 앉아 있는 자신의 꼴이 조금은 우습게 느껴졌다.

"크으— 그래도… 이왕에 시작한 일, 철저한 게 좋잖아?"

단번에 들이킨 양주를 삼키며 태는 그렇게 약속잡은 누군가를 기다렸다.

"오, 오셨습니다!"

홀로 양주를 두세 잔쯤 비웠을까?

놀란 눈의 웨이디가 딛아놓은 방문을 벌컥 열고 들어섰다.

"야! 이왕에 만날 거면 좀 좋은 곳에서 만나든가. 이게 뭐냐, 구질구질하게?"

"아, 왔어?"

새카만 선글라스에 꾹 눌러쓴 모자.

태는 웨이터를 뒤로한 채 방으로 들어서는 사내를 보며 피식 웃었다.

"나도 그러고 싶었는데 일이 일이잖아. 조금만 참아. 일만 끝내면 나갈 테니까."

"후, 그래. 전부터 말하던 그 일 맞지? 쩝, 그런 거면 내가 한번 참는다. 어이! 이봐, 친구!"

"예, 예?"

"여기 이 싸구려 말고 좀 좋은 걸로 가져다줘. 어차피 이 친구가 사는 거니 좋은 술 좀 마셔보고 싶어."

"아, 예! 알겠습니다!"

빈 잔을 까딱이며 말하는 사내의 모습에 웨이터는 황급히 방문을 나섰다.

현 대한민국 최고의 가수라 불리는 레인(진혁).

그가 자신의 손님을 찾은 것이다.

"듣자 하니 나 오기 전에 돈 좀 썼다며? 외국에서 놀 때는 그렇게 아끼더니만 웬일이냐? 네가 알아서 팁을 다 주고."

"뭐, 그 편이 더 빠르니까. 입소문도 있고, 그리고 애들 발 움직이게 하는 힘도 있고."

"호, 그간 어디서 제법 논 모양이지? 여전히 들은 것은 많은 모양이네? 하긴, 나까지 액세서리로 부른 모양이니 어련하겠어? 그래, 얼마나 통쾌할지 내 옆에서 지켜봐 주마."

"그래, 고맙다. 와주고 또 지켜봐 주기로 마음먹어 줘서."

"하하! 사장이자 친구인 네 부름인데 어련하겠냐. 하하하하!"

태는 기분 좋게 웃음 짓는 진혁을 향해 잔을 뻗었다. 친구. 오랜만에 들어보는 말이 귓잔등을 간질인다. 미국에서 처음 만나 가끔 해외에서나 만났던 그가 이렇게 친숙해질 줄은 꿈에도 몰랐다.

"그나저나 언제 귀국한 거냐? 회사는 이미 난리났더라. 하긴, 그간 회사를 인수해 놓고도 사장이라는 놈이 모습을 보이지 않았으니 충분히 그럴 만도 하지. 그래, 이제부터 본격적으로 네가 기획사를 꾸리는 거냐?"

"응. 돌아왔으니 그렇게 해야지. 그간 중역들에게 너무 일을 맡겨뒀어. 팩스로 보던 서류를 이제 직접 받아 넘기게 되었으니 나도 일은 좀 거들어야겠지.”

“자식. 그래, 임마. 네가 손 좀 써서 나 좀 팍팍 밀어주라. 그놈의 미국, 지랄 맞은 빌보드 문 한번 두드리기도 여간 힘든 게 아니더라.”

“그곳이라고 이곳과 다를 것 없으니까. 실력만 있다고 다 되는 게 아닌 거 너도 알잖아?”

“아, 아, 그야 물론 잘 알고 있지만. 뭐, 그래도 네가 왔으니 이제 어떻게든 되겠지. 큭큭큭큭, 아니냐?”

“글쎄, 어떨까?”

피식 웃으며 잔을 기울이는 태를 보며 진혁은 기분 좋게 술잔을 비웠다.

타지에서 만나 더욱 충격적이었던 새로운 기획사의 어린 사장.

그 능력 좋은 친구 앞에서 진혁은 오랜만에 마음이 자유로워짐을 느꼈다.

“그나저나 그 친구들한테 언질은 넣어줬냐? 괜히 다른 애들로 시간 낭비하는 건 좀 그런데. 알잖아. 나 여기 한국에서는 관리할 게 많은 거.”

“응? 아, 말하지 않아도 알아서 데려올 거야. 분명… 그럴 거야. 그 사람은 그런 사람이니까. 곧 올 거야. 걱정하지 마.”

“쩝. 그래, 알았다. 뭐, 그럼 그동안 뭐 할까? 노래라도 한

곡 불러주랴?"

"하하! 좋지. 네 노래라면 언제든 좋으니까, 불러줘. 그간 얼마나 늘었는지 오랜만에 직접 한번 들어보자."

"오케이! 신청곡은?"

"크렉 데이빗의 세븐 데이즈."

말하지 않아도 알았다는 듯 진혁은 태의 말이 채 끝나기도 전에 크렉 데이빗의 세븐 데이즈에 번호를 찾아 눌렀다.

On my way to see my friends(친구를 만나러 가는 길이었어). who lived a couple blocks away from me(내 집에서 약간 떨어진 곳에 사는).

부드러운 반주와 함께 흘러나오는 감미로운 목소리.

태는 웃으며 노래를 부르는 진혁을 보며 잠시 흐르는 노래에 몸을 맡겼다.

비트, 멜로디, 그리고 마음을 흔드는 가사.

진혁의 노래는 술보다 더욱 진하게 태의 가슴속을 파고들었다. 나이트에 이보다 더 어울리는 음악은 없을 것만 같았다.

똑똑.

그렇게 진혁이 음악에 빠져들어 갈 즈음 꽉 틀어 닫은 문이 열렸다. 부리나케 뛰어갔던 웨이터가 손에 양주와 누군가의 손을 쥔 채 들어선 것이다.

"헤헤, 여기 주문하신 양주하고요, 두 분이서 계시기에는 왠지 적적할 것 같아서요. 하하! 재미있게들 노세요."

"아, 그래. 고마워."

태는 양주를 내려놓은 채 방을 나서는 웨이터를 향해 가볍게 손짓했다.

이제 더는 볼일이 없을 웨이터.

태는 웨이터의 손에 이끌려 들어와 수줍은 듯 고개를 숙이고 있는 여자를 바라보았다.

"아, 안녕하세요. 호호호, 가기 싫다는 걸 웨이터가 억지로 잡아끌어서……."

최대한 얌전하게 표정을 관리한 채 조심스레 말을 꺼내는 여자. 진혁은 수줍게 선 두 여자를 바라보며 잠시 노래를 멈췄다.

"이거, 부킹인가? 나는 이런 거 잘 못하는데, 네가 시킨 거냐?"

"아니, 나 역시 시킨 적 없는데……. 그 녀석이 마음대로 한 모양이야."

"그런가? 어쩌지?"

사람을 세워두고도 태연한 둘.

방으로 들어선 여자들은 그런 태연한 두 남자의 모습에 슬며시 고개를 들었다. 비싼 차에 팁을 팍팍 쓰는 돈깨나 있는 남자와 대한민국 최고의 가수 레인이라 했다. 이 정도 말쯤이야 애교로 넘어가 줄 수 있는 것이다.

"저, 저희가 마음에 안 드시나요?"

"아, 저는 내일 일간지에 실릴까 그게 좀 그런 거고, 저 녀석은 잘 모르겠네요."

"그렇다는 말은……."

마이크로 울리는 진혁의 말에 두 여자의 시선이 자리에 앉아 있는 태에게로 향했다. 선글라스부터 정장까지 각종 명품으로 도배를 한 사내 태는 거만하게 소파에 기대 그녀들을 올려다보고 있었다.

"싫어. 별로 보기 싫은 얼굴이 온 것도 있고, 이렇게 노는 것은 혁이 너나 나나 싼 놈으로 도배되어 버리는 것 같아서. 이만 나가자. 술맛 상했다."

"어? 가자고? 술 마신 지도 얼마 안 됐는데?"

"됐어. 그만 가자. 어차피 이런 곳에서 파는 술 따위가 제대로 된 술일 리 없잖아? 그만 가자. 기분 다 망쳤어."

"어? 야! 태야! 태!"

휙, 자리에서 일어나 사라지는 태의 뒤를 쫓아 진혁은 빠르게 방문을 나섰다.

"뭐야, 수야? 쟤, 너무 웃기지 않아? 레인도 가만히 앉아 있겠다는데 지가 뭔데 자리를 차고 일어서? 태? 이름도 웃기네. 예비 연예인인가?"

수는 자리를 박차고 나간 태의 뒷모습을 곱씹으며 잘근 입술을 깨물었다. 설마 했는데 역시다. 처음 보는 차림에 이곳과 어울리지 않던 옛 모습에 고개를 갸웃했던 것도 잠시, 값싼 놈이 되어버릴 것 같다는 말과 자신을 향한 그 눈빛을 보았다.

'태, 태, 태! 감히 네가 내게!'

표독스러워진 수의 표정이 방문을 향했다.

두 사람은 이미 사라진 어두운 복도 끝.

수는 짜증스럽게 내뱉던 태의 말을 곱씹으며 바닥을 박찼다.

"어이, 이봐! 야! 야!"

뒤도 돌아보지 않고 나이트를 나서는 태의 모습에 진혁이 목청을 높여 그를 불렀다.

무슨 일이 일어날지 한껏 기대했건만 고작 이 정도로 일이 끝나다니 무언가 아쉬운 기분이 들었다.

진혁은 김이 팍 새어 나간 맥주마냥 밍밍한 상황을 떠올리며 걸음을 옮기는 태의 어깨를 붙들어 세웠다.

"이게 다야? 겨우 이거 하려고 날 부르고 팁 주고 뭐 하고 한 거야?"

"응, 그래. 겨우 이거 하려고 그런 거야."

"야! 너!"

"잠시만 있어봐. 흥이 깨지니까."

"흥? 무슨 흥? 고작 이런 일에 사람 끌어들여서 '나 이만큼 있는 놈이다’ 하고 보여준 게 그렇게 흥이 나고 신나냐?”

붙잡은 어깨가 들썩인다.

그렇게 기쁜 것일까?

진혁은 잔뜩 구겨진 얼굴로 조소하는 태를 보며 뒷머리를 긁적였다. 짧고 별것 아니라 생각한 한마디가 그에게는 무척이나 즐거웠던 모양이다.

“후우, 진혁아. 넌 동화책이 언제 가장 재미있는 줄 알아?”

“응? 동화책? 글쎄, 주인공이 성공할 때나 악당들을 혼내줄 때겠지.”

“아니, 그게 아니야. 동화책은 책장을 덮을 때가 가장 재미있는 거야.”

“응? 그게 무슨 말이야, 갑자기 뜬금없이? 중요한 일이라 불러놓고 난 또 뭐 엄청난 거 하는 줄 알았잖아. 기껏 왔더니 말 한마디에 그렇게나 기뻐하다니 난 참 이해가 안 간다.”

태는 고개를 갸웃거리며 묻는 진혁을 보며 피식 웃었다.

“사람마다 다 다른 거야. 생각해 봐. 동화는 책장을 덮는다고 끝나지 않아. 머릿속에서 그 뒷이야기를 상상하며 즐기는 거지. 오늘 그 한마디를 들은 그 여자는 어떻게 될 것 같아? 그냥 너처럼 그깟 한마디라 생각하고 넘어갈 수 있을 것 같아?”

“그건…….”

“아마 모르긴 몰라도 최악의 나날이 계속되겠지. 잊혀지지

가 않을 거야, 평생. 큭큭! 가자. 내가 술 한잔 살게. 아차! 내 차, 이인승이니까 대리 맡기고, 네 차는 사인승이지? 네 차 타고 가자."

크게 웃으며 어깨를 두드리는 태의 모습에 진혁이 얼굴을 찌푸리며 말했다.

"아, 진짜, 사람 답답하게. 에이씨! 그래, 뭐, 네가 그렇다면 됐다. 가자, 가! 아차! 그리고 내가 차는 사인승이라고 몇 번을 말했냐, 밥팅아! 하여간 태울 사람 없다고 맨날 제 생각만 하는 선 미국에서나 한국에서나 똑같다니까."

"하하! 그래, 그래, 알았어. 다음에 사게 될 일 생기면 그때는 사인승으로 살게. 됐지?"

"아, 나… 새끼. 말이라도 못하면 밉지라도 않지. 그래, 됐다. 가자."

팍! 어깨를 두들겨 대는 진혁의 얼굴에 시원한 웃음이 걸렸다.

잔뜩 긴장한 어깨가 풀리고 이제야 다시 평소 모습으로 돌아온 친구.

진혁은 어깨를 걸치고 걷는 태를 보며 깊게 숨을 들이마셨다. 내일자 신문은 이걸로 일면 예약이다.

한국 최고의 기획사 중 하나인 샤이닝.

그 베일에 싸인 사장이 긴 잠복기를 지나 드디어 모습을 드러냈으니 이보다 더한 기삿거리는 없다.

“넌 참 별난 놈이라니까.”

세워둔 차에 시동을 거는 진혁의 손이 바빠졌다.

밤. 낮은 하늘 가득 인조 별빛이 가득한 어느 날 밤이었다.

Chapter 5

신(新), 새로운

길게 늘어선 사람들의 줄.

태는 기획사 입구에 모인 수많은 사람들을 보며 고개를 갸웃거렸다.

언제 이런 소집령을 내린 적이 있던가?

곰곰이 생각해 보았지만 아무래도 그런 말을 한 기억은 없다.

"어서 오십시오, 사장님!"

"어서 오십시오!"

길게 늘어선 줄의 선두를 시작으로 크고 긴 인사가 빌딩을 울렸다.

“아, 아, 예. 어서 왔습니다.”

얼떨떨할 정도로 성대한 환영에 태가 벙찐 얼굴로 말했다. 스스로가 무슨 말을 해야 할지 모를 정도로 놀라 반사적으로 꺼낸 말이었다.

“그간 비워두셨던 자리가 이제야 주인을 찾게 되어 다행입니다. 어서 올라가시지요.”

“올라가시지요.”

“아, 예. 그리하지요.”

마치 군대처럼 정렬한 사람들 사이로 말을 건네는 사람들.

태는 회사의 중역인 그들을 바라보며 고개를 끄덕였다. 오랜 시간 빈 의자로 시간을 보내던 사장실의 주인이 돌아왔다.

팡! 팡! 팡!

“어서 오십시오, 사장님! 복귀를 축하드립니다!”

문을 여는 순간 터져 나오는 조그마한 제과점표 축포 소리가 줄을 이었다. 오랜 시간 자리를 비웠던 그를 환영하는 조촐한 인사다. 태는 머리 위로 쏟아지는 종잇조각들을 맞으며 목소리가 들려온 곳을 향해 고개를 돌렸다.

회사의 중역들과 함께한 사장과의 첫 대면에 과감히 뛰어들어 축포를 쏘아댈 수 있는 단 한 명의 남자.

태는 해맑게 사장실에 홀로 앉아 웃음 짓고 있는 진혁을 보며 휘휘 고개를 흔들었다.

“어쩐지 누가 없다 했어. 언제 이런 걸 준비한 거야? 어제 나보다 더 마신 걸로 알았는데 너, 술이 그렇게나 센 편이었나?"

"응? 아아, 별로 세진 않은데 그래도 날이 날이니까. 아침에 숙취로 죽어가면서도 새벽같이 달려와 준비했지. 어때, 마음에 들어?"

어깨를 으쓱하며 말하는 진혁의 모습에 태가 피식 웃었다.

"아, 나는 그냥. 그런데 글쎄… 뒤에 분들도 모두 네 계획에 동참하신 거야?"

"응? 아아, 뭐, 그렇다고 할 수도 있고 아니라고 할 수도 있지. 그렇죠, 다들?"

"험험……!"

"흠흠!"

진혁이 웃으며 말을 넘기자 머쓱해진 중역들이 헛기침을 터뜨리며 고개를 돌렸다. 계획을 듣고도 말리지 않았으니 그의 말대로 같이한 일이라 할 수 있다.

"뭐, 고맙군요. 사실 아침에 그런 인사는 기대도 하지 않고 있었는데, 나름대로 신경 써주셔서 감사합니다."

"아, 그렇게 말씀 안 하셔도 됩니다. 부하 직원과의 만남으로써 인사 정도는 당연히 해야 할 일이었지요. 다들 그렇지 않나?"

"그럼. 주인이 돌아왔는데 인사 하나 없다는 것은 말이 되지 않지. 그럼, 그럼."

성의에 예를 표하는 태의 말에 중역들이 맞장구치며 말했

다. 첫 만남, 첫인상이 무엇보다 중요하다는 것을 잘 알고 있
는 그들이 아니던가. 태는 빠르게 말을 뱉어내는 그들을 보며
준비된 자리에 앉았다.

"후, 그럼 인사는 여기까지 나누도록 하고, 30분 후 다들 회
의실에서 보지요. 저기 책상 위에 놓인 것이 오늘 회의의 안
건이 맞습니까?"

"아, 예! 사장님이 나오시기 전에 간추려 올린 안건들입니
다. 그간 자리를 비워 모르셨던 일들을 최대한 알기 쉽고 자
세히 추려놓았습니다."

"수고하셨군요. 그럼 30분 후에 뵙지요."

"예, 그럼."

털썩 자리에 앉아 인사를 건네는 태의 모습에 서 있던 중역
들이 썰물처럼 방을 빠져나갔다. 먼 타지에서 팩스만으로 모
든 일을 그날 바로바로 해결하던 일벌레가 자리에 앉았으니
아침 인사는 이제 모두 끝난 셈이다.

"너, 그렇게 보니까 제법 사장님 티가 난다. 허세를 부리는
것이 아니라 자연스러워. 어린 나이와는 다르게 사람 다루는
일에 능숙한 모양이지?"

사장실에 앉은 태를 보며 진혁이 다가서며 물었다.

"응? 아아, 글쎄, 그랬던 시절이 있던가? 지금으로서는 잘
모르겠군. 여하튼 어색하지 않다니 다행이군. 내심 첫인상에
대해서 생각하고 있었는데."

"하, 자식. 하여간 말발 하고는. 여자 한 명에 긴장하던 간밤과는 너무나 다른 모습이다, 너."

"네가 그렇다면 그런 거겠지. 별로 말하고 싶지 않은 일이니 그 일에 대해서는 그만 말하기로 하고. 쩝, 그런데 넌 안 나가냐? 나 30분 후에 회의 들어간다. 바쁘다."

눈길도 주지 않은 채 서류를 넘기는 태의 모습에 진혁이 다가서며 말했다.

"응? 아아, 그건 방금 나도 들어서 알아. 그래서 나가지 않고 있는 거야. 할 말이 있어서."

"할 말?"

고개를 끄덕이는 진혁의 모습에 태가 고개를 갸웃했다.

무슨 말을 꺼내려고 저런 얼굴로 마주 선 것일까?

태는 머릿속으로 그 답이 차오르기 전에 다시금 입을 열어 물었다.

"무슨 말인데 너답지 않게 뜸을 들여? 너, 무슨 사고라도 쳤냐?"

"글쎄, 사고를 친 건 맞는데 사실 나도 너무 뜻밖의 일이라 잊고 있었다. 소문이 무성하던 아시아 탑 싱어 말이야. 그거 주인공이 나란다. 이번에 미국 쪽에서 연락이 왔어. 아시아 탑 싱어던가? MTV 본사 측에서 연락이 왔어. 그간 말이 많던 해외 진출… 좀 앞당겨 줬으면 좋겠다. 네가 읽고 있는 서류, 그에 대한 이야기야."

“뭐?”

태는 어깨를 으쓱하며 말하는 진혁의 말에 잠시 눈을 동그랗게 떴다.

아시아 탑 싱어.

그것은 예기치 못한 새로운 행운의 출발이었다.

*　　　　*　　　　*

숨소리조차 들리지 않는 조용한 회의실.

태는 테이블 위로 놓인 모든 서류철을 훑어보고는 작게 입을 열었다.

“이야기가 이렇게까지 나왔다는 것은 상당히 진척도가 높다는 이야기인데, 곡은 준비되었습니까?”

“아, 아직은 아닙니다만 현재 미국에서 가장 권위있는 최고의 작곡가와 작사가를 섭외, 조만간 작업에 들어갈 예정으로……”

“최고의 작곡가와 작사가?”

더듬거리며 실장의 말을 자르며 태가 물었다.

“최고의 작곡가와 작사가라니? 저는 지금껏 단 한 번도 그에 대한 이야기는 들어본 적이 없는 것 같은데요. 조만간 작업에 들어갈 예정이라면 분명 사전 작업이 있었을 터. 김석환 씨, 이번 일이 사장인 제가 몰라야 할 정도로 은밀히 해야 하는 그런 일이었습니까?"

"그, 그건……."

태의 말을 받은 실장의 얼굴이 한순간 파랗게 질렸다. 그저 고개를 끄덕이며 넘어갈 줄 알았던 일이 싸늘한 빙산이 되어 수면 위로 떠올랐다.

선글라스 뒤로 느껴지는 싸늘한 시선과 차갑고 사무적인 딱딱한 말투.

실장은 태의 물음에 아무런 대답도 못한 채 고개를 떨어뜨렸다.

"그렇게 김 실장님을 잡을 것 없어. 내가, 내가 한 일이야, 태야. 그 빌어먹을 빌보드 한번 잡아보고 싶어서 내가 기획하고 실행에 옮겼어. 김 실장은 오늘 아침에야 내게 듣고 말하는 거야. 그는 이 일에 대해서 너와 같이 오늘에서야 알게 되었어."

"그 말, 정말이냐?"

태는 똑바로 고개를 끄덕이는 진혁을 잠시 보다 선글라스를 벗어 들었다.

"후, 네가 아무리 한국 최고의 가수고, 우리 기획사를 대표하는 간판이라 할지라도 이번 일은 분명 월권 행위였다. 샤이닝 기획의 사장은 나고, 이 기획사는 나를 중심으로 돌아가야 한다. 설령 알려져서는 안 되는 비밀스러운 스캔들이라도 내 회사의 일을 내가 모르는 것을 나는 절대 용납할 수 없어. 네 친구이기 이전에 사장으로서 말하지. 오늘 같은 일을 넘어가 주는 것은 이번이 처음이자 마지막이야. 진혁, 다시금 이런 일이 생길 때에는 네가 아닌 그 누구라도 용서치 않겠어. 다들 아시겠습니까?”

“예, 명심하겠습니다.”

딱딱하고 차갑게 내려앉은 태의 말에 자리에 모인 모두가 주눅 든 목소리로 답했다. 날카로운 말의 칼날은 진혁을 향해 있지만 그 말이 모두에게 해당된다는 것쯤은 그들 역시 잘 알고 있었기 때문이다.

“그럼 그 이야기는 이만 하고, 다음 이야기로 넘어가서 김 실장님, 아니, 진혁. 네가 직접 만나고 섭외했다는 최고의 작곡가와 작사가는 누구지? 이 서류에는 명시되어 있지 않은데.”

“아, 아직 확정된 것이 아니라서 그래. 아직 물밑 작업 중이지만 거의 이쪽으로 물이 흘렀다 싶어서 말을 넣었어.”

“흘렀다 싶었다고?”

쾅!

“너, 지금 그걸 말이라고 하는 거야?”

“응?”

진혁의 짧은 말에 싸늘하게 굳어 있던 태의 얼굴이 와락 구겨졌다.

지금껏 그 누구도 듣지 못했던 짜증 섞인 태의 목소리.

진혁은 버럭 화를 내는 태의 모습에 놀라 아무 말도 꺼내지 못했다.

"김 실장님, 이번 일은 없던 것으로 하세요. 작업이 어디까지 진행되었든 이쪽으로 기울었든, 어쨌든 간에 작곡가와 작사가의 섭외는 전면 캔슬입니다."

"예, 예? 캔슬이라구요?"

"예, 섭외뿐 아니라 오늘 준비 안건이었던 레인의 미국 앨범 역시 전면 캔슬입니다."

"하, 하지만 사장님, 이번 일은 아시아 탑 싱어의 수상과 더불어 미국 음반 시장에 한걸음 쉽게 다가갈 수 있는 디딤돌로써 이미 상당양의 돈과 작업이……."

"김 실장님, 사장인 제가 캔슬한다 말했습니다. 이 이상 말이 더 필요합니까? 구질구질하게 제가 미국에서 겪었던 이야기를 꺼내놓으며 이러저러해서 안 되는 겁니다, 하고 변명과 설명을 이어주시길 원하시는 겁니까?"

"그, 그런 건 아니지만……."

"그럼 그만 그에 대해서는 그 어떤 이야기도 꺼내지 마십시오. 저는 복잡하고 긴 이야기는 싫어하는 성격입니다. 이 프로젝트는 잘못되었고, 그렇기에 지금 이 순간 부로 전면 캔슬, 파기(破棄)입니다. 이의가 있거든 '그간 들인 돈과 시간' 이라는 변명을 뺀, 정말 제대로 된 이의가 있는 서류를 들고 개별적으로 날 찾아주시길 바랍니다. 물론 그전에 제가 왜 전면 캔슬했는가 먼저 생각해 보아야 할 겁니다. 그렇다면 아마도 그런 나

약한 말 따위는 꺼내지 못하겠지요. 그럼 회의의 주제였던 기획도 캔슬되었겠다, 오늘의 회의는 이만 마치도록 하지요.”

“아! 저, 사장님……!”

임직원들은 싸늘한 표정으로 회의실을 나서는 태의 모습에 더는 아무런 말도 꺼내지 못했다. 어린 나이의 사장이라고 우습게봤던 것일까? 아침 첫인사 때의 멍한 모습이라고는 일 말도 보이지 않는 그의 모습에 자리에 모인 모두의 입술이 바짝 말랐다.

사장이다.

지금껏 자리를 비워 낯설지만 그는 젊고 유능한 사장임에 틀림이 없다.

“야, 야, 야!”

쾅! 문을 열고 나가는 태의 모습에 진혁이 화가 난 얼굴로 뒤따라 나섰다. 사무실이 다 울릴 만큼 커다란 목소리로 부르고 또 불렀지만 대답이 없다. 태, 그 역시 화가 난 것이다.

쾅!

“도대체 왜 그래? 왜 갑자기 그러는 거야? 사원 길들이기라도 하겠다는 거야, 뭐야? 도대체 그렇게 마구잡이식 발언이 어디에 있어? 말 좀 해봐, 자식아!”

“문 닫아. 보는 사람, 듣는 사람 많다. 지금 상황이 눈에 안 들어오는 모양인데, 여기는 회사고 나는 네가 계약한 기획사의 사장이다.”

“아아, 그래, 사장. 사장이었지. 이봐, 잘나신 사장 양반. 그리 말하니 내 문 닫고 다시 물어보지. 왜 그랬어? 캔슬이라니? 전면 캔슬이라니? 말이 초반이고 기울었다는 것이지, 사실 종반에 다다라 있단 말이야. 너도 알 거 아니야!”

화가 머리끝까지 치솟아오른 진혁의 말에 가시가 돋치기 시작했다.

회의실에서부터 그랬다. 전면 캔슬이라는 말에 멍하게 태를 보던 것도 잠시, 문을 열고 회의실을 나서는 그의 뒤를 사장실까지 회가 난 얼굴로 쫓았다.

“그걸 몰라서 물어? 다 말해줬잖아. 김 실장이 주도한 그 앨범은 가치가 없는 쓰레기야. 네게 도움은커녕 해만 될 거라고.”

“그걸 네가 어떻게 알아! 곧 아시아 탑 싱어의 발표가 있어. 한국도 일본도 대만도 아니라 미국 현지에서 있는 커다란 일이고, 상이야. 그런 그때를 겨냥해서 시장 공략을 나서겠다는 게 뭐가 나빠? 그게 뭐가 나쁘냐고!”

태는 버럭 소리를 내지르는 진혁을 바라보며 목에 매고 있던 넥타이를 잠시 풀었다. 화가 나 어깨와 목에 힘이 들어가자 좀 갑갑한 기분이 들었기 때문이다.

“후~ 진혁아, 내가 사원 길들이기나 하자고 이번 프로젝트를 취소시킨 줄 알아? 내 허락도 없이 일을 벌인 김 실장처럼 너 역시 내가 그렇게 한심한 사장 나부랭이로 보여?”

“그건……..”

“아니지? 그렇게 보지 않지?”

진혁은 똑바로 눈을 바라보며 묻는 태의 말에 입을 꾹 다물었다. 그렇게 생각하지 않는 것이 맞지만 그대로 수긍해 고개를 끄덕일 수는 없었다.

“내 허락도 없이 일을 벌인 김 실장을 네가 감싸줬을 때 나는 내가 참을 수 있을 만큼 참았어. 너는 어떨지 몰라도 나는 이 기획사의 사장이야. 시작이 어떻게 되었든 이 회사에서 돌아가는 모든 일은 나를 거쳐 내 손에서 결정이 나야 해. 이 회사의 사장은 나고, 결정권은 내게 있으니까. 알아들어? 나는 사장이야. 널 높이 사서 계약을 체결하고 이익을 위해 회사를 운영하는 사장이라고.”

“그래, 알아. 그래서 그 부분에 대해서는 나도 미안하게 생각해. 하지만 김 실장의 생각이 나는 나쁘지 않았어. 그는 꽤나 유능한 사람이고, 오랜 시간 이 바닥에서 살아남은 베테랑이야. 그런 그가 미국에서도 알아주는 유명한 작곡가와 작사가가 내어주는 신곡을 내게 준다 말해왔어. 한국 길보드가 아니라 미국 빌보드에 오를 곡을 주겠다고 말이야. 그런데 내가 그냥 넘어갈 수 있겠어? 그냥 ‘사장님의 허락이 없으니 다음에 하지’ 하고 그렇게 말할 수 있겠어? 그는 오랜 시간 이날을 기다려 왔다고 했어. 준비도 완벽하고, 느낌도 좋다고 말했어. 그런데 왜 캔슬하는 거야? 왜, 도대체 왜?!”

다시금 흥분한 진혁이 마른 입술을 핥아가며 말했다. 그토록 기다리던 미국 앨범을 이렇게 허무하게 잃고 싶진 않았다. 하지만 눈앞의 어린 사장은 너무나 완고하다.

"나도 네가 얼마나 미국행을 기다리는지 잘 알아. 그랬기에 더 화가 난 거야. 네가 어제 술자리에서 말했지? 미국 빌보드, 힘들다고. 그 차트에 들어가는 게 왜 그렇게 힘이 드냐고. 그건 당연한 일이야. 힘이 들 수밖에 없는 일이라고. 왜? 미국은 넓으니까. 우리나라보다 선진국이고, 문화적으로도 자국뿐 아니라 수많은 나라에 영향을 미치는 지대한 곳이니까. 실력뿐 아니라 빽과 시기, 운, 그 모든 것이 합쳐져야 스타 하나가 탄생해. 그저 운이 좋아 뚝딱 복권 당첨되듯이 나오는 게 아니야. 철저한 준비와 훈련, 그리고 날카롭게 갈고닦은 앨범만이 살아남는 거라고."

"알아, 알고 있어. 그래서 더 지금 목이 타는 거야. 시기도 무르익었고, 드디어 기회도 왔어. 실력? 너는 어떻게 볼지 모르지만 나는 나 나름대로 내 자신이 완성되었다고 생각해. 우리나라뿐 아니라 세계에 통할 거라는 자신감도 가지고 있어. 아시아 탑 싱어. MTV에서 주최하는 그 커다란 쇼에 주인공으로 그들에게 자국민이 낳은 최고 작곡가의 노래를 내 목소리로, 내 노래로 선사해 주고 싶어. 나는 아시아 한국의 가수가 아닌 세계적인 가수가 되고 싶어. 꼭 그렇게 되고 싶다고!"

"하… 그래, 진혁아. 나 역시 마찬가지야. 너를 그런 큰 무대에 세우고 싶고, 또 그런 세계적인 가수로 만들어주고 싶어. 그래서 그래. 김 실장이 내놓은 프로젝트, 오늘 네게 말을 듣고 회의 직전까지 알아보고 검토해 봤어. 그래, 일이야 어찌 되었든 그것이 주는 결과가 좋아 보이면 나 역시 흔쾌히 허락하려 했어. 그런데 이건 아니야. 며칠 남지 않았어. 한 달? 아니, 이제 보름이 조금 넘게 남았을까? 아무리 싱글 앨범이고 미국에서 잘나간다는 작곡가라 하지만 이건 무리가 있어. 생각해 봐. 아시아에서도 독특하다고 불리는 네 창법이야. 어디서 만난 적도 본 적도 없는 작곡가가 그런 네 목소리에 맞춰 전 미국인들의 귀를 만족시킬 만한 곡을 보름 만에 뽑아낼 수 있을 것 같아?"

"그건…….."

"무리야. 너도 알고 있잖아. 이번 프로젝트가 시간이 모자라고 촉박하다는 거. 네가 빌보드로 가고 싶어하는 마음을 잘 알아. 조급하고 답답해하는 것도 알고 있어. 하지만 이건 아니야. 이건 정도도 사도도 아닌 그저 훅, 불면 날아갈 임시방편에 불과해. 축복받은 네 무대를 그렇게 날리고 싶어? 훅, 불면 날아갈 임시방편에 몸을 싣고 날려 버리고 싶어?"

"……."

진혁은 자신에게로 다가서며 묻는 태의 말에 뭐라 대답하지 못했다. 조바심과 초조함에 가려졌던 진실들이 태의 말에 되살아났다.

미국.

빌보드.

　손에 닿을 것만 같았던 이야기가 꿈처럼 희미해져 가는 것이 느껴졌다. 흥분되어 눈에 보이지 않던 많은 것들이 그제야 바로 보인다.

　"빌어먹을. 그래, 네 말이 맞아. 내가 조금 눈이 어두워졌다. 답답하고 조급했어. 놓치기 싫은 기회였고, 내 꿈이라서……. 눈에 뭐가 씌웠었나 보다. 회의실에서 아무도 말이 없을 때 알았어야 했는데… 미안하다, 소란스럽게 해서."

　무너진 기대만큼이나 푹 죽어버린 진혁의 어깨.

　테는 고개 수인 진혁을 바라보며 깊게 한숨을 내쉬었다. 한국을 대표하는 가수로 지금껏 얼마나 많은 사람들에게 치어왔을까?

　빌보드, 빌보드…….

　마치 옆집 문 두드리듯 쉽게 말하는 이들에게 얼마나 많은 상처와 압박감을 받아왔을까?

　축 처진 진혁의 어깨를 두드리며 테는 꾹 다물고 있던 입을 열었다.

　"네 빌보드 프로젝트는 끝난 게 아니야. 김 실장의 프로젝트가 막을 내린 것뿐이지. 너와 온 국민이 바라는 네 빌보드의 꿈, 내가 이뤄주마. 오기 전부터 생각해 둔 것이 있어. 함께 가자. 미국, 빌보드로."

　처진 진혁의 어깨를 위로하던 태의 손에 꾸욱 힘이 실렸다.

　빌보드.

진혁이 품에 안은 그 웅대한 꿈이 움켜쥔 어깨를 타고 태의
가슴으로 흘러드는 것만 같았다.

*　　　*　　　*

연예계는 뜻밖의 소식에 너도나도 진혁의 호도를 뽑아냈다.
아시아 탑 싱어.
그 베일에 싸인 주인공이 진혁이라는 사실이 공표되었기
때문이다.
"이것으로 더욱 미국 진출에 한 걸음 다가서게 되셨는데요.
미국 시장을 겨냥한 앨범은 언제쯤이나 볼 수 있는 건가요?"
"최근 미국 최고의 작곡가와 작사가를 섭외, 싱글 앨범 작
업에 들어가셨다는데 사실입니까?"
"진혁 씨, 여기 좀 보고 말씀해 주세요!"
기획사 앞에 벌 떼처럼 몰려든 기자들의 긴 행렬과 플레쉬.
태는 연신 셔터를 눌러대는 기자들을 바라보며 피식 웃었
다. 지금껏 악의성 기사를 적어대던 기자들도 이번만은 입을
다물었다. 음악성을 버리고 돈을 잡았다며 윽박지르던 안티
팬들도 한풀 죽었다.
상이다.
그것도 국내가 아닌 해외에서 내려진 커다란 상에 그를 잘
모르는 이들도 지금만큼은 칭찬을 쏟아내기에 바빴다.

"네가 말한 대로 그 어떠한 말도 꺼내놓지 않았다. 평소 같았으면 거만하다고 뭐라고 했을 녀석들도 이번만큼은 조용하군. 아시아 탑 싱어. 뭐, 그 상이 대단하긴 대단한 모양이다."

"응? 아, 뭐, 그렇지. 국민성이라는 것도 있으니까. 네가 제치고 올라간 가수 중 일본 탑 가수도 있잖아? 가슴이 후련한 거야. 그들에게 이기고 올라간 네가 자랑스러운 거야."

"하하! 그런가? 정작 상을 받은 나는 아무렇지 않은데… 아니, 그 상이 너무나 무거워서 앞으로가 걱정되는데 다들 저리들 떠 있으니 사실 네가 말하지 않았어도 나는 아무 말 못했을 거야. 허풍이 되면? 기대만 주고 실망만 안겨주면 어떡하지?"

"진혁아."

언제나 당당하기만 하던 진혁의 어깨가 자주 바닥으로 처지기 시작했다. 홀로 지기에는 너무나 무거운 관심 속의 짐. 태는 아직도 꺼질 줄 모르는 카메라의 플레쉬 빛을 바라보며 가슴팍에 넣어둔 담배를 꺼내 들었다.

"답답할 때는 담배 한 대가 좋다더라. 폐암을 부를 정도로 과한 건 좋지 않지만 뭐, 이럴 때 한두 대쯤은 피우라고 담배라는 게 있는 거겠지. 그렇지 않아?"

"후, 고맙다. 신경 써줘서. 하지만 담배는 피지 않을란다. 공연을 앞둔 가수가 돼서 담배를 입에 물면 다들 어떻게 보겠냐? 목도 폐도 소중히 지켜야지. 그래, 그날 최고의 모습을 보여주려면 그래야지."

"자식, 벌써 전투 모드에 다 들어갔구먼. 그래, 그렇게 해라. 그게 네 맘이 더 편하다면 그렇게 해야지. 그럼 네 공연이 있을 때까지 회사 전체에 금연 팻말이라도 꽂아둬야 할까나?"

툭.

"그건 오버다, 자식아."

축 처져 있던 진혁이 어깨가 태의 어깨를 두드리며 다시금 솟아올랐다.

기획사.

사장.

그리고 하나뿐인 친구.

"하하! 그런가?"

태는 다시금 살아난 진혁의 어깨를 보며 기분 좋게 웃었다. 한국 최고라 해서, 수많은 사람의 사랑을 받고 있다고 해서 사람이 한순간 만화 속 주인공마냥 초인이 되는 것은 아니다. 그 역시 사람이고 새로운 도전에는 언제나 두렵고 힘든 압박감이 느껴진다. 화려한 무대의 주인공이기에 그의 길은 어쩌면 더 힘들고 고난스러울지 모른다.

"나, 정말 잘해낼 수 있을까?"

창밖의 플레쉬 빛을 바라보던 진혁의 눈이 작게 감겼다.

불안하고 두려운 도전 과제.

　수많은 사람들의 기대가 그의 작은 어깨로 몰려들기 시작
했다.

　수많은 세션들이 모여 움직이는 녹음실.
　태는 반짝반짝 돌아가는 녹음실의 기계들을 바라보며 엄
지손가락을 치켜들었다. 헤드폰으로 노래를 녹음하는 진혁
의 노랫소리가 기분 좋게 흘러나왔다.
　"정말 좋군요. 이대로 가죠. 이 정도라면 충분해요."
　"정말 괜찮겠습니까? 이게 정말 그들의 입맛에 맞을까요?"
　"예, 딱 맞을 겁니다. 뭐, 맞지 않으면 맞게 만들면 되는 거
고요."
　"예?"
　어깨를 으쓱하며 웃는 태의 모습에 작업팀의 고개가 갸웃
거렸다.
　섭외 중이던 미국 최고의 작사가와 작곡가를 버리고 선택
한 리메이크.
　그것도 해외 유명 가수가 아닌 레인의 첫 데뷔 앨범에 수록
된 타이틀 곡을 영어로 개사, 번안한 수준의 곡이다.
　'진혁은 천재다. 그저 태어난 것만으로도 남들이 갈고닦은
것보다 몇 배는 더 큰 재능을 가진 사람. 이 노래는 후에 그가
만든 최고의 명곡으로 남는 곡이고.'
　녹음실의 진혁을 향해 손을 흔드는 태의 입술이 작게 말려

올라갔다. 보인다. 그의 미래와 과거가, 그리고 영광에 찬 땅
이 눈에 보인다.

＊　　　　＊　　　　＊

"아시아 탑 싱어! 총 육 개월간의 심사를 거쳐 선발된 다섯
아티스트를 추려 그 대망의 일위를 소개하는 시간! 자, 다들
오늘의 주인공을 알고 계시겠지요?"
"예!"
"그럼 큰 소리로 소개합니다! 아시아의 태양, 떠오르는 빌
보드의 신예, 레인!"
"와아!"
객석을 가득 메운 수많은 사람들의 환호성이 터져 나왔
다.
아시아 탑 싱어를 가리는 자리는 수상식과 동시에 펼쳐지
는 거대한 투어 콘서트.
진혁은 고국처럼 열광하는 관중들의 함성 소리를 듣자 가
슴이 떨렸다.
태어나서 이렇게 떨리고 기쁜 적이 또 있던가?
꿈만 같은 일에 이를 악물어 눈물을 참았다.
"레인, 레인, 레인! 굉장한 환호성이다. 널 위해 준비한 선
물, 마음에 드냐?"

"빌어먹을 자식. 고맙다, 고마워. 자식아."

어둑한 대기실에 앉은 진혁을 향해 작은 목소리가 들려왔다.

고개를 들지 않아도 알 수 있는 낯익은 목소리.

진혁은 문을 등지고 선 사내의 그림자를 바라보며 슥 눈가에 고인 눈물을 닦았다.

"비행기로 날아오면서 그간의 이야기는 다 들었다. 정말이지, 너란 놈은 알다가도 모르겠다. 어느 날 홀연히 사라져 보이지 않는다 했더니 이 많은 일을 혼자 꾸민 거냐?"

"응? 아, 뭐, 그렇지. 뒷공작이란 게 아는 사람이 적을수록 좋은 거 아니냐? 아군도 적군도 없는 민중을 움직이기 위한 효율적인 호객 방법. 내가 한 건 별로 없어. 다 네가 잘한 거야. 네 노래가 미국을, 그리고 지금 이 홀에 모인 사람들을 울린 거야."

"너… 이 자식, 자꾸 멋진 말로 사람 감동시킬래?"

"내가 뭘 했다고 그러냐. 내가 한 말은 멋진 말이 아니라 사실이야. 늦겠다. 가라. 쫄지 말고 지금껏 그래 왔듯 어깨를 당당히 펴고 나가 사람들에게 네 노래를 들려줘. 피스 투 이지. 네가 항상 주장하던 말이잖아."

"자식."

진혁은 손을 들어올리는 태를 보며 자리에서 일어나 올려진 그의 손을 향해 손바닥을 뻗었다.

짜악!

시원스레 손과 귀, 그리고 가슴을 울리는 시원한 하이파이브.

어두운 대기실을 지나 무대로 오르는 진혁의 가슴이 쭉 펴졌다.

한류.

아시아에 몰아닥친 그 커다란 열풍을 먼 대륙에도 심어줄 때가 되었다.

"후, 그간 힘들 게 뛰어다닌 보람이 있군요. 실력없는 호펑은 대중을 속일 뿐이지만 실력있는 호펑은 대중의 마음을 붙들어놓을 수 있는 법이라더니, 그 말이 딱 맞는 것 같군요."

"응? 아아, 당신인가? 그간 수고했어. 생각했던 것보다 일을 더 잘하더군. 기대 이상이었어."

"하하, 그렇습니까? 뭐, 저야 돈 받고 일하는 브로커이니 당연한 일을 한 것뿐입니다. 진정 평론가들과 기자들을 구워삶은 것은 사장님의 돈과 저 레인이라는 가수의 실력 아니겠습니까? 하하하하하!"

태는 홀로 선 대기실로 유유히 걸어 들어오는 남자를 바라보며 피식 웃었다.

처음 만났을 때와 마찬가지로 먼지 묻은 안경을 닦아내는 어수룩한 모습의 남자.

그는 다름 아닌 미국 최고의 문화 브로커라 불리는 잭 니콜슨이었다.

"그렇게 이야기해 주니 고맙군. 어찌 되었든 간에 돈뿐이
아니라 사실을 보여준 것이니까. 당신 역시 돈을 위해 브로커
일을 한다지만 꽤나 알아주는 귀가 아니었던가? 진혁의 노래
를 그만큼 인정해 준다니 고마울 따름이야."

"응? 아아, 진혁이 레인의 본명이었지요? 뭐, 그의 노래는
나쁘지 않았습니다. 하지만 솔직히 말해 저는 그의 노래 실력
보다 당신의 그 발빠른 대응에 더 높은 점수를 주고 싶습니다.
평론가들과 신문사뿐만이 아니라 혼란스런 틈을 탄 민심의 장
악. 당신의 빠른 물밑 작업이 지금의 그를 만들었습니다."

"하하, 그런가? 별난 일이군. 나는 그렇게 생각하지 않는데
말이야. 나는 하늘이 그를 도왔다 생각해. 내가 꾸민 일과 벌
인 일 모두가 그를 위한 하늘의 배려였다고 말이지."

"그렇습니까?"

깨끗이 닦은 안경을 고쳐 쓰며 말을 묻는 잭의 물음에 태는
조용히 고개를 끄덕였다.

아시아 탑 싱어를 겨냥해 앨범 작업을 마무리하던 보름 전,
미국 남부에는 역사상 유래없는 참극이 벌어졌다.

카트리나.

최고 시속 280km의 강풍과 폭우를 동반한 초대형 허리케인
이 미국의 남부를 덮친 것이다.

"참극 속에 심어진 희망은 지워지기 힘든 법이죠. 먼 타지
에서 무법지대로까지 번진 그 황폐한 땅에 음식과 옷가지, 그

리고 음악을 선사한 것은 정말 지금껏 보지도 듣지도 못한 최고의 전략이자 홍보였습니다. 레인, 그 낯선 이방인의 노래가 미국 남부를 중심으로 그렇게 미국 전역으로 퍼져 나가기까지 채 보름도 걸리지 않았으니까요."

"그 점에서 나 역시 당신이 굉장하다고 느껴. 살살 불기 시작한 바람을 평론가들의 호평과 신문기자들의 호도 속에 발빠르게 뿌려주었으니까. 고마워. 내 계획을 차질없이 돌아갈 수 있도록 만들어줘서."

"하하, 별말씀을……. 말했듯 저는 할 일을 다 했을 뿐입니다. 뭐, 진정 그렇게 고맙다면 추가 보수를 더 주십시오. 싱글 앨범도 호황, 콘서트도 호황. 흐흐, 이 정도라면 살짝 보너스를 주셔도 될 만한 규모 아닙니까?'

"아아, 그것은 안 돼. 싱글 앨범과 콘서트 수입금 전부를 미국 남부에 보내기로 이미 약조했거든. 비로 슬픈 미국 땅이 비(레인)를 싫어하게 되면 안 되니까 말이야."

"하, 장기적 이미지 스타의 노림수라……. 당신은 정말이지, 완벽을 추구하는 사람이군요. 뭐, 그럼 됐습니다. 다음에 또 일이 있거든 그때 다시 불러주시길."

"그러지. 바이바이, 미스터 잭. 좋은 노래나 듣다 가라고."

태는 싱긋 웃음 지으며 객석 뒤로 사라져 가는 잭을 보며 품에 찔러 넣은 담배 한 대를 꺼내 물었다. 콘서트가 시작되었는지 거대하게 홀을 울리는 진혁의 맑은 노랫소리가 퍼져 나간다.

진혁,

레인,

아시아 탑 싱어,

빌보드,

그리고 카트리나…….

선글라스 너머로 흩어지는 담배 연기가 마치 뜬구름처럼
옅고 멀게만 느껴졌다.

*　　　　*　　　　*

미국 빌보드의 순위권에 진입한 진혁(레인)의 앨범의 성황
으로 한국 시장은 새로운 국면을 맞이하게 되었다. 아시아뿐
아니라 세계로 뻗어 나갈 활로가 진혁의 등 너머로 보이기 시
작한 것이다.

"사장님, S.U 기획사의 전화인데요. 어쩔까요?"

"어떤 전화라도 같습니다. 누구의 전화도 받고 싶은 마음
이 없습니다. 소연 씨 선에서 커트해 주세요."

"예, 알겠습니다, 사장님."

"예, 그럼."

사장실과 이어진 내선 통화를 끝으로 태는 그 누구의 전화
도 받지 않았다. 앨범이 성공을 거둔 후 거대한 스타가 된 것

은 비단 진혁뿐만이 아니었다. 그와 매니지먼트 계약을 맺고 이번 일을 기획한 태 역시 동종 업계의 스타가 되었다.

"그나저나 사장님도 참 피곤하시겠습니다. 이번 일로 진혁이도 진혁이지만 사장님의 이름이 너무 알려져 버린 것 같아요. 그간 조용하던 신문사와 잡지사도 슬슬 사람들의 호기심에 움직이기 시작했다면서요?"

"아아, 말도 마세요. 그간 진혁이가 얼마나 힘들었는지 이제야 알 것 같습니다. 밀려드는 인터뷰 요청에 난데없는 플래쉬 세례. 어떻게 알았는지 공개하지 않은 집까지 찾아오는 그 정성에 놀랄 노 자입니다."

"그들이야 그것을 업으로 살아가는 자들이니까요. 차라리 시원하게 인터뷰에 응하는 것이 어떻습니까? 그렇다면 지금보다는 덜 시끄러울 텐데요."

"그렇겠지요. 그래서 오늘 저녁쯤 간단한 인터뷰에 응할 생각입니다. 지금으로서는 그게 가장 나은 방법일 테니까요."

그 말을 끝으로 다시금 서류철로 고개를 돌리는 태의 모습에 함께 말을 나누던 신 부장의 고개가 끄덕여졌다. 지금껏 살면서 수많은 사람을 보고 모셔왔지만 이 같은 사람은 처음이다.

손에 넣은 명예와 명성을 남용하지 않는다. 큰돈을 들여 일을 성사시켜 놓고도 이익보다는 가수의 생명과 기업의 이미지에 모든 이익을 돌린다. 흑자네 대박이네 떠들지만 현실적으로 볼 때 이번 일은 엄연한 적자다. 그것도 한두 푼이 아니라 일반인이라면 상상도 못할 만큼 엄청난 액수이다.

"레인의 콘서트, 이제 슬슬 끝나가고 있지요?"

"아, 예. 우리나라와 달리 워낙 땅덩어리가 넓다 보니 투어가 좀 길게 이루어졌습니다. 조만간 콘서트를 모두 마무리 짓고 귀국할 겁니다."

"그렇군요. 도착하는 즉시 국내 앨범과 미국 정규 앨범 작업을 동시에 진행할 수 있도록 준비해 두세요. 우리나 진혁으로서도 힘든 길이겠지만 노력은 할 수 있을 때 하지 않으면 그 이상의 성과를 볼 수 없습니다. 알고 계시겠지요?"

"물론입니다. 호기에는 몸을 쉬는 것보다 몸을 놀리는 것이 낫지요."

"그럼 그렇게 모레 중으로 예산 투자 비용과 라인을 산출, 보고해 주도록 하세요. 검토는 모레 보고서가 도착하는 대로 시작할 테니까요."

"예, 알겠습니다, 사장님. 맡겨만 주십시오."

탕탕, 가슴을 치며 방문을 나서는 신 부장의 모습에 태의 입술이 작게 쌜쭉거렸다.

전(前) 사장이 만들어둔 가장 믿을 만한 이 업계의 베테랑.

선글라스를 내리지 않아도 그의 마음은 한눈에 들어올 만큼 곧고 정직했다.

"재미있게 살기란 참… 힘든 것이라니까."

날로 짙어지는 선글라스를 만지작거리는 태의 눈이 작게
감겼다. 어두운 세상으로 보이던 밝은 빛 무리. 그 너무나도
밝은 빛에 점점 세상에 눈이 멀어가고 있었다.

"예약하셨습니까?"
"아, 희라는 이름으로 잡아둔 자리가 있을 텐데요."
"그렇습니까? 잠시만 기다리십시오, 손님."
한눈에 척 보기에도 고급스러워 보이는 레스토랑.
희는 은은하게 울리는 피아노 소리를 들으며 침을 꼴깍 삼
켰다. 견습 기자에서 정식 기자로 발돋움한 뒤로 맞는 첫 인
터뷰다.
"아, 스카이라운지를 예약해 두신 그분의 손님이셨군요?
저분을 따라가세요. 예약석까지 모셔드릴 겁니다."
"아, 예. 감사합니다."
앞서 나가는 웨이터를 따라 희는 조심스레 걸음을 옮겼다.
어둡지만 음침하지 않은 레스토랑은 부드러운 피아노 선율과
어울려 고급스러우면서도 고풍스러워 보였다.
"이곳입니다."
"아!"
웨이터가 가리킨 넓은 테이블로 앉은 사내.
희는 레스토랑과 너무나도 잘 어울리는 그를 바라보며 놀
라 벌어지는 입을 닫았다. 생각한 것보다 너무나 젊고 멋진

인물이다.

"마, 많이 기다리셨나요? 차, 차가 좀 막혀서요."

"아, 저도 온 지 별로 되지 않았습니다. 그리 크게 신경 쓸 것 없습니다. 편하게 앉으시지요."

"아, 예. 고, 고맙습니다."

잔뜩 긴장을 한 것일까?

태는 너듬거리며 말을 꺼내는 희를 바라보며 피식 웃었다. 인터뷰 취재를 위해 온 기자가 자신보다 더 긴장하고 있다니 무언가 아이러니했다.

"혹 식사는 하셨습니까? 안 하셨다면 가볍게 저녁을 하며 인터뷰를 하는 게 어떨까요? 그 편이 더 긴장도 풀릴 것 같아서 말입니다."

"아, 예. 그, 그렇게 하죠. 호, 호호."

주객이 전도된 상황과 말.

부드럽게 웃으며 웨이터를 부르는 태의 모습에 희의 입술이 바짝 말랐다. 거물이다. 이제는 연예계의 거물이 되어버린 태의 그림자가 희의 머릿속을 긴장감으로 가득 채웠다.

"이제 와 말씀드리기 뭐한 부분입니다만… 오시기 전에 미리 코스로 준비를 부탁해 놓았습니다. 혹 입맛에 맞지 않거나 다른 것이 드시고 싶거든 말씀하시길."

"아, 아니, 괜찮아요. 지금 제게는 먹는 것보다 인터뷰가 더 중요한걸요. 여러 가지로 신경 써주셔서 감사합니다."

태는 부드러운 미소로 화답하는 희를 보며 싱긋 웃었다. 어수룩해 보이지만 눈앞의 여인은 자신의 본분을 잊지 않고 있다.

"흠흠, 그럼 연예계의 마이더스 태 사장님에 대해 많은 분들이 궁금해하시는 것들을 모아 추려왔습니다. 먼저 가장 많은 분들이 궁금해하고 가장 쉽게 답하실 수 있는 질문인데요, 독신이냐 기혼이냐 하는 것입니다. 호호, 이 부분은 아마도 여성 성향의 잡지이다 보니 나온 말 같아요. 물론 저 역시 궁금하고요. 독신인가요, 아니면 기혼?"

희는 입술 위로 펜을 톡톡 두드리며 물었다. 말이 시작됨과 동시에 수첩과 녹음기를 꺼내 드는 폼이 제법 인터뷰 기자다워 보였다.

"제가 유부남처럼 보이던가요? 음, 그렇게 칙칙하고 나이가 들어 보이나요?"

"아, 아니요. 절대 그렇지 않아요. 오히려 차림새와 분위기가 너무 좋아서 그런 생각이 드는걸요? 아름다운 배우자는 남편을 보다 더 멋지게 꾸밀 줄 아니까요."

"하하! 그렇습니까?"

조금은 긴장이 풀린 듯 웃으며 고개를 끄덕이는 희의 모습에 태의 입에서 커다란 웃음소리가 터져 나왔다.

"물론 저는 아직까지 독신입니다. 결혼을 생각하고 교제 중인 사람도 없지요. 아직까지는 일이 좋고, 일 이상의 다른 것을 만나본 적은 없습니다.”

“그러시군요. 호호, 그럼 이거 잘된 일이라고 해야 할까요? 오늘로 신데렐라를 꿈꾸는 한국의 여성들에게 한 명의 멋들어진 왕자님이 한 분 더 생겼네요.”

“하하, 그렇게 말씀해 주시니 영광이군요. 한잔하시겠습니까?”

희는 멋쩍게 웃으며 잔을 내미는 태의 모습에 싱긋 웃으며 앞에 놓인 와인 잔을 들었다. 쨍, 하는 맑은 소리가 울리며 잔에 채워진 포도주가 작게 춤췄다.

사람을 편안하게 하는 미소.

희는 눈앞의 태의 미소가 포근하다고 느꼈다.

“그럼 다음 질문으로 넘어가서, 이번 레인의 미국 공연의 모든 페이를 기부하셨다 들었는데요. 회사로서도 적지 않은 액수였을 텐데, 그 많은 돈을 기부하고 후회가 남진 않았나요?”

“흠, 글쎄요. 돈이라는 것이 어떻게 버느냐보다 어떻게 쓰느냐가 마음에 남는다고 생각합니다. 버는 만큼 쓰라는 말처럼 그곳에서 번 돈, 좋은 일에 돌려주는 것도 나쁘지 않다 생각하고 있습니다. 물론 진혁이도 마찬가지 생각이었고요.”

“그렇군요. 사실 제가 알아본 바로는 국외뿐 아니라 국내에서도 틈틈이 기부 활동을 하시는 것으로 알고 있는데요. 사랑 나눔이 제단을 지원하시는 것도 사장님이 맞으시죠?”

녹음기의 마이크를 가져다 대며 묻는 희의 모습에 태는 뒷머리를 긁적이며 말했다.

"아, 그건 별로 알려지지 않은 일인데 용케도 알아내셨군요. 뭐, 숨길 것도 없는 일이고 다 알고 계신다니 무슨 말이 더 필요하겠습니까. 예, 그게 바로 접니다. 사실 저야 돈을 대는 것이 전부이니 활동에 대해서는 그리 잘 알지 못합니다. 하지만 나쁜 일이 아닌 좋은 일에 쓰인다는 것만큼은 잘 알고 있지요. 그렇다고 사랑 나눔이에 제가 번 돈을 다 쏟아 붓는 것은 아니에요. 어디까지나 적정선, 번 돈의 일부를 기부하고 있을 뿐이죠."

"굉장하시네요. 쉽게 이야기하시지만 남을 위한 기부라는 것은 본래 쉽지 않은 일이죠. 좋은 일을 많이 하시는 만큼 복도 많으신 모양이에요. 한국 가수 최초로 미국 빌보드의 상위권 진입이라는 큰일도 이뤄내셨으니까 말이에요."

"그야 진혁이의 실력이 좋았던 것이니까요. 말이 좋아 사장이지, 제가 하는 것은 돈 쓰는 일밖에 없는 걸요. 나머지는 모두 팀원들의 역량이죠."

"호호! 겸손도 하시지. 이번 레인의 싱글 작업을 주도하신 것이 사장님이라는 소문은 이미 파다하게 나 있어요. 저 역시 기자인데 그 정도도 모를려고요."

긁적.

"그렇습니까?"

태는 웃으며 고개를 끄덕이는 희의 모습에 작게 콧잔등을 읽었다.

겸손하다는 말을 언제 또 들어봤던가?

매력적으로 웃는 희의 모습에 잠시 태의 얼굴이 붉어졌다.

"기록을 보면 상당 기간 해외에서 체류하시며 회사 일을 보신 것으로 나와 있는데요, 그동안 해외를 돌아다니시며 무슨 일을 하셨는지 혹시 들을 수 있을까요?"

"그건… 별다른 일은 없었습니다. 어려서 고생은 사서 한다는 말이 있듯이 세계 각국을 돌아다니며 알아보고 싶은 것들이 많았습니다. 나 스스로와 앞으로에 대한 일이라고 해야 할까요? 일 년긴의 여행은 어쩌면 그간의 삶보다 제게는 더욱 중요한 시간이었을지도 모르겠습니다."

"음, 그렇군요. 세계 각국이라니, 일 년간 많은 나라를 여행하신 모양이군요? 실례가 아니라면 어떤 곳들이었는지 들을 수 있을까요?"

"미국과 유럽, 중국과 일본 등 아시아 전역을 돌아다녔습니다. 아무리 세계가 넓다 한들 비행기는 빠르고 일 년이라는 시간은 짧지 않으니까요."

태연히 말하는 태의 말에 앞에 앉은 희가 놀라 말했다.

"아! 그렇군요. 미국과 유럽, 그리고 아시아라니……. 일 년간 정말 많은 곳을 돌아보셨는데, 그럼 따로 가이드나 통역을 두신 건가요? 각지를 여행하려면 여러 가지로 알아야 할 사항이 꽤나 많을 텐데……."

"가이드와 통역은 따로 두지 않았습니다. 잘한다고는 할 수 없지만 대체로 돌아다닌 지역의 언어는 의사 소통이 가능할 정도로 익히고 있으니까요."

"네? 각국의 언어를 의사 소통이 가능할 만큼 익히고 계시다고요?"

희는 별일 아니라는 듯 가볍게 고개를 끄덕이는 태의 모습에 깜짝 놀랐다. 스스로 미국과 유럽, 아시아 전역을 돌아보았다 말했으니 구사할 줄 아는 말이 최소 육개국어는 넘는다는 말이다.

"괴, 굉장하군요! 그렇다면 최소 육개국어가 넘는 언어를 구사하신다는 말씀이신데… 정말이신가요?"

"물론. 인터뷰에 거짓말을 할 필요는 없지요."

"아! 그럼 정말로?"

희는 부드럽게 웃는 태의 모습에 그제야 그가 누구인지 다시금 생각하게 되었다.

그는 굴지의 연예 기획사 샤이닝을 인수하고, 불가능하다 여겼던 한국의 미국 진출에 첫발을 내디딘 사람이다. 젊은 만큼 허점이 많을 거라 생각했는데 질문을 할수록 거대해져만 간다.

저 나이에, 저 모습에 이렇게 크게 되려면 얼마나 많은 재능을 타고나야 하는 것일까?

샤이닝의 어린 사장 태.

그는 유능하고 재능이 넘치는 사람임에 틀림이 없었다.

"아, 저, 손님. 다른 테이블에서 목소리가 조금 높다고 말씀들을 하셔서 그런데 조금 말을 낮춰주시면 안 되겠습니까?"

"음? 그렇습니까? 흠, 목소리를 낮춰달라……. 실례지만 이 레스토랑의 지배인 되십니까?"

태는 조심스레 다가선 유니폼 차림의 중년인을 바라보며 물었다. 그가 무슨 생각을 하는지, 홀에 찬 사람들이 무슨 생각을 하는지 태는 이미 알고 있다.

"예? 아, 예. 제가 이 레스토랑 샤르바토의 지배인입니다."

"흠, 그렇습니까? 그럼 하나 물을 것이 있는데, 지금 이 시간부터 이 레스토랑을 통째로 빌리려면 얼마가 듭니까?"

"예? 그게 무슨 말씀이신지……?"

"즐거운 일이라서 말을 낮추기가 싫어서 말입니다. 분위기가 마음에 들어 옮기고 싶지는 않고, 다른 사람들의 말과 행동에 지금처럼 신경을 쓰고 싶지 않으니 다른 수가 또 있겠습니까? 이 레스토랑을 통째로 빌리는 수밖에요."

"아!"

중년인은 웃으며 백지수표―당좌수표―를 꺼내 드는 태의 모습에 잠시 말을 잃었다.

의외의 상황에 무너진 상식의 공허함.

태는 말을 잃은 중년인을 보며 손에 쥔 백지수표를 건네며 웃었다. 평소라면 절대 하지 않을 짓이지만 세상 모든 일에는 연출이 필요한 법. 오늘 지금의 소문은 자리에 모인 사람들의 입을 타고 빠르게 퍼져 나갈 것이다.

태.

그는 벌써 사람들의 머릿속에 기억될 자신의 모습을 확고히 그려 넣고 있었다.

*   *   *

대한민국 연예계에 불어닥친 새로운 열풍.

티브이를 켜도 잡지를 펼쳐도 온통 그의 이름이 보였다.

태.

연예 기획사 사장으로 지금껏 이만큼 조명을 받은 이가 또 있을까?

수많은 사람들의 관심 속에 기획사의 이름도 덩달아 나날이 커져만 갔다.

"오디션을 보겠다고 찾아오는 사람이 나날이 늘어 이제는 하루에 오십여 명에 이를 정도입니다. 대부분 경비실에서 커트하고 있지만, 가끔 어떻게 찾아온 것인지 사무실 안까지 막무가내로 들어오는 녀석들도 있어요. 업무를 보긴커녕 그 녀석들을 막는 데 사원들까지 동원될 정도입니다."

"어이! 이봐, 김 실장. 그 정도면 자네 팀은 양호한 거야. 우리 픽업 팀은 지금 난리도 아니라고. 얼마 전까지만 해도 영입 카드를 내밀면 코방귀를 뀌어대던 대형 배우들이 줄줄이 움직이기 시작했어. 쉽게 돌아가라고 말할 수도 없는 사람들이어서 어떻게 해야 할지를 모르겠습니다. 사장님, 저희 팀은 어떻게 해야 하는 겁니까?"

이른 아침 회의.

가파른 인지도 상승으로 시작된 직원들의 불편 사항이 하나둘 터져 나오기 시작했다.

"김 실장님과 최 실장님의 말씀, 잘 들었습니다. 앞으로 우리 기획사는 티 기획사의 연예인은 일체 영입하지 않습니다. 가능성있는 인재의 발굴과 양성! 이 두 가지가 저희 기획사가 가지는 모토이자 길이 될 것입니다."

"기존 연예인을 받지 않는다라……. 사장님, 인재의 발굴과 양성도 좋지만 현 저희 기획사의 상황도 고려해 보셔야……. 현재 저희 기획사의 소속 연예인은 그리 많지 않습니다."

"그 점, 잘 알고 있습니다. 하지만 위에 말한 두 가지는 지금도 앞으로도 지켜야 할 불문율. 거듭 말씀드리지만 앞으로 기존 연예인의 절대 없을 겁니다."

"휴~ 사장님, 그럼 기존에 컨택에 들어갔던 연예인들이나 현재 이야기가 오고 가는 스타들은 어찌해야 합니까? 모두 중도 포기해야 합니까?"

태는 한숨을 내쉬며 말하는 최 실장의 말을 들으며 가볍게 고개를 끄덕였다.

"한번 제의를 거절했던 사람들입니다. 소정의 이익만을 위해 기획사를 옮기는 연예인들을 다시 받아들일 필요는 없지요."

"휴, 역시 그렇군요. 사장님의 뜻이 그렇다면 하는 수 없지요. 그럼 이야기가 오가던 스타들에 대해서는 모두 캔슬하겠습니다."

"예, 힘드시겠지만 최대한 서로 의가 상하는 일 없이 잘 마무리 지어주시길 부탁드립니다."

"그래야지요. 그게 제가 할 일이니. 휴우~ 최대한 뒤끝없이 정리해 보겠습니다."

"예, 그럼 최 실장님만 믿겠습니다."

웃으며 파이팅 포즈를 취하는 태를 보며 최 실장은 힘없이 고개를 끄덕였다. 나는 새도 떨어뜨린다는 대스타들. 그들의 청을 어떻게 거절해야 할지, 최 실장은 벌써부터 아득해져 가는 정신을 추스를 수밖에 없었다.

"그럼 사장님, 실력있고 가능성있는 신인들의 영입이라면 언더 쪽의 준비된 신인들에게 노림수를 두는 겁니까?"

"물론 그들도 눈여겨 봐야겠지만, 꼭 그렇지만은 않습니다. 그보다 더 좋은 방법이 있으니까요."

"예? 그보다 더 좋은 방법이요?"

활짝 웃으며 말하는 태의 말에 김 실장의 눈이 동그래졌다.

언더를 뒤지는 것보다 더 좋은 신인 발굴법이라니……. 딱히 머릿속에 떠오르는 다른 대안이 없었다.

"공개 오디션을 생각 중입니다. 물론 지금껏 있어왔던 다른 작은 오디션들과는 다른 전국적 규모의 대규모 오디션. 좋은 신인을 찾음과 동시에 기획사 광고와 차기 신예들에게는 광고의 장이 될 수 있는 초대형 오디션이 될 겁니다. 물론 이미 메이저 급 방송사와 협약 체결도 완료된 상태입니다."

"예?! 메이저 급 방송사와 협약이 체결된 상태라고요?"

눈을 감고 생각하던 김 실장의 눈이 한순간 번쩍 떠졌다.

메이저 급 방송사와 이미 계약이 체결되어 있다는 것은 한마디로 오래전부터 구상해 오던 일이란 말이 아닌가?

태의 말에 김 실장뿐만 아닌 다른 이들의 눈 역시 더없이 커졌다.

"사, 사장님, 오, 오디션 규모가 얼마나 되는 겁니까? 일전에 모 방송사에서 공개 오디션을 추진했었습니다만, 기대에 한참을 못 미치는 참패였습니다. 대규모의 공개 오디션은 약이 될 수도 또 독이 될 수도 있는 일입니다."

"흠, 분명 그럴 수도 있겠죠. 하지만 그때의 오디션과 제가 생각하는 오디션은 큰 차이가 있습니다."

"큰 차이요?"

"예, 큰 차이가 있지요. 탑스타들도 오고 싶어 하는 기획사의 오디션이라는 점과 우승자의 상금이라고 할까요? 이번 오

디션은 분명 성공합니다. 저는 승산없는 싸움은 하지 않으니
까요."

"아!"

자신있게 말하는 태의 모습에 자리에 모인 사람들의 입이
절로 벌어졌다.

"기세 높은 기획사와 커다란 상금이 주는 힘은 적지 않습
니다. 아마도 타 기획사를 염두에 두어 연습에 몰입하던 연습
생들도 대거 몰릴 겁니다. 그야말로 전국의 인재들을 아우르
는 대규모의 오디션 장. 오디션의 성공 여부는 걱정하지 마시
고, 오늘부터 심사 규정에 대해 논의해 주시길. 오디션은 필
히 성공시켜 보일 테니까요."

*　　　*　　　*

눈코 뜰 새 없이 바쁜 시간들이었다.

오디션에 대한 세부 일정과 심사 기준에 사내 모든 이들이
달라붙은 지 한 달여.

끝나지 않을 것만 같던 오디션이 드디어 베일을 벗었다. '한
국의 스타 아이콘' 이라는 이름을 시작으로 대규모 광고와 물량
공세를 쏟아 부은 오디션은 금세 언론의 핫 이슈로 떠올랐다.

국내 최초 최대 규모의 전국 오디션!

연예인의 꿈을 품고 있던 청소년들의 대규모 참가는 곧 태

풍과도 같은 열풍이 되었다.

'가수'를 기본 베이스로 시작된 오디션과 그 모든 상황을 있는 그대로 방영하는 리얼리티 쇼.

일요일 저녁은 수많은 가족들의 토론의 장이 되었다. 오디션에 대해 가장 민감한 청소년들을 넘어서 오디션에 대해 우려를 던지던 많은 어른들의 시선까지 사로잡았다.

꿈을 향한 노력.

그 무한한 에너지는 쏟아지던 우려의 시선을 하나둘 응원의 빛으로 바꾸어놓았다. 화려한 겉모습과 시끄러운 세대 차이에 색안경을 끼던 이들도 하나둘 편견의 안경을 내려놓았다. 노력이란 이름 아래, 그들이 쏟아내는 열정 아래 대한민국은 그 어떠한 때보다 뜨겁게 달아오르고 있었다.

"오디션이 있는 지역마다 환호가 쏟아지고 있습니다. 아직 본선도 아닌 예선일 뿐이건만 벌써 수준 급의 신예들이 쏟아져 나오고 있기도 하고요. 정말 성공, 그 이상의 성공입니다."

책상 위로 수북히 쌓인 서류 더미들.

태는 빠르게 손을 놀려 결제를 필요로 하는 서류들을 훑어 나갔다.

"흠… 이미 예상하고 있던 일이지만 벌써부터 조작설이 나돌고 있군요. 생각보다 빠른 일이지만 그렇다고 해서 간과할 일도 아닌 일이지요. 내일로 지역 오디션이 마무리되지요?"

"예? 아, 예. 내일 부산을 마지막으로 1기 전국 예선은 끝이

납니다.”

“다행이군요. 그럼 내일 오디션이 끝나는 대로 심사에 사용된 모든 데이터를 공개합니다. 아마추어가 아닌 전문가의 심사였다는 점을 최대한 부각시켰으면 좋겠군요.”

“예. 알겠습니다, 사장님. 명심하겠습니다.”

태는 고개 숙여 인사하는 최 실장을 보며 작게 고개를 끄덕였다. 수북히 쌓인 서류 더미가 정리되고 나니 온몸에 피로가 몰려왔다.

하루 종일 숨 한 번 크게 쉴 여유 없이 일을 한 것이 얼마만이던가.

가당치 않은 복에 끌어안은 업이 지친 가슴속으로 흘러들었다.

“거, 선글라스 좀 벗으면 어떠냐? 칙칙한 색깔의 세상을 보는 게 그렇게 좋냐? 날도 좋고 좋은 것들도 많은데 왜 항상 그 칙칙한 색깔의 선글라스냐?”

“음? 아, 꽤나 늦게 돌아왔구나. 그래, 미국 투어는 즐거웠냐?”

“두말하면 잔소리! 행복해 녹아버릴 뻔했다. 정말이지, 최고의 나날들이었어. 아시아 이외의 곳에서 내 음악이 통하잖아? 크으! 가수인 내게 이보다 더한 즐거움이 어디 있겠냐.”

웃으며 어깨를 으쓱하는 진혁을 보며 태는 깊은 한숨을 내쉬었다.

“후우, 그런가? 부럽군. 일에 그렇게 즐거울 수 있다니 정말 부러워.”

“응? 부럽다니? 뭐가?”

“네 웃음 말이야. 일에 치여도 행복하게 웃을 수 있는 그 웃음 말이야. 그게 부러워. 부러워서 견딜 수가 없다, 나는.”

진혁은 힘없이 한숨짓는 태의 모습에 고개를 갸웃했다.

무언가 잘못 말한 것일까?

바람 빠진 풍선마냥 축 늘어져 내린 태의 모습에 진혁의 얼굴이 작게 찌푸려졌다.

“무슨 일 있냐? 오늘따라 너답지 않다. 오디션에 관련된 일에 꽤나 오랫동안 쉬지 못했다고 들었는데, 그것 때문이냐?”

“글쎄… 그럴지도, 아닐지도…….”

“야, 왜 그래? 무슨 일이야? 고민있냐? 응?”

태는 걱정스런 눈길로 다가서는 진혁을 보며 휘휘 고개를 손을 저었다.

“아니, 그런 것 없어. 그냥 피곤해서 그래. 네 말대로 요즘 통 쉬질 못해서 말이야.”

“그래? 그럼 같이 나가자. 내가 오늘 돌아온 기념으로 거하게 쏜다. 가자!”

“아니, 아니. 오늘은 혼자 쉬런다. 몸도 곤하고 네가 쏜다고 해봐야 술밖에 더 있나. 술 마실 기운도 없다. 그냥 혼자 바람이나 쐬고 올게. 다른 사람들에게는 네가 잘 말해줘.”

"어? 야! 야!"

말릴 틈도 없이 휙 옷가지를 챙겨 들고 나서는 태의 모습에 진혁은 허탈한 표정으로 어깨를 으쓱했다.

"꽤 좋은 술도 가져왔는데……."

손에 쥐어진 술자리를 잃은 술이 찰랑거린다.

그렇게나 바쁜 것일까?

진혁은 수북히 쌓인 서류 더미를 보며 휘휘 고개를 저었다. 그의 축 처진 어깨가 이해가 간다. 그는 남들보다 두 배는 빠르게 세상을 살아가고 있는 것이다.

부우웅― 부우웅―

시동이 걸린 자동차의 배기음이 힘있게 흘러나왔다. 오랜만에 손에 잡은 핸들임에도 양손으로 충만한 그립감이 느껴졌다.

짙게 선팅을 한 덕에 유일하게 선글라스를 벗을 수 있게 된 집밖의 장소.

태는 깊게 숨을 한 번 들이쉬고는 힘있게 엑셀을 밟았다. 달리고 달려도 벗어날 수 없는 현실의 올가미. 달려나가는 차창 사이로 어둡게 물든 세상이 다시금 정지했다.

"답답해……."

태는 느리게 흘러가는 세상을 바라보며 중얼거렸다.

언제부터였을까?

확신할 수는 없지만 분명 그날부터다.

배우지도 않고 알지도 못한 것들이 머릿속에 흐르던 그날.

태는 과거와 현실, 그리고 미래가 모두 한곳에 모여 뭉개지는 것을 느꼈다.

"눈을 감아도 보이고, 배우지 않아도 알 수 있어. 미래가 과거, 현실이 과거가 돼. 나는 달리고 있나, 아니면 달리고 있었을까? 그것도 아니면 달릴 예정인 건가? 빌어먹을! 아무리 버둥거려 보아도 똑같아. 선글라스를 끼고 미래를 단절해 보려 해도 조금 감각이 무뎌질 뿐 달라지는 것은 하나도 없어! 미래가 읽히고 생각을 먹어! 나는… 나는 괴물인가? 괴물이야? 하나도… 즐겁지 않아. 성공도… 부자도… 낯설고 즐거워야 할 모든 일들이 너무나 뻔해. 모두 답이 보이고 미리 해본 것 같아 미칠 것만 같다고!"

쾅!

화가 나 두드린 클랙슨이 빠앙, 커다란 소리를 내며 도심을 울렸다.

해가 진 검은 하늘 아래 하나둘 떠오르는 화려한 간판의 네온사인들과 가로등.

선팅한 차창 너머로 흘러가는 빛 무리가 눈을 스쳤다.

분노, 기쁨, 슬픔.

흘러나갈 감정을 알게 된 마음이 차갑게 식어내렸다.

'낯선 것을 찾아야 해, 낯선 것. 내가 겪어보지 못한 호화

롭고 명예로운 일.'

번잡한 도로변을 달려나가는 차의 속도가 빨라지기 시작
했다.

140km.

그것은 미치지 않고서는 낼 수 없는 꽉 막힌 도로변의 폭주
였다.

Chapter 6

변수(變數)

기획했던 오디션은 순조롭게 진행되었다. 걸림돌도 거칠 것도 없는 일이었으니 순항은 당연한 일이었다.

"축하한다! 자식, 해낼 줄 알았어!"

툭툭 어깨를 두드리며 웃는 진혁의 축하 메시지가 머릿속을 울렸다.

기쁘다. 아니, 기뻤다. 태는 언제 느껴야 할지 모를 감정의 잔재를 느끼며 선글라스를 고쳐 썼다. 미래를 무뎌지게 만들기 위해, 흘러드는 세상의 소리를 막기 위해 태는 손에 잡은 일을 놓지 않았다.

"자식, 그렇게 일에만 매달리지 않아도 되는데. 뭐, 알았

다. 그럼 끝나는 시간 맞춰서 다시 오마. 오늘은 퇴짜놓으면
안 된다? 알았지?”

'술자리… 투어 이야기… 오래된 술…….'

웃으며 나가는 진혁의 등 뒤로 흐릿한 미래가 흘러들었다.
고개를 들어 그의 눈을 보지 않았음에도 자연스럽게 그의 생
각이 흘러든다.

쾅!

있는 힘을 다해 이마를 책상 위로 찧었다. 고통과 아픔으로
미래의 잔재를 잊어보려 했지만 헛된 발버둥일 뿐이다. 이마를
찧을 듯 몰려드는 아픔이 온몸을 헤집었지만 그 역시 미리 느
껴보았는지, 느끼고 있는지, 언젠가 느꼈을지 모를 아픔이다.

“나는… 나는… 나는……!”

고통에 일그러진 것인지, 일그러진 마음이 구겨진 것인지
모를 얼굴.

태는 고통도 아픔도 분노도 점점 마모되어 사라져 가는 오
늘을 붙잡으려 애썼다. 지금, 모두가 살고 있는 지금을 살고
싶을 뿐이다.

＊　　　＊　　　＊

“그간 수고했다. 마셔. 널 위해 미국에서 직접 가져온 술이
다.”

"음? 아, 그래. 고맙다, 진혁아."

글라스 잔으로 가득 찬 술 냄새가 코끝을 스쳤다.

로얄 샬루트 시바스리갈 21년산.

듣지도 마셔보지도 못한 술 이름이 머릿속으로 흘렀다. 술을 한 잔 입에 댄 것도 아닌데 벌써 취한 듯 머리가 어질거린다.

"좋은 술이야. 맛이 강한 위스키야말로 진정 남자의 술이지. 어때? 오늘 취해도 괜찮겠어?"

"아아, 그럴 거야. 아마도 취할 것 같다."

"자식, 무슨 말이 그러냐? 받아! 오늘 얼큰하게 취해보자!"

신이 나 떠드는 진혁의 웃음 뒤로 태의 입가에 자조 섞인 웃음이 스쳤다.

웃고 있는지, 웃었는지, 웃어야 할지 모르는 상황의 연속.

술잔을 들이키는 가슴속이 벌겋게 타오르는 것 같았다.

"그나저나 말이야… 나, 궁금한 게 하나 있는데. 친구, 물어도 될까?"

"음? 궁금한 거?"

"응, 무척 궁금했어. 사람들이 네 이야기를 할 때마다 궁금했지. 근데 물을 기회가 없었어. 그래서 지금도 궁금해."

몇 잔의 술이 오가고 취기에 발음이 무너진 진혁이 헤벌쭉 웃으며 말했다.

새 계약을 하고 한국과 미국을 오가며 느낀 인간 태에 대한 호기심.

태는 물끄러미 자신을 바라보는 진혁을 보며 선글라스를 벗었다. 그러자 그가 뭘 궁금해하고 있는지 머릿속에 흘러들어 온다.

"내 눈이 그렇게 궁금했어? 하긴 한 번도 제대로 보여준 적 없는 모습이지."

"어? 내가 방금 선글라스 벗은 모습이 궁금하다고 말했었나? 음, 이상하다? 말한 기억이 없는 것 같은데?"

"아아, 없어, 물은 적. 그냥 느낌이 와서. 친구니까 그냥 네 눈빛의 느낌이 그랬어."

"오오, 그런가? 하하하! 우리 벌써 눈빛만 봐도 알 만한 친구가 된 거냐?"

진혁이 들떠 웃으며 말했다. 그에게서 친구라는 말을 들을 때마다 기쁘다. 진정 친구가 생긴 것 같아 기쁘다.

"그래, 너는 모르겠지만 나는 그런 것 같아."

"와우! 굉장한데? 하하하! 마시자! 그래, 좋아! 오늘 친구끼리 끝까지 가는 거야!"

작게 웃으며 말하는 태의 모습에 진혁이 흥분해 술잔을 치켜들었다.

너무나 일찍 스타가 되어버렸기에 잊어버린 말, 친구.

태는 그렇게 홀로 쓸쓸해하는 진혁의 마음을 파고들었다. 사람의 마음을 뺏는 것은 그것으로 충분하다. 마치 연극처럼 최적의 말을 최상의 상황에서 내뱉는 것. 태는 무심코 행하는 자신의 그런 행동에 웃고 또 괴로워했다. 세상이, 현실이 너무나 잘 짜인 연극같이 느껴졌다.

"후, 그나저나 너, 그거 알고 있냐?"

풀려서 거슴츠레해진 눈으로 진혁이 말했다.

"응? 뭘 말이야?"

"나도 자칫 몰라볼 뻔했는데, 이번 오디션 자료 보면서 확신했다. 일전에 너랑 나이트에서 만났던 여자 있잖아. 이름이 뭐였더라? 수? 수였던가? 하여튼 그 여자가 오디션 본선에 붙었더라. 가명을 달고 나와서 아는 사람들 시켜서 뒷조사 좀 했지. 아니나 다를까, 그 여자가 맞더라. 네 전 여자 친구. 오디션으로 인기도 좀 얻었는지 벌써 팬까페까지 개설되었던걸?"

"뭐? 수가… 오디션에 나왔다고?"

"그래. 서울 지구에서 합격해 올라왔더라. 몰랐어? 너라면 당연히 알고 있을 줄 알았는데……."

"수가… 수가 올라왔다고……?"

태는 고개를 끄덕이는 진혁의 모습에 머리가 멍해지는 것을 느꼈다. 다시는 만날 인연이 아니었다. 그날 그 시간을 끝으로 그녀는 졸업 후 평범하게 살아가는 인기 많은 회사원이 될 운명이었다.

'빗나갔다! 예상이, 미래가 빗나갔다?

머릿속을 뒤흔들던 술기운이 단번에 날아갔다.

지금껏 한 번도 없었던 예견의 뒤틀림.

갑자기 태가 벌떡 일어섰다.

"어? 야! 야!"

진혁은 집을 빠져나가는 태의 모습에 몸을 일으켰다가 비틀거리며 도로 자리에 주저앉았다.

"막아봐야 막을 수 있는 놈도 아니고. 에휴! 그래, 가라, 가!"

집을 나서는 태를 향해 진혁의 정겨운 욕이 길게 쏟아졌다.

*　　　*　　　*

빠아앙—

시끄러운 도로의 클랙슨 소리와 함께 차가운 밤바람이 피부를 스쳤다.

너무나 오랜만에 보는 현란한 네온사인들로 밝은 밤.

태는 진혁의 집에 벗어둔 선글라스를 떠올리며 크게 웃었다.

"잊었어. 미래도 잊고 나도 잊고, 내 일에 대해서도 잊었어. 확실히 잊었다고!"

미칠 듯 요동치는 심장 소리가 머릿속을 울렸다.

두근두근두근.

힘찬 군인의 발소리처럼 그렇게 태의 심장은 머릿속으로 울리고 또 울렸다.

'지금 엑셀을 밟으면 신호는 막히지만 앞 차선은 열린다. 신호를 받아 횡단보도를 건너는 이들이 내 차에 놀라기만 할

뿐 아무도 다치지 않는다.'

시속 130㎞이 넘는 세상이 마치 슬로우 비디오처럼 매우 느리게 느껴진다.

현실과 미래.

그 긴밀하게 연결된 선이 하나가 되어 태의 머릿속을 스쳤다.

'으, 으악! 너, 이 미친놈! 운전 제대로 안 할래!'

"으, 으악! 너, 이 미친놈! 운전 제대로 안 할래!"

머릿속을 스침과 동시에 커다란 남자의 고함 소리가 귓가를 스쳤다.

세상이 죽었다. 움직이는 것들이 멈추고, 멈춰 버린 것들의 미래가 보이는 순간, 태는 어둠 속에서 피어난 세상의 색을 바라보며 이를 꽉 물었다. 자신을 잊고 미래를 잊은 것도 잠시, 다시금 눈에 보이는 세상의 미래가 머릿속으로 흘러들기 시작했다.

"그럼 그렇지. 빌어먹을, 빌어먹을, 빌어먹을 놈의 세상!"

기쁨에 찬 환희가 다시금 절망으로 물들었다. 욕설을 내뱉고 분노를 씹어봐야 느껴지는 것은 무뎌진 미래의 과거뿐, 피를 끓이며 저주해야 할 눈앞의 현실은 느껴지지 않았다.

"처음 즐거웠던 며칠을 제외하고는 미칠 것 같은 나날의 연속이었어. 이러다가는 미칠 거야. 이러다가는 미칠 거야, 수없이 머릿속으로 되뇌였지. 하지만 미치지 않았어. 아니,

미칠 수 없었어. 왜냐고? 왜 미치지 못했냐고?"

백미러로 비친 어두운 눈빛이 작게 흔들렸다.

다른 누구에게 하는 말이 아닌 답을 알고 있는 자기 자신에게 되묻는 물음들.

태는 똑바로 자신을 바라보고 있는 백미러 속의 눈을 쏘아보며 으드득 이를 갈았다.

"미치고 싶어도 미칠 수 없으니까. 미쳐도 흘러드는 미래 속에 점점 더 고통스러워지는 내가 보였으니까."

콰곽! 콰과곽!

꽉 들어찬 도심 위를 달려나가는 자동차의 속도가 점점 붙어 나갔다. 성난 얼굴로 기어를 변속하는 태의 입술로 붉은 피가 흘러내렸다.

고통, 절망, 분노.

기억에 마모된 현실이 차갑게 마음을 달궜다.

띠이―

따갑게 귓가를 울리는 카드 키 소리와 함께 꽉 닫힌 회사 내부의 문이 열렸다.

지하 주차장에 차를 새운 지 5분.

태는 자고 있을 모습을 미리 보며 주저없이 자료실로 걸음을 옮겼다.

'서울 오디션에 대한 녹화 테이프는 왼쪽 서랍 두 번째. 총

258분 분량의 예선 테입 중 수에 관한 테입은······.'

슬쩍 눈길만 주어도 줄줄 흘러나오던 답이 한순간 멈췄다.

꽉 막힌 도로를 오버 주행할 때도 단 한 번의 미스도 물음도 주지 않던 미래와 세상에 관한 지식.

태는 아무리 생각해도 떠오르지 않는 수의 자료를 되뇌며 가슴을 쳤다. 미래가, 지식이 보이지 않는다는 것은 기쁘지만 무언가 석연치 않다. 아직도 수를 떠올릴 때면 그려지는 그녀의 미래가 선명하기 때문이다.

'하나하나 되짚어보자. 진혁이 내게 잘못된 이야기를 전했을 리는 없어. 그 녀석의 눈은 진실을 말하고 있었고, 분명 그의 생각 속에도 수의 모습이 얼핏 스쳤으니까. 한데 왜지? 왜 그녀에 대한 자료를 나는 이 안에서 찾을 수가 없는 거지? 왜?'

생각할수록 혼란스러워지는 물음에 머리가 지끈거렸다. 평소 같았으면 이렇게 골머리를 앓고 있는 지금의 상황에 기뻐했을 테지만 지금은 그럴 기분이 아니었다.

'수화기를 들어 전화를 걸면 진혁은 잔뜩 취기 어린 목소리로 전화를 받는다. 음주 운전은 미친 짓이라는 잔소리를 자르고 수에 대해 물으면 그 녀석······.'

빠르게 미래를 탐색하는 태의 눈이 투명하게 풀렸다. 먼 산, 아니, 세상 너머의 무언가를 보는 듯한 기분 나쁜 눈빛이 유리창 너머로 비쳤다.

"이··· 루아."

원하는 답을 찾은 태의 손이 빠르게 서랍장을 향해 뻗어졌
다.

이루아.

그것은 그녀가 본명을 숨기고 만든 가명의 팬 네임이었다.

'찾았다!'

서울 오디션의 예선 120분부터 240분까지의 기록이 녹화
되어 있는 테입.

태는 손에 쥔 테입을 조용히 바라보았다. 오래된 영사기로
흘러가는 필름처럼 테입으로 기록된 영상이 빠르게 머릿속을
흘렀다.

합격에 환희하는 사람들과 실패에 절망하는 사람들.

테입에 기록된 수많은 사람들의 희로애락이 머릿속을 스
쳤다.

"이… 루아!"

빠르게 흘려보내던 화면도 잠시, 태의 감긴 눈이 한순간 번
쩍 떠졌다.

머리를 자르고 화장을 고쳐도 단번에 알아볼 수 있는 얼굴.

태는 수의 오디션 기록을 뇌까리며 털썩 자리에 주저앉았
다. 거짓말이 아니다. 수가 오디션에 진출해 합격했다는 진혁
의 말은 틀리지 않았다.

"어떻게 이럴 수 있지? 어떻게, 어떻게 이런 일이……."

도무지 믿기지 않는 현실에 정신이 멍해졌다.

뭘까?

도대체 무엇이 그녀의 삶을 바꿔놓은 것일까?

태는 아무리 생각해도 답이 떠오르지 않는 상황을 바라보며 망연히 자리에 앉아 있었다. 믿기 싫어도 믿을 수밖에 없던 일들이 단 한순간 깨끗이 부정당했다.

지금껏 느낀 그 모든 것이 가짜고 우연이었을까?

태는 말도 안 되는 생각을 털어내기라도 하듯 강하게 고개를 흔들었다. 삶에 돌발 상황은 언제나 있을 수 있다. 길을 가다 떨어진 동전을 줍기 위해 걸음을 멈춘 순간 하늘에서 벽돌이 떨어질 수도 있고, 믿었던 사람이 뒤통수를 칠 수도 있다.

미처 생각지도 못한 우연에 의한 변화.

태는 기존에 본 미래와는 전혀 다르게 흘러가는 현실의 수를 바라보며 꾹 어금니를 물었다.

"선택의 다양성만큼이나 내게 흘러드는 미래 또한 다양했어. 나 스스로가 원래 있던 미래를 뒤틀어 그 자리를 차고 들어온 변수이니까. 하지만… 그런 내 미래 역시 생각과 동시에 보였어. 아니, 생각하기도 전 미리 내가 그 생각과 선택을 할 것을 알았다는 듯 머릿속에 흘렀지. 그래, 분명 그랬어. 수와의 재회와 복수도 분명 그랬어. 내가 본 그녀의 삶은 완전히 달랐다고!"

머릿속이 터져 버릴 것 같은 의구심과 함께 분노가 솟아올랐다.

오랜만에 겪는 현실의 격한 감정의 불길.

평소에는 생각지 않아도 흘러들던 생각이 아무리 곱씹어봐도 떠오르지 않는다.

‘얼핏 새롭게 바뀐 미래는 보여. 하지만 정작 중요한 변환점이 보이질 않아. 왜지? 왜일까? 도대체 왜 미래가 바뀐 거지?

아무리 곱씹어도 답이 내려지지 않는 질문.

태는 손에 쥐어진 테입을 흘깃 바라보고는 툭툭 엉덩이를 털고 일어섰다.

백문(百聞)이 불여일견(不如一見)이라고 했던가?

떠오르지 않는 생각을 붙잡고 있느니 그녀가 출연한 오디션 장면을 훑어보는 것이 더 나을 것 같다는 생각이 들었다.

타각, 우웅—

테입을 삼킨 비디오의 작은 소리와 함께 검게 물든 브라운관이 번쩍, 켜졌다.

머릿속으로 흐르던 생각과는 사뭇 다른 느낌의 녹화 현장.

태는 오랜만에 바라보는 티브이 속 브라운관을 바라보며 멀리 밀려 있던 의자를 끌어와 앉았다.

오디션에 참가한 수많은 사람들의 과거와 미래.

그 수많은 사람들의 삶이 머릿속으로 쏟아져 들어오기 시작했다.

〈97번 참가자 이루아.〉

집중해 지켜본 수많은 사람들의 오디션이 끝나고 드디어 기다리던 수의 차례가 도래했다.

지금껏 티브이를 보면서 단 한 번도 틀리지 않은 오디션의 결과와 사람들의 반응.

태는 천천히 걸어나와 마이크를 손에 쥐는 수를 바라보며 꿀꺽 마른침을 삼켰다. 이제는 당연히 보여야 할 것이 되어버린 과거가 보이질 않는다. 집중을 하고 생각을 캐물어도 마찬가지다. 그가 모르는 수의 과거와 만난 이후의 근황까지는 떠오르는데 가장 최근의 과거인 그날 이후가 편집된 영화 필름마냥 보이질 않는다.

'왜지? 도대체 왜… 왜 보이질 않는 거지?

답답해져 가는 가슴을 내리누르며 태는 마른 입술을 잘근 씹었다. 수많은 사람들을 열광시킨 수의 춤과 노래는 그의 머릿속에 들어오지 않았다.

머릿속에 들어차는 것은 오직 하나.

뒤틀린 그녀의 미래와 잘린 그녀의 과거에 대한 불쾌한 궁금함뿐이었다.

〈최고, 단연 최고군요. 이 정도의 춤 실력과 노래 실력이라면 떨어질 리가 없죠. 합격, 합격입니다.〉

"아!"

태는 어느새 끝나 버린 수의 오디션 현장을 바라보며 깜짝 놀라 리와인더로 손을 뻗었다. 답이 내려지지 않은 이상 최상의 가설이라도 세워질 때까지 화면을 곱씹고 또 곱씹을 예정이었다.

〈꺄아! 합격이래, 합격! 거봐. 다들 내가 될 거라고 그랬지?〉

합격의 축하 소리와 함께 즐겁게 달려나가는 수.

태는 아직 돌아가는 현장 화면을 바라보며 테입을 되돌리려던 손을 멈췄다. 기뻐하는 그녀의 곁으로 몰려드는 친구들과 대학 사람들 틈으로 묘한 사내가 눈에 들어왔기 때문이다.

"운명은 너만 뒤틀 수 있는 게 아니다?"

똑바로 카메라를 보며 멋쩍게 웃는 사내.

태는 머릿속으로 흘러드는 사내의 사념에 멍해진 두 눈을 끔뻑거렸다.

단 한 번도 겪어보지 못한 새로운 충격.

생각지 않아도 사내에 대한 자료는 평소처럼 무의식중에 머릿속으로 흘러들었다. 하지만 실속은 없었다. 머릿속에 흘러든 자료는 알아볼 수 없을 정도로 뒤틀리고 편집된 잡념뿐, 지금까지의 것들과는 달랐다.

'무언가 있다!'

태는 정지해 둔 사내의 미소를 바라보며 자리를 박차고 일어섰다. 어둡던 창문가로 빛이 새어 들어왔다. 사나운 새벽을 지나 빛으로 가득 찬 희망의 아침이 다가온 것이다.

"아… 사장님, 벌써 출근하셨어요?"

"음? 아, 예. 오디션 자료 좀 검토해 볼까 하고요. 예선도 끝났고, 주최자로서 본선 참가자에 대해서 어느 정도 사전 지식은 가지고 있어야지요."

"아, 네. 역시 듣던 대로 열성적이고 부지런하시네요. 최근 사내 분위기가 좋아진 이유를 오늘에서야 알 것 같네요."

"하하! 그런가요?"

안경을 고쳐 쓰며 웃는 사내의 모습에 태는 방긋 웃음을 지었다.

기획사 취직 3년 차에 중고 신인 배영수.

머릿속으로 그에 대한 기억이 촤르르 스쳐 지나갔다.

"아, 그런데 처음 보네요. 사장님의 선글라스 벗은 모습. 하하, 아부가 아니라 정말 멋진데요? 연예인이라 해도 믿겠어요."

"말씀, 고맙군요. 전력을 다해야 할 일이 생겼으니 멋 부리는 것은 잠시 미뤄둬야지요."

"아!"

태는 감탄하는 사내를 그대로 둔 채 휙 몸을 돌려 자료실을 빠져나왔다. 사내는 전력을 다해야 할 일이라는 말을 오디션으로 알아들었을 것이다.

'본인에게서 이야기를 들을 수 없다면 그를 아는 타인에게서 듣는 수밖에……'

그간 선글라스 안으로 감춰졌던 태의 눈빛이 다시금 날카롭게 빛나기 시작했다.

푸른 나무가 잔뜩 우거진 강원도의 작은 암자.

태는 암자 아래로 정좌하고 앉은 사내를 향해 뚜벅뚜벅 걸음을 옮겼다. 비디오 테이프를 자료 삼아 그날 한자리에 모였던 수와 그 친구들을 모두 찾아 흘깃 훔쳐보았다.

스치듯 흘러 지나가는 단 한 번의 눈길.

그것은 태에게 세상 그 무엇보다 정확한 뒷조사였다.

"잔뜩 일그러져 보이기에 쉽지 않을 거라 생각했는데 의외로 찾기가 쉽더군요. 일부러 그러신 겁니까, 아니면 제가 찾지 못할 것이라 생각하신 겁니까?"

"……."

암자 앞으로 다가선 태의 입이 낮게 열렸다. 눈을 감고 굳게 입을 닫고 있지만 그 모습을 보는 것만으로도 알 수 있다. 그다. 오디션 장에 나타나 카메라를 향해 멋쩍은 웃음을 날리던 그가 분명했다.

"그렇게 입을 닫고 눈을 감고 계시면 제 눈을 피할 수 있을 거라 생각하십니까? 저는 지금 티브이 속의 당신을 보고 있는 것이 아닙니다. 현실에 서서 당신을 마주 보고 있는 것이죠."

"…그렇군. 그래, 지금 자네는 현실에 서 있는가?"

"그게 무슨……?"

눈을 떠 되묻는 사내의 물음에 태의 눈이 크게 떠졌다.

불가에서 말하는 선문답이 이러할까?

너무나 당연하기에 말하기 힘든 '예'라는 말이 입에 물려 떨어지지 못했다.

"대답을 하지 못하는 것을 보니 스스로도 모르는 모양이군. 다행이야. 등에 신을 업고 던진 도박이 꽝이 아니어서."

"아니, 그건!"

"됐네. 대답하지 않아도 자네의 대답은 알고 있네. 이렇게 보여도 네 살 때부터 어머니에 이어 신통방통한 신기를 타고 났다고 불린 박수무당 유진헌일세."

툭툭 자리를 털고 일어선 사내가 어깨를 펴며 말했다.

강원신수(江原神授) 유진헌.

그는 뒷세계에서 꽤나 알려진 박수무당이었다.

"무당의 점은 최면과 유도 심문쯤일 것이라 생각했는데… 역시 진짜는 다르군요. 말을 하지 않아도 안다라……. 그 말을 들으니 확신이 서는군요. 오디션에서의 일은 나를 이곳으로 끌어들이기 위해 당신이 꾸민 겁니까?"

"음? 자네, 뭘 착각하고 있군. 나는 무당이지 간섭자가 아니야. 내가 자네를 만나게 된 것은 수라는 아가씨에게 이어진 내 인연에 대한 운명. 내 스스로 실을 쥐어 억지로 걸어 당긴 것은 아닐세."

"헛소리! 그 말이 사실이라면 당신은 왜 떨고 있지? 운명이라 믿는 사람이 신을 건 도박이라는 말을 운운해? 허세도 작작 부리는 것이 좋아. 나는 지금 나잇값이라는 것으로 당신을 배려해 줄 만큼 기분이 좋지 않으니까."

빙빙 말을 돌려 말하는 유진헌의 말에 태의 입술이 바르르 떨렸다.

스스로 제어하기 힘든 커다란 분노.

최근 들어 자주 느끼게 되는 감정이 불길처럼 솟아올랐다.

"이거이거, 생각보다 감정에 솔직하신 사람이구먼. 알겠네. 내 더는 거짓말을 하거나 말을 돌리지 않음세. 그러니 그만 그 화 풀게."

"당신은 잘 모르겠지만 감정은 표현할 수 있을 때 표현해야 해. 나는 지금 화를 내고 있지만 기뻐. 화를 내고 이렇게 표현할 수 있다는 게 기뻐. 내가 왜 당신을 찾아왔는지 알아? 내가 왜 화내고, 이렇게 떠들고 있는지 알고나 있어?"

"그, 그건……."

한 걸음 다가서며 말하는 태의 모습에 움찔한 유진헌이 한 걸음 뒤로 물러섰다.

전신의 털이 빳빳하게 일어설 만큼 느껴지는 강한 분노.

유진헌은 말없이 입술을 달싹이며 분노로 부들거리는 태의 입이 열리길 기다렸다.

"어떻게 나라는 사람을 알았지? 어떻게 내가 운명을 뒤틀고 있다는 사실을 알아내 그따위 말을 내게 보낸 거지?"

"그, 그건… 수, 수라는 여자 때문이었네. 길을 걷다 우연히 마주친 그녀에게서 자네의 그림자를 보았네. 그래, 끼어들어서는 안 될 일이었지만 차마 그럴 수가 없었네. 신에게 미움을 사더라도, 다시는 미래를 볼 수 없게 될지라도 나는 만나고 싶었네. 자네라는 사람을… 중계자가 아닌 간섭자인 자네를 보고 싶었네.”

“중계자? 간섭자?”

태는 자신의 되물음에 강하게 고개를 끄덕이는 유진헌을 보며 잠시 걸음을 멈췄다.

중계자.

간십자.

그 두 단어가 뜻하는 수많은 말들이 머릿속을 파고들었다. 단어의 원부터 숨겨진 은어까지. 태는 유진헌이 말한 두 단어의 뜻을 되짚어보며 조용히 닫은 입을 열었다.

“너무… 뜻이 많아. 도대체 무슨 말이지? 뭐가 중계자고, 뭐가 간섭자라는 말이야? 왜… 대체 왜 당신의 생각은 코 푼 휴지마냥 이렇게 쓸모없는 것들만 날아드는 거지?”

“무, 무슨 말인가? 알아들을 수 있도록 천천히 제대로 이야기해 주면 안 되겠는가? 박수라 하지만 나는 중계자일 뿐이지 무슨 이야기든 간에 다 알고 있는 신이 아닐세.”

“알고 있다며? 내가 뭘 물을지, 내가 뭘 원하는지 알고 있다고 했잖아!”

“무, 물론 일부는 알고 있네. 자네가 날 찾은 이유는 그녀의 바뀐 운명 때문이 아닌가. 자네가 간섭해 바꾼 미래를 내가 다시 바꿨기에 나를 찾은 것이 아닌가?"

"그래, 맞아. 처음 당신을 찾게 된 계기는 분명 그것이었어. 하지만 지금은 아니야. 내가 궁금한 것은 당신이 아까 전에 지껄인 그 말들이야."

"내, 내가 지껄인 말들?"

유진헌은 아직도 무섭게 자신을 쏘아보고 있는 태의 시선에 더듬거리며 물었다.

무슨 말을 궁금해하는 것일까?

유진헌은 수의 운명을 자의로 뒤튼 순간 떠나 버린 신의 이름을 되뇌었다. 이제 평범한 인간이 된 그로서는 그가 무슨 말을 하는지, 무슨 말을 묻는지 단번에 알아들을 수가 없었던 것이다.

"한심하군. 별것 아닌 질문에도 끙끙 앓는 꼴이라니. 스스로 신통방통한 신기를 타고났다고 말한 것이 부끄럽지도 않은가?"

"끄, 끙끙 앓는 것이 아니야! 나는 그러니까… 나는!"

얇게 비웃는 태의 기분 나쁜 웃음에 유진헌의 얼굴이 와락 구겨졌다. 피부로 느껴지던 거대한 분노도 잠시, 이제는 얄밉게 서서 자신을 비웃고 있는 태가 몹시도 불쾌했다.

"스스로 질문을 찾을 수 없는 것 같으니 다시 말해주지. 뒤틀린 수의 운명? 그것은 더 이상 내게 아무런 가치도 없어. 이렇게 되고 나서 가장 많이 달고 다니고, 가장 많이 닳아빠진 감정이니까. 지금 내게 궁금하고 화나는 것은 신을 걸고 도박을 벌였다는 당신의 말과 뜻을 파악하기 힘든 중계자와 간섭자라는 말의 뜻이야. 아아, 하나 더, 그녀의 운명은 어떻게 바꿨고, 왜 내게는 그녀의 미래를 바꾼 계기가 뭉개져 보이지 않는 거지?"

"그, 그걸 진정 몰라서 묻는가? 자네라면 당연히 알고 있을 텐데? 아니면 날 시험해 보기라도 하겠다는 건가?"

"글쎄, 당신이 어떻게 생각하느냐까지 내가 말해줄 필요는 없지 않나?"

"그건 그렇지만……."

유진헌은 어깨를 으쓱거리는 태를 보며 '후' 하고 한숨을 내쉬었다. 어쩌다 처음의 당당한 모습을 잃고 이렇게 일이 꼬였는지는 모르겠지만, 현재 칼자루를 쥐고 있는 것은 그. 그의 말을 따르는 것이 옳았다.

"첫 번째 질문에 답해주려면 일단 두 번째 물음인 중계자와 간섭자에 대해서 먼저 말을 해주어야겠군. 중계자와 간섭자란 별게 아니야. 자네도 알겠지만, 인간의 운명은 하나가 아니야. 아교처럼 수많은 선택 속에 서로 다른 끈으로 끈적끈적 이어져 있지. 우리 무당들은 그런 인간의 선택을 가운데 서서 중계, 한마디로 이어주는 역할을 하네. 나쁜 일을 피하게 해주고 보다 나은 미래를 선택하도록 도와주지. 물론 그

반대되는 일을 벌이는 이들도 있지만 어쨌든 나는 그렇네.”

“그러니까… 보다 나은 운명을 선택할 수 있게 도와주는 전달자다?”

“그렇지. 쉽게 말하면 그렇게 되네.”

태는 최대한 쉽게 설명을 풀어놓는 유진헌을 보며 잠시 눈을 감았다. 머릿속으로 흘러든 그의 말이 수많은 갈래가 되어 머릿속으로 퍼져 나간다.

운명의 끈.

중계자.

무당.

솜이 물을 빨아들이듯 태의 머릿속은 유진헌의 말로 시작된 새로운 지식이 수북히 쌓이기 시작했다.

“그렇군. 그렇게 된 것이었군. ‘이름을 바꾸면 운명이 바뀐다’. 선조들의 우스갯소리인 줄로만 알았더니 그게 아니었군. 이름은 남에게 자신을 표현하는 최소한의 무기. 그 손에 쥔 무기를 바꿈으로써 그녀의 미래를 다른 방향으로 틀었다?”

“역시 날 시험하고 있던 것인가? 그래, 맞네. 우리는 자네, 간섭자들처럼 직접적으로 운명을 바꾸진 못하네. 우리가 볼 수 있는 미래는 한정되어 있고, 신이 허락하지 않는 이상 타인의 운명을 바꿀 시에는 평생을 고통에 시달리며 내려받은 신의 법력을 잃을 수도 있지.”

"아아, 그렇게 설명하지 않아도 이제는 잘 알고 있어. 당분간 신의 법력은 잃었을 테지만 나를 끌어내리려는 당신의 도박은 성공했군. 그래, 뭐, 좋아. 그럼 다음으로 넘어가서 간섭자는 뭐지? 왜 당신은 나를 보고 간섭자라 말하는 거지?"

태는 떨리는 마음을 추스른 유진헌을 바라보며 다시금 말을 물었다.

"법력을 잃은 나를 놀리려는 것인가, 아니면 아직 더 시험할 것이 남은 것인가?"

"둘 다 아니야. 나는 당신을 시험해 볼 생각도 놀릴 생각도 없어. 그저 궁금해 묻는 거야. 당신이 그렇듯 나 역시 세상 모든 것을 다 아는 전지전능한 신은 아니거든."

"그럴 리가……."

유진헌은 어깨를 으쓱하며 말하는 태의 모습에 고개를 갸웃거렸다.

자신의 존재조차 알지 못하는 간섭자라니…….

생각지도 못한 일이다.

"간섭자라는 건… 중계자와 마찬가지로 운명을 볼 수 있는 사람을 말하네. 물론 미래를 보는 것을 중계자처럼 신에게 허락받을 필요도 없고 스스로 운명을 바꾸는 것에 대한 제재도 없네. 말 그대로 남의 운명에 간섭하고 신이 만든 것을 조작할 수 있는 사람들을 말하는 것이네."

"운명을 간섭하는 자?"

태는 고개를 끄덕이는 유진헌의 모습에 머리가 멍해지는 것을 느꼈다. 중계자와는 달리 간섭자에 관한 것이 단 한 토막도 머릿속으로 들어오지 않았다.

'왜지? 왜 또 새하얗게 뭉개지는 거지? 왜……?'

아무리 집중해도 떠오르지 않는 간섭자라는 물음에 태는 으드득, 어금니를 깨물었다. '지식'이 흘러들기 시작하던 그날 뒤로 느끼지 못한 답답함이 가슴을 짓눌렀다.

"자, 자네는 간섭자가 아닌가? 아니, 그럴 리 없어. 자네는 분명 간섭자가 맞아. 운명을 비틀고 신의 기억이 담겼다는 아카식 레코드를 읽는 간섭자가 분명하단 말이야."

"아카식… 레코드? 그건 또 무슨 말이지?"

채 정신을 차리기도 전, 다시금 아득히 밀려오는 새하얗게 일그러진 무언가들…….

태는 지끈거리는 머리를 내리누른 채 유진헌을 쏘아보았다.

"나도 잘은 몰라. 접해본 적도 없는 위대한 신의 유산이니까. 많은 이들이 그저 이론에 불과하다고 말하지만 그건 아니야. 우리들 역시 간접적이지만 아카식 레코드를 접하고 있으니까."

"신들의 유물?"

태는 고개를 끄덕이는 유진헌을 보며 찰싹, 자신의 뺨을 때렸다. 흐릿하게 머릿속으로 흘러들던 잔상이 사방으로 흩어지려 하고 있었기 때문이다.

"빌어먹을, 너무 흐릿해. 아무리 집중해도 알아볼 수가 없어."

"뭐, 뭘 말인가?"

"당신이 말한 그것에 대한 지식."

"아!"

유진헌은 털썩 바닥에 주저앉아 땀을 흘리는 태를 보며 잽싸게 주머니에 넣어둔 손수건을 꺼내 들었다.

"후, 당신은 왜 날 보고 싶어한 거지? 신—전달자—과 함께한 무당에게 신을 잃는다는 것은 죽는 것보다 더한 두려움일 텐데?"

"나 역시… 다른 인간들처럼 선택을 해보고 싶었던 것뿐이네. 전달자로서, 중계자로서 잊고 있었던 운명의 선택을 걸어보고 싶었지. 궁금했거든. 우리들 중계자를 넘어선 간섭자의 모습이 평생 너무나 궁금했거든."

"고작 그것 때문에 평생 고통스러울지도 모를 도박을 던졌다?"

유진헌은 말꼬리를 올려 묻는 태의 모습에 부드럽게 미소 지었다.

"물론 그뿐만은 아닐세. 무당으로서 평생을 살다 보니 궁금해졌네. 내가 지금 살아 있나? 나는 무엇을 위해 사는 것인가? 다른 사람들과는 다른 내가 무섭기도 저주스럽기도 했지. 그러다 보니 내가 미워지고 사람 같지가 않았어. 사람이고 싶었네. 내 힘으로는 그 모습조차 볼 수 없는 자네의 그림자를 보는 순간, 자네를 보고 싶다는 생각과 함께 다른 사람들처럼 선택이라는 것이 해보고 싶었어. 나 역시 선택을 하고 날 위해 살아갈 수 있다는 것, 그것을 느껴보고 싶었네.”

“…흥, 신을 담보로 벌인 도박치곤 소박한 이유군. 그래, 도박이 성공했으니 이제 어떻게 할 생각이지? 신을 잃었으니 당연히 박수 노릇은 못할 테고… 지금껏 당신이 등진 속세 사람들의 세상 속으로 돌아갈 건가?”

“글쎄, 그것까지는 미처 생각해 두지 못했네. 하지만 무슨 걱정인가. 간섭자도 만났겠다, 그가 내 운명을 간섭해 조정해 주겠지. 안 그런가?”

태를 향한 유진헌의 얼굴의 미소가 그 어느 때보다 짙게 빛났다.

Chapter 7

공부

"운전도 못하고 컴퓨터도 못하고 요리도 못해. 도대체 당신, 할 줄 아는 게 뭐야?"

한강이 내려다 보이는 넓은 거실.

유진헌은 난생처음 보는 최고급 주택에 입을 다물지 못했다.

"이게… 다 자동으로 움직이는 건가? 허, 창문도 이것만 누르면 '좌아' 하고?"

"시답지 않은 거 묻지 말고 대답이나 해. 당신, 할 줄 아는 게 뭐야?"

"나? 에, 그러니까, 어디 보자. 내가 할 줄 아는 게 뭐가 있더라? 점… 인가?"

“뭐……?”

“점… 이라고.”

“이런 쓰잘 데 없는 인간!”

태는 뒷머리를 긁적이며 웃는 유진헌의 모습에 와락 얼굴을 구겼다. 이렇게 답답한 사람이 없다.

무당으로서 세상과 척을 지고 살았다지만 최소한의 시대적 감각은 살아 있어야 하는 것이 아닌가?

멋쩍게 웃으며 창의 개폐 리모컨을 만지작거리는 유진헌의 모습에 절로 한숨이 새어 나왔다.

“후~ 그래, 뭐, 좋아. 필요한 건 그게 아니니까. 세상일이야 쉽게 익힐 수 있는 것이고, 당신의 삶에 대한 일이니 상관치 않겠어.”

“응? 자네는 이미 내 삶에 상관하고 있는 것 아니었는가? 원래 내 운명은 무당으로 살다 무당으로 죽는…….”

“아아, 그래, 됐어. 그만그만. 더 말하지 않아도 아니까 그만 입을 닫아줬으면 좋겠군. 신과 함께했던 당신의 옛 기억이면 모를까, 지금의 평범한 당신의 사고는 이미 내 머릿속에 가득해.”

“허, 신안(神眼)이 열려 있는가? 고작 이런 일에?”

“뭐? 신안?”

태는 유진헌이 꺼내놓는 낯선 말에 고개를 갸웃거렸다.

머릿속으로 흘러든 단어를 따라 쭉 강물처럼 흘러드는 지식의 끈.

유진헌은 탁 풀린 태의 눈을 바라보며 가볍게 고개를 끄덕였다.

"우리와 달리 스스로 개안(開眼)이 되는 것이 아닌 모양이군. 평생 폐안(蔽眼)이 되지 않는 것인가? 옛 무당 중에도 스승 없이 홀로 신을 받은 신의 무녀들이 있었다고는 하지만 다들 쉽게 미쳐 버렸다 하던데……. 용하군. 자네는 미치지 않았잖아."

"뭐?"

지끈지끈거리는 이마를 누르는 태의 이마가 찌푸려졌다.

"그런 걸 알고 있으면 진작 말해줘야 했을 거 아냐, 빌어먹을 인간! 애들처럼 유리창 리모컨 가지고 놀지 말고 어서 설명을 좀 해봐. 신의 눈이라는 내 눈은 어떻게 열고 닫는 거야?"

"음… 그야 나는 모르지. 내 신안은 어머니께서 열어주셨거든. 나는 아는 것이 없어. 우리 무당들은 신안을 열면 닫지 않으니까. 신이 오는 것을 막는 무당이 어디 있어? 아마 대한민국 전국을 다 뒤져 봐도 그에 대해 아는 사람은 아무도 없을걸?"

"뭐? 그럼 알지도 못하면서… 자랑하듯 지껄였단 말이야?"

유진헌은 와락 구겨진 태의 얼굴을 보며 작게 고개를 끄덕였다. 금방이라도 불벼락이 떨어질 것만 같은 얼굴에 절로 몸이 움츠러든 것이다.

"그렇게 무서워할 것 없어. 고맙다는 말을 하고 싶으니까. 당신의 그 무책임한 말 덕에 적어도 희망이라는 게 생겼으니까. 이 집은 당신에게 줄게. 필요하면 가져. 그리고 부탁이니 두 번 다시는 날 찾지 마."

"아니, 저… 그건……."

"됐어. 그 이상 말하지 마. 지금 당신이 하려는 말은 신안이 없어도 알 수 있는 대답이니까. 날 믿는다고 했지? 내가 간섭자라는 사실에 신을 걸었다고 했지? 그럼 지금으로 끝내. 그게 당신이 제 명에 사는 길이니까."

"그게… 무슨?"

태는 동그란 눈으로 자신을 보는 유진헌을 뒤로한 채 휙 몸을 돌렸다.

"집 키는 여기 현관에 놓고 가. 집문서와 증여에 대해서는 따로 사람을 보내도록 하지. 선택하며 살고 싶다 했었지? 그 꿈, 이제 이루게 되었으니 어디 마음껏 살아봐. 당신의 운명, 당신의 삶, 그건 내가 아닌 당신이 정하는 거야."

"아!"

매몰차게 돌아서는 태의 모습에 유진헌의 입이 작게 벌어졌다. 뭐라 말을 하고 싶었지만 할 수 없었다.

"믿음과 꿈. 내가 빼도 박도 못할 말을 줄줄이 내뱉고 가다니……. 정말이지, 자네는 내 마음속을 훤히 들여다보고 있군. 무당이란… 그래서 말을 아껴야 했던 것이구나. 그래서…
그래서 어머님은 내게 항상 무당의 마음을 가르친 것이구
나…….”

쿵!

현관 문이 닫히는 소리가 들리자 유진헌은 털썩 소파에 주
저앉았다.

하고 싶던 일들.

그 수많은 꿈들이 말을 잃은 머릿속으로 차오르기 시작했
다.

＊　　　＊　　　＊

‘개안과 폐안이라…….’

머릿속을 둥둥 떠다니는 두 가지의 단어.

태는 아무리 굴려봐도 답이 나오지 않는 두 단어를 곱씹으
며 자동차 시동을 걸었다. 그를 만난 것은 세상에 더는 없을
행운이다. 잊혀졌던 감정을 끌어냈다는 것만도 굉장한 수확
인데 거기에 능력과 자신의 존재까지 깨닫게 되었다.

‘아카식 레코드, 개안과 폐안, 그리고… 간섭자.’

꽉 막힌 도로의 차들을 피해 달리는 태의 입으로 웃음이 피
어올랐다.

오랜만에 느끼는 진정한 기쁨.

그 끝을 모르고 퍼져 나가는 행복감이 지친 몸을 달랬다.

기적.

인간이 만들어내는 인연이, 기적이 태에게 벌어진 것이다.

*　　　*　　　*

삼 일. 짧지만 긴 시간 동안 자리를 비운 태가 돌아왔다.

"사장님이 돌아오셨다고?"

"사장님이?"

"예! 지금 주차장에 차를 대고 계신다니까요!"

황급히 뛰어들어 온 사원의 말에 회의를 나누고 있던 임직원들이 벌떡 자리에서 일어났다.

지역 오디션이 끝난 지 일주일.

추려 올린 결과에 대한 결제가 아직 이뤄지지 않은 것이다.

"아, 다들 안녕하세요? 개인적인 일이 생겨 그간 자리를 비웠습니다. 오디션은 어디까지 진행되었지요?"

수많은 사람들이 숨죽인 회의실로 태연하게 걸음하는 사내.

임직원들은 누가 뭐라 할 것도 없이 회의실로 들어서는 태를 보며 입을 열었다.

"아휴~ 그간 어디서 뭘 하셨습니까? 가슴이 타서 죽는 줄 알았습니다."

"맞습니다. 전화 한 통이라도 해주시지. 만일 지금 오시지 않았더라면 최종 서류는 보시지도 못한 채 부장님의 손에서 넘어갈 뻔했습니다."

"하하! 그렇군요. 하지만 제가 자리를 비우고 결재를 못했다 해서 달라질 것은 없을 거라 생각합니다. 여러분은 제가 믿고 선택한 유능한 분들이십니다. 저 하나 없다고 해서 큰일 올 그르치실 분늘이 아니죠. 그러니 믿고 자리를 비울 수 있었던 것이고요."

탁탁!

태는 쏟아지는 임직원들의 말에 웃으며 책상 위에 있는 서류철을 정리하며 말했다.

"그렇게 말씀해 주시면 고맙습니다만… 그래도 다음부턴 이런 일이 있을 때는 미리 언질이라도 주십시오. 그간 가슴 졸여 죽는 줄 알았습니다."

"맞습니다. 저희를 믿어주시는 건 고맙지만, 아무리 그렇다 해도 지금과 같은 상황이 더는 없길 빕니다. 언제나 사장님이 모르는 회사 일은 없다고 말씀하시지 않으셨습니까. 제발 부탁이니 다음부터는 저희들 마음을 졸이게 하지 마십시오."

"하하! 예, 최 실장님, 김 부장님. 그렇게 하지요. 자자, 그럼 다들 앉아 오늘의 회의를 시작해 볼까요?"

그 어느 때보다 밝게 웃으며 이야기하는 태의 모습에 일어서 있던 임직원들은 뒷머리를 긁적이며 다시 자리에 앉았다.

그가 언제 지금처럼 환한 웃음을 보인 적이 있던가?

칙칙한 선글라스를 벗고 환하게 웃음 짓는 태의 모습은 그간 가슴을 졸였던 임직원들의 마음을 풀어주기에 충분했다.

"음, 그럼 총 스물네 명의 예선 통과자가 생긴 건가요?"

"예, 원래는 스무 명을 선발하려고 했습니다만… 예외가 몇 생겨서 말입니다. 한 지역을 더 신설하고 오디션을 치를 수밖에 없었습니다."

"미국과 일본… 세계 각지에 퍼져 있는 교포들 말씀이신가요?"

"예, 사장님이 자리를 비우신 후 인터넷 게시판에 난리가 났었습니다. 비행기를 타고 와서라도 좋으니 오디션을 치를 수 있게 해달라는 교포들의 항의가 빗발친 거죠. 처음에는 그냥 그러려니 하고 넘기려 했습니다만… 그들의 항변이 틀린 것도 아니고, 한국인임을 자청하는 그들의 말에 대다수의 네티즌들마저 손을 들어주는 바람에……. 사장님이 안 계신 저희로서는 그것이 최선의 방법이었다고 생각합니다."

"잘하셨습니다. 저라도 분명 그리했을 겁니다. 한국인임을 자청하고 오디션을 보겠다는 데 거부할 필요가 없지요. 다음 시작될 2기 때는 이번과 같은 일이 없도록 철저한 사전 준비를 부탁드립니다."

"예, 사장님. 그리하겠습니다."

"후, 그럼 예선 선발자도 모두 판별이 났고… 드디어 대망의 본선이 시작되는군요. 서류로 올라온 과제들을 보자니 딱히 제가 손댈 곳도 보이지 않고 좋군요. 다음 주 본선, 지금보다 더한 대박을 기대해 보겠습니다. 다들 파이팅입니다."

"예, 사장님! 파이팅입니다!"

"아자! 아자!"

웃으며 서류를 정리하는 태의 말 뒤로 이어져 나가는 기운찬 소리들. 태는 웃으며 회의실을 나서는 임직원들을 보며 툭툭 책상을 두드렸다.

"아, 김석환 실장님. 실장님은 좀 남아주시겠습니까? 따로 드릴 말씀이 하나 있는데……."

"예? 저 말씀이십니까?"

짐을 챙겨 자리를 나서던 임원들의 눈이 한순간 김 실장에게로 몰렸다.

직접 불러 전할 말이라니……. 태가 전할 그 말이 무엇인지 모두들 궁금해하는 눈치였다.

"하하, 별일 아닙니다. 모두들 나가보세요. 개인적으로 전할 말이 있어서요."

"아!"

태는 자신의 말에 고개를 갸웃거리는 임직원들을 바라보며 싱긋 웃었다.

"김석환 실장님, 당신은 해고입니다. 그간 수고 많으셨습니다. 안녕히 가십시오."

"예, 예? 그게 무슨 말씀이십니까? 해고… 라니요?"

정신이 멍해질 만큼 충격적인 소리. 그 자리에 있던 다른 임원들은 난데없이 터져 나온 해고란 말에 회의실 문을 열지 못하고 빳빳하게 굳었다.

"자리를 비워도 회사에 대한 관심을 끊은 적은 단 한순간도 없습니다. 제가 기획사의 운영에 가장 큰 공을 들이는 두 가지가 무엇인 줄 아십니까? 바로 신의와 공정함입니다. 이 회사뿐 아니라 살아가면서 가지는 모든 일에도 마찬가지입니다. 오디션? 지금 그것을 하고 있는 이유는 개인의 취향에 따라 사람을 골라 잡기 위해 하고 있는 것이 아닙니다."

"그것을 모르는 사람이 어디에 있겠습니까, 사장님. 김석환 실장도 분명 그에 대해 모르지 않고 지금껏 신의와 공정함을……."

"그런 분이 회사에 추문이 될 일을 벌이신단 말씀이십니까?"

"그게 무슨 말씀이십니까? 추문이라니요?"

김석환 실장을 감싸주려 꺼낸 최 실장의 말에 태의 눈빛이 날카로워졌다.

"전 국민들을 상대로 신의와 공정함에 우선시해 오디션을 펼쳐야 하실 분이 여성 합격자에게 연락해 접대를 받는다. 그게 공정하고 신의에 찬 일이라 말하실 겁니까, 최 실장님? 아니면 최 실장님이나 여기 계신 다른 모든 임원진 분들도 그것이 당연한 것이다 생각하시고 계시는 겁니까?”

“아!”

가슴속을 후려치는 뜨끔한 한마디.

김석환 실장은 그제야 태가 무엇을 말하는 것인지 알 수 있었다.

이루아.

예선 화면만으로도 가슴을 뛰게 하던 그녀와의 억지스러운 만남이 들킨 것이다.

“제가 여러분께 바라는 것은 하나입니다. 치러지는 오디션은 수많은 사람들의 꿈과 희망을 담은 거대한 프로젝트입니다. 기획사 본연의 의도대로 뛰어난 신인에 대한 발굴 역시 중요한 일이겠습니다만, 공약을 걸고 한 방송인 만큼 지켜야 할 것은 무슨 일이 있어도 지켜야 된다는 것입니다. 혹, 연예계 엑스 파일이라고 들어보셨습니까?”

“아니요, 금시초문입니다. 그게 무엇입니까?”

“말 그대로 모 기업에서 광고 대상자인 연예인들을 판별, 구분해 놓은 파일 집입니다. 내부 보완이 잘되어 있는 관계로 자세히는 알 수 없지만 하나라도 번져 나올 시엔 연예인이나 기획사에 치명적일 수 있는 이야기가 많다고 들었습니다. 그 안에 여러분의 이름이 없길 빕니다. 그리고 김 실장님의 해고에 대해 달리 부당하다 생각하시는 분이 계시다면 개인적으로 절 찾아주시길 바랍니다. 사장실에서 기다리고 있겠습니다.”

“아… 예… 사장님.”

자리에서 일어나 뚜벅뚜벅 걸음을 옮기는 태의 모습에 길을 막고 선 중역들이 죽 갈라졌다. 함께 일한 동료를 잃는 것을 막아보고 싶었지만 달리 방법이 없다.

추문을 저질러 그에 대한 대가를 묻는 말에 무슨 변명을 달겠는가?

김 실장은 회의실 문을 열고 나서는 태를 보며 푹 고개를 숙였다. 그것은 달콤한 술 한잔에 취한 것치고는 너무나 가혹한 처벌이었다.

‘수…….’

눈을 마주치는 순간 스쳐 지나간 기억의 조각을 되뇌며 태는 작게 고개를 흔들었다.

똑똑!

“사장님, 저 신 부장입니다. 들어가도 되겠습니까?”

꽉 닫힌 문틈으로 새어 들어오는 목소리.

태는 머릿속을 스치는 생각을 접으며 자리에서 일어났다.

“네, 들어오세요.”

“아, 예. 그럼 잠시 실례하겠습니다.”

평소와는 다른 조심스런 발걸음과 목소리.

태는 문을 열고 들어서는 신 부장을 보며 피식 웃었다.

　"혹, 김 실장님에 대해서 이야기하려고 오신 것입니까? 그런 것이라면… 신 부장님에게서는 듣고 싶지 않은데요. 누가 뭐라 해도 이번 오디션의 모토를 가장 잘 역임하고 계시는 분이니까 말이죠."

　"아… 그 일 때문에 찾은 것은 아닙니다. 안타까운 일이지만 잘못을 저지른 이상 물러설 줄도 알아야지요. 제가 이 자리를 찾은 것은 다름이 아니라 김 실장과 어울렸다는 예선 통과 후보 때문에 그렇습니다."

　"예선 통과 후보요?"

　"예, 이유야 어찌 되었든 김 실장은 월권을 행하기도 전에 회사에서 나가게 되었지만 그 합격자는 아니지 않습니까. 물론 김 실장이 먼저 접근하고 오디션에 합격된 상태라고는 하지만… 혹시라도 세간에 이 일이 알려진다면 그리 좋게 생각들을 하지는 않을 겁니다."

　"그것도 그렇군요. 하지만 이번 일은 분명 김 실장님이 잘못한 것이지 그녀가 잘못한 일은 아닙니다. 우리의 과오를 남에게 떠넘길 만큼 옹졸한 집단이 아닙니다. 오디션은 예정대로 치릅니다. 다른 이들과 다를 것 없이 공평하게 말입니다."

　"흠… 사장님의 뜻이 그러하시다면, 알겠습니다. 본선 예선은 준비한 대로 실시하겠습니다. 추후에 다른 문제가 생긴다면 다시금 찾아뵙겠습니다. 그럼 이만."

"예, 안녕히 가십시오."

태는 작게 목례를 건네고 사라지는 신 부장을 보며 길게 숨을 내쉬었다.

누구보다 정직하고 회사에 대한 신념이 강한 사내.

그런 사내에게 다가올 막을 수 없는 불운이 머릿속을 스쳤기 때문이다.

＊　　　＊　　　＊

수많은 사람들이 자리를 가득 채워 앉아 있었다.

한국의 스타 아이콘.

그 거대한 공개 오디션의 본선을 보기 위해 각지에서 몰려든 사람들이었다.

"사람들이 꽤나 많다. 이거… 어림잡아도 대충 몇천 명 정도는 되는 것 같은데?"

"그, 그렇게나 많아?"

"그래, 봐봐. 이미 객석을 채운 사람들만 봐도 몇천은 거뜬히 넘어 보인다고. 본선은 객석을 가진 공개 오디션이라고 하더니 이거 정말 장난이 아니잖아?"

검은 휘장으로 가려진 무대 뒤의 본선 대기자들은 어마어마한 관중의 숫자에 혀를 내두를 수밖에 없었다.

이 정도로 대규모였던가?

예선에 합격한 뒤로 서울 근교에 모여 트레이닝을 받은 그들로서는 자신들의 인기가 어떤지 가늠하지 못했다.

"어? 저기 봐! 저기! 진린이야, 진린!"

"어디, 어디? 꺄아! 진린 오빠, 사랑해요!"

"꺄아아아! 오빠 노래, 최고예요!"

"어… 어어……."

살짝 무대 사이로 얼굴을 비친 사내를 향해 수많은 여성들의 환성이 이어졌다. 잘생긴 외모와 뛰어난 가창력, 폭발적인 무대 매너로 경기 지역에서 가장 큰 호응을 이끌어냈던 유진린을 향한 팬들의 응원이었다.

"이야! 굉장한걸? 벌써 가수라고 해도 믿겠다. 하여간 얼굴에 빠져 허우적대는 것들이란. 너무들 하는군. 이거, 얼굴이 못생긴 사람은……."

유진린을 향해 다가와 누군가 티껍게 말을 건넬 즈음, 환호하는 여성들 사이로 커다란 응원 카드를 든 사람들이 고개를 들었다.

"어? 저기 유진린 옆에 서 있는 거 지민구 아이가?"

"오! 맞다, 맞어! 지민구, 파이팅! 가창력의 달인 지민구! 너만이 대구의 살 길이라카이!"

"결승까지 가래이! 남자라면 지민구, 지민구하면 남자. 캬아! 가는 기다!"

"아……!"

한순간 화악 붉어지는 얼굴. 지민구의 얼굴에 비꼼을 당하고 있던 유진린의 입꼬리가 얇게 말아 올라갔다.

"난 너 싫지 않은데, 가끔 스스로를 깎아내릴 때는 참 꼴불견으로 보이더라. 얼굴이 뭐? 그런 말할 때면 저기서 너한테 환호하는 사람들에게 미안하지 않냐? 너나 나나 떨어지면 그뿐인 본선, 후회없이 하자. 져도 서로 욕하지 말고."

"…그래, 네 말이 맞지. 하지만 지금껏 그래 왔다. 잘생기신 분들, 잘생기신 님들, 그 자식들 때문에 얼굴도 펴고 다니기 힘들었어. 내 울분, 내 재능, 난 노래에 다 걸었다. 공정한 대회라면 결코 지지 않을 거야."

"영혼을 울리는 목소리라던가? 그래, 네 그 모든 걸 다한 노래, 나도 기대하고 있으마."

고개를 푹 숙인 채 대기실로 돌아서는 지민구를 보며 유진린은 떨리는 가슴을 쓸어내렸다.

처음으로 들어보는 수많은 팬들의 환호성.

그것은 세상에 둘도 없을 굉장한 쾌감의 시작이었다.

짝짝!

"오디션 시작 10분 전. 자자, 다들 잠시 이곳으로 모여주세요."

본격적인 오디션의 본선전.

진행을 맡은 진행위원의 박수 소리가 대기실을 울렸다.

치열한 예선을 뚫고 맞은 본선.

오디션 시작 10분 전이라는 진행위원의 말에 예선 통과자들의 가슴이 미친 듯 분탕질 치기 시작했다.

"다들 예선을 치르고, 또 그간 트레이닝을 받으며 들어 알고 있겠지만 오늘의 예선은 심사위원 점수 50점과 관객 점수 50점. 총 100점의 합계로 매겨지게 됩니다. 여러분들은 스스로의 음악성만 고집하는 가수가 아니라 환호할 관중 역시 소중하게 여겨야 할 대한민국의 예비 '아이콘' 들입니다. 모두들 '아이콘' 이 되실 준비가 되셨습니까?"

"예!"

"혹 탈락하게 되시더라도 마음에 응어리가 남지 않게 최고의 오디션 부탁드립니다. 그럼 번호표를 받으신 대로, 일번 김창민 씨부터 먼저 가실까요?"

"네, 넵!"

웃으며 말을 건네는 운영위원의 모습에 화려하게 차려입은 사내가 떨리는 모습으로 대답했다.

이날을 위해 마신 박카스가 몇 병이고 씹어 삼킨 청심환이 몇 알이던가?

사람들은 운영위원을 따라 본선 무대를 향해 걸음하는 김창민의 뒷모습을 지켜보았다.

"아, 저, 위원님!"

"음? 예?"

"저… 물어볼 게 있는데요. 이번 본선의 심사위원님들이 누구신지 혹시 알 수 있을까요?"

"흠… 그분들에 맞춰 노래를 지금 바꾸려는 생각인가요? 글쎄요. 그렇게 하기에는 시간이 촉박할 듯싶은데요. 그냥 모르는 편이 나을 겁니다. 알게 되면 더욱 긴장할지 몰라요."

"그래도……."

"하하, 무대에 오르면 자연히 알게 될 겁니다. 너무 걱정 말고 편하게 기다리세요."

"네, 알겠습니다."

진행위원은 질문을 한 여성 참가자를 향해 싱긋 미소 지어 보이고는 사내를 이끌고 본선 무대를 향해 돌아섰다. 지금은 무대에 서기 전부터 떠는 예비생들이지만 본선에 오른 것만으로도 그들의 삶은 이전과는 천양지차로 달라질 것이다.

예비 스타.

그것은 본선 참가자 모두에게 이미 붙은 꼬리표인 것이다.

'김석환 실장이라고 했던가? 분명 있을 거야. 그래, 자신의 입으로 말한 것이니까. 심사위원 중 한 사람의 점수는 만점이 틀림없어. 그래, 떨 것 없어, 수. 아니, 이루아. 너는 저들과 달리 든든한 백이 있으니까 초조해할 것 없어.'

돌아서는 진행위원의 뒷모습에 가슴을 내리누르는 여성 참가자.

그는 다름 아닌 태의 옛 애인 수, 이루아였다.

"심사위원, 점수 올려주세요!"

긴장한 무대 위로 울려 퍼지는 사회자의 말과 함께 자리에 모인 모든 이들의 시선이 전광판을 향했다.

툭, 툭, 툭, 툭, 툭…….

커다란 소리를 내며 돌아가는 전광판의 개체 소리가 얼마나 두려웠을까?

점수를 기다리는 여성 참가자의 눈이 꼭 감겼다.

"심사위원 점수 28점! 그렇다면 쉬지 않고 바로 가볼까요? 관객 점수 올려주세요!"

툭, 툭, 툭, 툭, 툭…….

철렁 가슴을 후려치는 사회자의 말에 안도하는 것도 잠시, 다시금 돌아가는 전광판 소리에 작게 펴진 어깨가 전보다 더욱 움츠러들었다. 이전 참가자보다 더 나은 점수이기를 빌며 참가자는 그렇게 평생 찾은 적 없던 신의 이름을 마음속으로 수백 번을 더 되뇌었다.

"관객 점수는……."

툭, 툭, 툭, 툭…….

처음보다 느슨해진 전광판 소리와 함께 멈춰가는 점수를 확인하려는 사회자의 입이 크게 벌어졌다.

"32점!"

"아!"

짤막한 말 한마디로 희비가 교차되는 순간,

점수를 기다리던 여성 참가자는 말없이 바닥 위로 털썩 주저앉았다. 심사위원 점수와 관객 점수, 그 모두 이전 참가자보다 저조했던 탓이다.

"박현지 양, 박현지 양?"

무대 바닥으로 주저앉은 참가자의 모습에 사회자가 안쓰러운 목소리로 물었다.

"흑… 흑… 네…….."

"점수가 못내 아쉬운 마음은 이해하지만 아직 떨어진 것은 아니니 무대 뒤에서 마음 편히 기다리세요. 박현지 양은 충분히 잘했습니다. 모두 그렇지 않아요?"

"네!"

"박현지 양의 무대, 다들 흡족하셨지요?"

"네! 최고였어요!"

"완전 좋았어요!"

"나중에 데뷔하면 누나만 따라다닐게요!"

관중석 여기저기서 터져 나오는 함성 소리들.

서러움에 울던 박현지의 눈에 전보다 더한 눈물이 그렁그렁 맺혔다.

"고맙습니다. 감사합니다."

자신을 응원해 주고 환호해 주는 관중들 틈에서 그렇게 또 한 명의 오디션 참가자의 무대가 끝났다.

'이제 곧…….'

박현지의 무대가 막을 내리고 무대 뒤에서 기다리던 수의 눈으로 수많은 관객들의 모습이 들어왔다. 아찔할 정도로 많은 사람들. 수는 가슴에 붙은 번호표를 만지작거리며 떨리는 가슴을 달랬다.

참가 번호 14번.

그리 마음에 드는 번호는 아니었지만 최고라 불리는 이들보다 앞에 선 것은 다행이라는 생각이 들었다. 며칠뿐이지만 동료로 지내던 그들의 실력은 수, 그녀 본인이 더 잘 알고 있다. 가창력, 무대 매너 등 그 무엇 하나 흠잡을 것 없는 그들의 무대는 분명 뒤 참가자에게까지 영향을 미칠 것이다.

"눈과 마음을… 단번에 사로잡아 버릴 테니까!"

인정하기 싫은 것을 인정하는 수의 악다문 입술과 눈빛이 표독스러워졌다. 어떻게 해서든 끝까지 남아야 한다. 가난에 허덕이며 등록금도 내지 못했던 날들은 이제 상상하고 싶지도 않다.

가난. 그 가진 것 없던 삶에서 유일하게 꿈꾸던 화려한 길이 아니던가.

"그래, 얼굴도 몸도 마음도 이미 나는 오래전부터 팔아왔어. 가창력? 무대 매너? 춤 실력? 그래, 그 모든 것들은 모두 너희에게 일등을 내어주겠어. 하지만 오디션만큼은… 나와 내 동생들의 꿈만큼은 절대 내어주지 않아! 나는 꼭… 무슨 짓을 해서라도 우승하고 말겠어!"

피가 배어 나올 만큼 아랫입술을 꾹 깨물었다.

무대 위로 울리는 자신의 이름, 이루아.

그 꿈을 품은 이름이 관중석 사이로 울리고 있던 것이다.

"에, 관중 속 환호 소리가 그 어느 때보다도 커다란 것 같은데요? 예, 그렇습니다. 이미 개설된 팬까페 가입자 수가 십만을 바라보는 서울 지역 합격자! 새로운 여성 디바의 기대주! 이! 루! 아!"

"와아아아아아!"

꽉 들어찬 관중석 사이로 거대한 파도가 요동쳤다. 기대와 분위기에 도취된 사람들이 뿜어내는 열정의 파도가 되어 무대로 밀려드는 것이다.

"이루아! 이루아! 이루아!"

"이루아 누나, 최고예요! 정말 사랑합니다!"

"이루아 언니, 짱! 최고!"

"아!"

난생처음 겪어보는 관중들의 격렬한 환호성에 수는 잠시 나오던 걸음을 멈췄다. 지금까지의 참가자들처럼 환호하는 관중들에 놀랐기 때문이 아니다.

태.

무대 밖으로 보이는, 다시는 보기 싫은 사내와 눈이 마주쳤기 때문이다.

"연예 기획사 샤이닝의 사장… 이라고?"

자신을 보며 피식 웃음 짓는 태의 모습에 정신이 아득해지는 것을 느꼈다. 꿈이라면, 악몽이라면 빨리 깨어나기를 빌며 그렇게 수는 도살장에 끌려가는 소마냥 무대 위로 끌려올라 갈 수밖에 없었다.

"와아! 여기, 여기요!"

"여기, 손 한번만 흔들어주세요!"

어지러운 정신을 추스르기도 힘든 시간, 수는 밀려드는 관중의 환호성에 술이라도 마신 듯 머리가 핑 도는 것을 느꼈다.

밤하늘 위로 뜬 별을 중심 삼아 온몸으로 컴퍼스를 돌리는 느낌이랄까?

미리 선곡한 노래를 호명하는 사회자의 말이 어지럽게 머릿속을 스쳤다.

쿵… 쿵… 쿵… 쿵쿵쿵!

심장 소리마냥 가슴을 울리는 빠른 비트의 댄스곡이 울려 퍼지고, 한껏 기대를 품은 관중들의 환성이 노래를 타고 뜨겁게 달아올랐다.

왜 이 자리에 서 있는 것일까?

수는 혼란스러운 머리칼을 쓸어 올리며 심사위원석 앞에 앉은 태를 바라보았다.

'미리 알았어야 했어. 레인과 함께 있는 그를 만났을 때 그때 미리 알았어야 했어. 나는… 나는 또다시 남자들에게 농락당하는 건가? 그런 건가?

새하얗게 탈색된 머릿속으로 수많은 상념들이 수채화 물 감처럼 번져 나갔다.

사랑한다 말하고, 사랑한다 떠나고, 얼굴값 한다며 나쁜 여 자라 손가락질하던 사람들…….

수는 새하얗게 쏟아지는 핀 라이트를 받으며 천천히 무대 위를 돌았다.

"나는… 잘못한 것 없어. 나는… 그저 나는 남들보다 나를 더 생각했을 뿐이야! 그것뿐이라고! 끼아아악!"

감정에 취해 미친 듯 내지른 거대한 비명 소리가 오디션 장 을 울렸다.

고조되어 가는 음악 위로 퍼져 나가는 찢어질 듯한 비명 소 리.

관객들은 수의 비명 소리에 노래의 시작을 기다리며 연신 환호성을 뱉어냈다.

"단 한 번의 오디션으로 그 많은 팬들을 사로잡은 이유가 있었군요. 흔들리듯 걷는 걸음에 그르부가 배어 있어요. 저것 은 배운다고 할 수 있는 것이 아닙니다. 천성이랄까요? 꽤나 좋은 재능을 타고났군요."

미친 듯 무대를 뛰어다니는 수의 모습에 한 심사위원이 입 을 열었다.

"글쎄요. 그르부는 어떨지 몰라도 저 괴상망측한 노래는 영 달갑지 않군요. 앞선 참가자들에 비해 너무 수준이 떨어

저요."

"그렇습니까? 흠, 저와는 곡을 듣는 것이 조금 다르시군요. 거친 호흡, 거친 목소리. 물론 다듬어지지 않은 듯 보입니다만… 그 편이 더 느낌이 살지 않습니까? 한이랄까? 귀가 아닌 가슴을 강렬하게 후벼파는 무언가가 그녀에게는 있는 것 같군요."

"최 위원님, 그게 무슨 말입니까? 느낌이라니요? 고작 그런 느낌 따위로 오디션에 영향을 줄 만한 채점을 내리시려는 것은 아니겠지요?"

"글쎄요. 또 모르지요. 개인적이고 주관적인 채점을 할 자격이 제게는 주어져 있으니 때에 맞게 사용할 수밖에요."

"그런! 저 여자는 그런 기본조차 갖춰져 있지 않습니다! 김 위원님, 정 위원님, 혹 두 분 다 음악이 아니라 여색에 취하신 것이 아닙니까?"

"아니, 뭐요? 신 위원, 말이 조금 심하십니다!"

한 심사위원으로부터 흘러나온 이야기가 심사위원들 사이로 커다란 소란을 야기시켰다.

만나고 싶지 않은 사람을 최악의 자리에서 만났다는 절망감에 찌든 노래의 여파일까?

태는 실 풀린 마리오네트처럼 무대 위를 유영하는 수를 바라보며 툭툭 펜을 놀렸다. 그녀는 어떨지 몰라도 그에게 있어 그녀는 더 이상 아무런 감흥조차 주지 않는 남이 되었기 때문이다.

"미칠 듯한 무대라는 표현을 써도 될까요? 정말 굉장한 무대였습니다. 저 가녀린 몸 어디에 그런 굉장한 에너지가 숨어 있는 걸까요? 끊어질 듯 끊어지지 않고 이어지는 노래가 단연 일품이었습니다."

"같이 미쳐 버리는 줄 알았어요!"

"무대 위로 뛰어올라 가고 싶은 거, 정말 간신히 참았어요!"

화려하게 무대를 달구던 조명 불이 꺼지고 숨을 고르는 수를 향해 수많은 사람들의 갈채가 이어졌다. 흥을 돋우기 위해 위트 넘치는 멘트를 날리던 사회자도 이번만큼은 그럴 필요가 없다고 느꼈는지 짧고 강한 한마디로 모든 상황을 끝마쳤다.

"그럼 더 이야기를 나눌 것도 없이 심사위원 분들 모두 채점 완료되셨나요? 예, 그렇다면 전광판 띄워주세요!"

툭, 툭, 툭, 툭, 툭, 툭……

어두운 전광판으로 흘러가는 노란 막대 숫자.

손에 쥔 펜을 튀기는 태의 모습에 수는 악다문 입술을 피가 나도록 꽉 깨물었다. 짙은 선글라스 때문에 잘 보이지는 않지만 선글라스 너머로 그가 비웃음을 날리고만 있는 것 같았다.

돈, 좋은 차, 그리고 보다 멋진 외모.

보다 빠른 성공을 위해 사람을 갈아타는 것이 그리도 나쁜 것일까?

수는 한마디 말도 듣지 않은 채 매몰차게 돌아서던 태의 모습이 생각났다.

자신도 싸구려가 될 것 같다며 서둘러 자리를 피하던 그.

기억하기도 싫은 최악의 날을 떠올리는 그녀의 눈 위로 그렁그렁 눈물이 차올랐다.

"심사위원 점수는… 20점! 곧바로 이어서 관객 점수는… 41점!"

멈춰진 전광판으로 다시금 흐르는 노란 불빛.

수는 자신에게 있어 가장 최악의 점수에 어금니를 꽉 깨물었다. 최악이다. 생각보다 관객 점수가 높긴 하지만 그것이 전부다. 적어도 지금껏 나온 점수들보다는 높아야 가능성이 있다. 희망이 멀어졌다. 이제 뒤로 남은 것은 다들 뛰어난 재능과 쟁쟁한 실력을 갖춘 원석들뿐. 수는 아무리 발버둥쳐봐도 허물 수 없는 커다란 벽을 느끼며 쏟아지는 눈물을 훔쳤다.

"나쁘진 않은 점수인데… 눈물을 훔치는 것으로 보아 아마도 스스로의 무대에 그만큼 아쉬움이 남는 모양입니다. 여러분, 이루아 양의 무대가 좋았다면 떠나갈 만큼 커다란 환호 부탁드립니다!"

"이루아, 파이팅! 아직 끝난 것 아니다! 끝까지 힘내라!"

"이루아, 완전 멋진 무대였다! 끝까지 응원할 테니까 울지 마!"

"울지 마!"

"울지 마!"

"울지 마!"

사회자의 말로 시작된 거대한 관중들의 응원의 박수와 갈채.

수는 자신을 향해 울려 퍼지는 환호성을 들으며 휙 무대 밖을 향해 몸을 돌렸다. 수많은 참가자들의 마음을 감동시킨 응원이 그저 시끄러운 소음으로 들린다.

스스로의 행복을 위한 춤과 노래가 아닌 탓일까, 아니면 오래전에 메말라 버린 감정 때문일까?

수는 무표정한 모습으로 펜을 두드리는 태를 흘깃 바라보고는 피가 흐르는 아랫입술을 핥았다. 그녀의 오디션은 전광판이 멈춰 서던 순간 이미 어두운 막을 내린 것이다.

"제법 재능이 있는 아가씨였는데, 쩝… 뭔가 아쉽군요."

"글쎄요. 음악을 볼 줄 모르는 사람들에 무식쟁이들 눈에게나 시끄럽게 소리 지를 노래였겠지요. 오히려 당연한 결과가 아닌가요? 이 자리에 앉은 전문가의 소견을 봤을 때 방금 전 참가자의 실력은 그 점수에서 그 이상, 이하도 아니었으니까요."

"후, 신 위원님은 왜 그렇게 이루아 참가자를 못마땅하게 여기는 겁니까? 지금 당장은 그랬을지 몰라도 오디션인 만큼 그 이후의 장래성도 봐야 하지 않습니까? 방금 전 그 노래가 어땠을지는 몰라도 앞으로의 가능성은 충분히 있는…….”

길게 이어지려는 두 심사위원의 싸움에 조용히 자리를 지키고 있던 안 위원이 나서 말했다. 퇴장한 수의 뒤를 이어 다른 참가자가 등장했기 때문이다.

“신 위원님, 김 위원님, 이제는 그만들 하시죠. 점수는 매겨졌고 이루아 씨의 무대는 이미 끝이 났습니다. 저 역시 아쉬운 것은 마찬가지입니다만, 중요한 것은 현실입니다. 그녀가 정말 가수의 재능을 타고났다면 언젠가 다시 무대에 서겠지요. 지금은 그저 심사위원으로서 심사에만 집중합시다. 이번 무대의 영향으로 다른 이들의 채점에 실수가 생긴다면, 그것은 이 자리에 선 우리들의 본래의 의의를 저버리는 일이니까 말입니다.”

“흠흠, 내가 언제 다른 오디션에 눈을 안 준다고 했나. 그냥 말이 그렇다는 것이지. 후, 그냥 푸념일지도 모르지. 나와 생각이 다른 누군가들에게 말이야.”

“흠, 푸념이라니 당치도 않군요.”

안 위원은 아직도 풀리지 않은 두 사람의 앙금을 보며 휘휘 고개를 가로저었다.

저마다 다른 스타일의 평가위원을 뽑아 최고의 평점을 만들어낸다는 의도하에 조직된 심사위원단의 부작용.

태는 시끄럽게 떠드는 심사위원들을 바라보며 묵묵히 손에 쥐어진 펜을 놀렸다. 심사위원들의 말에 관심을 돌리기엔 오디션에서 파생되어 나오는 수많은 음악 지식이 너무나 방대했기 때문이다.

"빌어먹을 자식! 빌어먹을 자식! 빌어먹을 자식!"

무대 뒤로 돌아선 수의 입에서 기분 나쁜 욕설이 쏟아져 나왔다.

혹, 김석환 부장이라 말했던 사람도 그가 보냈던 것일까?

수는 미치도록 기분 나쁜 상황에 절망하며 태에게 그 모든 원망을 돌렸다.

"아, 루아야! 노래 잘 들었어. 연습과는 다르지만 느낌 좋더라. 값싸 보이는 게 딱 네 스타일이던걸? 심사위원들이야 뭐, 실력을 중시하니까. 당연한 거지만 네가 나보다 심사위원 점수는 낮지만 뭐, 그래도 관객 점수와 평점은 네가 더 높잖아? 너무 실망하지 마. 잘될 거야. 넌 남자 홀리는 거 잘하잖아, 호호호호호!"

눈물에 번진 마스카라를 지우는 수의 옆으로 이전 참가자였던 박현지가 다가서며 말했다.

스스로를 치켜세우고 남을 깎아내리는 자들의 한심한 작태.

수는 한껏 비웃음을 날리는 박현지를 바라보며 말없이 화장을 지웠다.

"박현지라고 했지? 비싼 보컬 강의받고 명품에 비싼 화장품까지 쓰면서 나는 왜 네가 아직 그렇게 널 모르나 궁금했는데 이제야 알 것 같다. 너 스스로 옷을 입어보고 화장 한번 해본 적 없지? 손에 물 묻히고, 옷 한 벌 사기 위해 발품 팔아가며 온 매장을 돌아본 적도 없지?"

"그게 뭐 어때서? 왜? 혹 너도 디자이너가 널 위해 만든 옷을 입고 전용 메이크업 아티스트들이 화장해 주고 유명한 교수님의 보컬 강의를 들으면 나처럼 될 수 있을 거라 말하려고? 꿈같은 소리 할 거라면 그 입 열지 마 네게는 그런 행운 따위는 없을 테니까."

거만한 표정으로 수를 내려다보는 박현지의 얼굴 가득 얇은 웃음이 걸렸다.

자신보다 가진 것 없는 자를 내리누를 때 느끼는 그 기묘한 희열감.

수는 한껏 거만해진 박현지의 얼굴을 흘겨보며 작게 조소했다.

"그런 말, 그런 것 하고 싶지도 않아. 잘난 메이크업 아티스트들이 해줬다는 화장도, 디자이너가 널 위해 만들어줬다는 옷도 네게는 전혀 어울리지 않으니까. 돼지 목의 진주라는 말, 혹시 들어봤니? 그 말에 나오는 돼지는 너처럼 돈이 많은 돼지일 거야. 물건 팔아먹기 위해 혈안이 된 다른 돼지들이 그 두꺼운 목에 비싼 진주를 빽빽이 채워 달 정도일 테니까.

한심한 돼지들. 스스로 만족하는 네가 모르는 것 같아 말해주는 건데, 네가 값싸다 말하는 나에게도 졌어, 살찐 돼지 년아! 그 두꺼운 몸으로 길 막지 말고 비켜! 난 지금 바쁘니까!"

"이, 이게……!"

서슬 퍼런 수의 독설에 뭐라 말을 던지려던 박현지의 거만한 얼굴이 한순간 사색이 되었다.

입가 가득 물고 있는 수의 싸늘한 비웃음.

이 세상과 태를 향한 원망에 독기 찬 미소가 두려워졌기 때문이다.

Chapter 8

화려한 무대 뒤의 진흙탕

대한민국을 열정으로 몰아넣었던 마법의 하루가 끝났다.

본선 참가자들이 내뿜던 아이돌을 향한 재능과 열정.

이미 예선에서부터 수많은 사람들의 눈을 빼앗은 열정의 마력은 승자도 패자도 없는 리얼 드라마로 모든 이의 가슴을 적셨다.

"일각에서 2차 본선에서는 심사위원과 관객 점수에 대해 기준이 바뀌어야 한다는 소리가 높아지고 있습니다. 스스로가 좋아했던 참가자가 탈락해 나온 말이라 물론 항의 내용이 객관적으로 납득할 수준은 아닙니다만… 개중에 몇몇의 그럴싸한 글들이 인터넷으로 퍼져 나가 오디션에 불만을 품은 네티즌들이 손을 모으고 있습니다.”

“내가 좋아하는 참가자는 꼭 살아남아야 한다는 그런 식의
주장은 말할 것도 없습니다. 사장님, 저런 것에 일일이 답을
달아준다면 오디션은……."

“마이너리그를 만들면 됩니다.”

“예?”

네티즌들의 행위에 대해 강변하던 최 실장의 말문이 한순
간 턱하니 막혔다. 그저 무시하고 넘어가면 된다는 생각에 전
혀 생각지도 않은 대비책이 태의 입에서 흘러나왔기 때문이
다.

“탈락자 중 몇 명에 한해서 오디션 진출권을 두고 심사위
원과 관객 점수를 다시금 선정, 아쉽게 떨어진 참가자를 뽑
아 일주일간의 트레이닝 후 재심을 하는 겁니다. 물론 오디
션만 방영하는 본선과 달리 마이너리그의 방송 무대는 트레
이닝실로 하고, 리얼 드라마 쪽으로 초점을 두었으면 합니
다.”

“취지는 좋지만… 과연 방송사에서 시간을 할애해 줄까요?
일요일 밤의 골든 타임을 석권한 결과는 좋지만 이렇게 자매
프로그램 형식의 프로가 신설하면 타 방송사의 시선이 곱지
않을 텐데요.”

“글쎄요. 아직 말을 꺼내보진 않았지만 긍정적으로 이야기
가 오갈 것 같기에 미리 말씀을 드리는 것입니다. 아시다시피

그곳에는 현재 예능 프로그램이 타 방송국에 비해 턱없이 부족한 상황이라 따가운 눈총 몇 번에 굴할 때가 아닐 거라 생각합니다."

"흐음……."

딱 부러진 태의 말에 반론을 펴던 신 부장의 입이 닫혔다.

나쁜 이야기도 아닌 것을 더 미뤄 무엇 하랴.

신 부장은 가볍게 선글라스를 매만지는 태를 보며 툭툭 손에 쥔 서류를 튕겼다.

"그럼 마이너리그에 관한 것은 다음 저녁 회의 시간까지 잠시 접어두고 오디션 외의 진척 상황에 대해 말씀을 올리겠습니다. 다른 분들도 잠시 귀를 모아주시겠습니까?"

"아, 예. 물론이지요, 신 부장님. 오디션 외의 일이라면 세계 시장에 대한 일입니까?"

"물론 그에 관한 이야기도 있습니다만, 먼저 이야기할 것은 국내의 기존 기획사에 소속된 배우들과 가수들에 대한 향후 거취 문제입니다."

"향후 거취 문제요?"

신 부장은 고개를 갸웃거리며 묻는 임원진을 향해 미리 인쇄해 둔 서류를 돌렸다.

"다들 알고 있겠지만 얼마 전 좋지 않은 일로 회사를 떠났던 김 실장이 타 기획사인 BN기획사에 들어갔네. 재능이 많은 친구였던 만큼 탐내는 팀도 많았으니 당연한 일이겠지."

돌연 이어지던 말을 끊은 신 부장의 뒤로 서류를 읽던 임원진들의 얼굴이 한순간 잔뜩 찌푸려졌다.

돌려진 A4 위로 인쇄된 간략한 말.

그것은 다름 아닌 퇴사한 김석환 실장의 뒷공작에 관한 내용이었다.

"그 능력만큼이나 인품도 바랐으면 이렇게 지켜보지도 않았을 텐데… 아니나 다를까, 기획사를 옮기자마자 뒷공작이 들어오더군요. 사장님, 그가 현 BN기획사에서 어떠한 대우를 받는지까지는 확인하지 못했습니다만… 작은 대우는 아닌 모양입니다. 들려온 말에 의하면, 재계약 조건이 기존의 금액보다 훨씬 더 큰 초특급 페이라더군요. 하위 간부가 제시해 볼 페이의 수준은 아니었습니다. 게다가 어떻게 구워삶았는지 몇몇은 벌써 BN 쪽으로 마음이 기운 듯 보이더군요."

"이런 빌어먹을 자식! 김석환, 그놈의 자식이 언젠가는 내 그럴 줄 알았어. 아주 작정을 하고 앙심을 품었군. 김미래, 윤헌, 정성우……. 이건 거의 기획사에 묶인 스타들 전부 아니야! 미친 새끼, 완전 돌은 거 아니야?"

서류를 다 읽은 최 실장의 입에서 욕설이 쏟아져 나왔다. 김석환과 누구보다 친밀하게 지내던 그였기에 더욱 감정이 격해진 것인지도 몰랐다.

"BN에서도 이번 기회에 저희 기획사의 이미지에 물을 먹이고자 작정을 한 것이 틀림없습니다. 사실 그들 모두가 특급 배우는 아닌데 이런 조건이라니… 빌어먹을 자식들. 지금이 있기까지 키워준 게 누군데……."

"거저 먹겠다는 거야. 그 녀석들, 애초부터 어린것들이 돈만 생각하고 싹수가 없었어. 제기랄! 그런 놈들을 위해서 내가 일을 했다니……."

최 실장의 말에 덩달아 달아오른 타 직원들 역시 하나둘 욕설을 뱉어내기 시작했다. 스타랍시고 거만하게 굴던 그들의 얼굴이 머릿속을 스친 것이다.

"이야기, 잘 들었습니다, 신 부장님. 그에 관한 일에는 일체 손댈 필요 없습니다. 어차피 거품이 빠져 최근에는 별 볼 일 없는 그들이었습니다. 다른 연습도 없고, 노력의 시도조차 보이지 않는 그들을 비싼 값에 붙잡을 필요는 없지요. 맘 편히 보내십시오. BN기획사와 싸울 빌미도 필요했고… 이참에 대외적으로 확실히 알려두는 편이 좋겠습니다. 저희와 적이 된다는 것이 어떤 것인지 그들에게 각인시켜 줄 필요가 있으니까요."

*　　　*　　　*

결재 서류에 느긋하게 사인을 하는 무료한 일상.

태는 막바지로 치닫는 오디션 상황을 지켜보며 조용히 책상 위의 커피 잔을 들었다. 오랜만에 많은 시간을 발로 직접 뛰어 사들인 수많은 책들이 눈에 들어왔다. 케케묵은 고서에서부터 최근에 나온 시시껄렁한 예언서까지. 아카식 레코드라 불리는 그것이 들어간 모든 책을 읽고 또 읽었다.

'어째서 시작되었는지는 모르겠지만 나는 분명 아카식 레코드에 접속하고 있는 것이 확실해. 과거였을지도 모르고 미래일지도 모르는 모든 지식들의 사념들……. 나 말고 다른 이들도 접속하고 있다면… 언젠가 그들을 만날 날이 오지 않을까?'

태는 끝없이 밀려들던 지식들의 멈춤 현상을 느끼며 조용히 머릿속으로 아카식 레코드를 뇌까렸다.

출입 불가 코드를 외쳐 대는 컴퓨터처럼 아카식 레코드에 관해서만큼은 아무런 지식도 내보내지 않는 절제된 능력.

그것은 지식에 지쳐 가는 태에게 하나 남은 쉼터가 되었다.

"여어, 친구! 한 방 크게 맞았다며? 여기저기 소문이 자자하다!"

"응? 아아, 진혁이구나. 오랜만에 나타나서 하는 소리가 크게 한 방 맞았다니, 그게 무슨 소리야?"

"무슨 소리냐니? 나야말로 묻고 싶은 말이다. 애들의 BN기획사로 빠져나가면서 언론에는 뭐라 꾸며져서 나갔는지는 모르겠다만, 우리 기획사 이야기만 하던 놈들이 이제는 BN이 최고라 떠들고 있더라. 젊은 놈의 사장이 멋대로 하는 곳이라던가? 여하튼 악소문이 끊이질 않던데 도대체 어떻게 된 거야?

말을 들어보니 일부러 놔둔 거라던데…….”

태는 걱정스레 말을 묻는 진혁을 바라보며 피식 웃었다. 아카식 레코드를 생각하느라 미처 느끼지 못한, 진혁이 겪은 일들이 봇물처럼 쏟아져 들어왔다.

“말 그대로야. 그냥 놔뒀어. BN이라는 회사가 얼마나 대단한지는 모르겠지만 거품 빠진 녀석들을 데려다가 어디다 쓰겠어? 언론사에 아무리 돈을 주고 띄워봐야 그게 그들의 한계야. 이미 퇴물이라고.”

“야, 넌 그렇게 생각한다지만 다른 사람들은 달라. 언론에서 띄워주고 몇 개 작품을 얻어서 티브이 출연하면 다시금 눈길이 갈 수밖에 없는 게 대중이야. 아무리 보기 싫어도 틀면 나오는데 어떻게 안 봐? 게다가 이번 일로 한창 승승장구하고 있는 기획사 이미지에도…….”

“아무런 무리 없을 거야. 걱정 마. 하루? 이틀? 짧은 승리, 한껏 만끽하라고 해. 그런 건 신경도 쓰지 않으니까.”

“뭐? 도대체 뭘 믿고 그렇게 당당한 거야? 아직 네가 잘 모르나 본데, 임마, 벌써 소문이…….”

“소문은 소문일 뿐이야. 날 믿어. 그들의 축제는 이틀을 넘기지 못할 테니까.”

“아……!”

진혁은 당당하게 자신의 의지를 전하는 태의 모습에 할 말을 못하고 입을 닫았다.

바로 저 표정이다.

어느 누구도 무리라고 말한 자신의 미국 진출을 성공적으로 일궈낸 태의 자신만만하고 당당한 표정.

진혁은 툭툭 자리를 털고 일어서는 태를 보며 말없이 머쓱해진 뒷머리를 긁적였다.

"그나저나 내 신곡 발표는 언제냐? 녹음은 다 끝났고, 이젠 슬슬 나올 때가 된 것 같은데……."

"마음 푹 놓고 기다리고 있어. 이번 앨범, 그 어떤 때보다 기대해도 좋아. 누가 뭐라 해도 우리 샤이닝의 간판 스타인 네 새 앨범이니까."

"뭐, 그래. 좋아. 기획사 일이야 말 안 해도 네가 더 잘하겠지. 그럼 너만 믿고 기다리겠어. 그 대신 기대보다 좋지 않을 때에는 알아서 해. 알았지?"

"하하! 그래, 물론이지. 네 생각, 네 마음에 절대로 거스르지 않는 일을 준비해 두마. 놀라운 소식이 될 거야. 너도, 그리고 네 앨범에 흠을 내기 위해 기다리는 모두에게 다 놀랄 만한 소식이 될 거야."

"뭐?"

태는 눈살을 찌푸리며 되묻는 진혁에게 싱긋 미소를 날리고는 서둘러 자리에서 일어나 걸음을 옮겼다. 자택으로 미국에서 날아오기로 되어 있는 팩스가 떨어질 시간이 되었기 때문이다.

"너도 알겠지만 무릇 신보란 감출수록 더 기대되고 떨리는

었어. 물론 간부들만 아는 사실이고, 직원들은 모두 몰랐지. 최고의 이벤트이자 최고의 기밀 사항을 쉽게 떠들고 다닐 수는 없잖아?"

"그렇지만 이번 건 정말 너무했어요. 내 노래잖아요. 적어도 저기, 저들처럼 오늘같이 놀라고 싶진 않았다고요."

"하하! 좋은 일에 투정 부리지 마. 사장님의 특별 지시였다고. 네가 잔뜩 기대한 만큼 굉장하지 않으면 화낼 것처럼 말했다며? 그러니 어쩌겠어. 더 놀라게 숨기는 수밖에."

"아아, 신 부장님, 그거야 장난이었고요. 태, 아니, 사장님, 정말 그 말을 믿으셨던 겁니까?"

"응? 나야 뭐, 사실 모두에게 숨겨두고 싶었어. 한데 이번 일은 워낙 대규모의 작업이라 어쩔 수가 없었지. 사실 신 부장님한테 들켰거든. 알잖아. 나, 신 부장님에게 약한 거 알지? 그러니 그냥 네가 참아. 이거 깜짝 생일 파티잖아. 뮤직 비디오는 네 생일날에 맞춘 내 선물이고."

"뭐?"

찡긋 윙크를 건네는 태의 모습에 환하게 켜져 있던 회의실에 조명이 내려갔다.

팡! 팡! 팡!

"생일 축하하네, 진혁 군. 사장님이 아니셨다면 우리도 모르고 넘어갈 뻔했어. 축하하네."

"축하해요, 진혁 씨. 이번 앨범도 대박 내고, 다음번에는 빌보드 1위, 아시죠? 파이팅!"

"스물일곱 번째 생일 축하해요!"

"축하해요!"

커다란 제과점 폭죽 소리와 함께 환하게 타오르는 케이크 위의 양초들.

진혁은 어느새 어두워진 회의실을 비추는 생일 초의 빛을 바라보며 주먹을 꾹 쥐었다. 그렇게라도 하지 않으면 금방이라도 눈물이 주르르 쏟아질 것만 같았기 때문이다.

"…하여간 다들 바쁜데 요란 떨기는……. 다음부터는 이러지 말아요. 나 참, 내가 애도 아니고 생일은 무슨……. 진짜… 하여간… 고마워요. 정말… 고마워요, 모두……."

"고마우면 어서 촛불부터 끄라고. 다들 오늘 일정에 맞춰 일 준비하느라 아침도 못 먹었어. 어서 끄고 케이크 먹자!"

"하여간 먹보 최 실장님은 감정 추스를 시간도 안 주네. 도움이 안 돼요, 도움이."

"하하, 내가 그랬나? 흐흐."

진혁은 능글맞게 웃으며 뒷머리를 긁는 최 실장을 바라보며 있는 힘껏 케이크 위의 촛불을 껐다.

모두의 눈 아래 짙은 다크써클.

진혁은 스물일곱 해를 살아오며 받은 가장 뜻 깊은 선물에 코끝이 찡하도록 감동한 가슴을 꾹 부여잡았다.

"자, 그럼 다들 케이크를 드시면서 제 이야기를 들어주시겠습니까. 즐거운 소식, 아니, 우리들에게만 즐거울 소식이 또 하나 있으니까 말이죠."

"음? 예? 뭐가 또 있어?"

태는 케이크를 잘라 돌리는 진혁과 임직원들을 바라보며 싱긋 웃었다.

"그간 저희 샤이닝을 음해하며 축배를 들고 있는 BN기획사는 오늘을 마지막으로 축배가 아닌 술잔을 채워야 할 겁니다. 신설되는 공중파 방송국에서 최소 한 달은 그들의 얼굴을 볼 수 없게 될 테니까요."

"예? 그게 무슨 말씀이십니까? 그들의 얼굴을 볼 수 없게 되다니요?"

갑작스런 태의 말에 놀란 사람들의 눈이 한순간 더없이 커졌다. 그들의 얼굴을 볼 수 없을 거라니? 그 무슨 믿기 힘든 말인가?

태는 놀라 눈을 크게 뜬 직원들을 돌아보며 주먹을 크게 쥐어 뻗었다.

"기획사가 가진 힘! 그것은 다름 아닌 소속 연예인들의 인기와 기존 시청률에 대한 시너지입니다. 시청률 상승에 대한 기대감. 이번 레인의 방송 출연과 한국에 내한한 브레드의 이름을 걸고 방송국과 파워 싸움을 벌여보았습니다. BN기획사의 연예인이 출연한다면, 샤이닝 기획은 그 모든 프로에서 물러나겠다는 말을 전한 것이죠. 그리고 방금 전, 모든 공중파 방송사 측에서 긍정적인 답을 보내왔습니다."

"그, 그렇다면 그 말은 즉……."

"전쟁입니다. 오늘부터 우리는 BN기획사가 무너질 때까지 단 하나의 인정도 두지 않습니다. 기획사, 배우, 사원들 모두가 후회하고 용서를 구한다 해도 위 생각에는 변함이 없습니다. 이름을 모욕한 적은 무너뜨리는 게 당연한 일이니까요."

딱 잘라 말하는 태의 눈빛이 얼음처럼 차가워졌다.

*　　　*　　　*

쾅!

"이게 말이나 되는 일이야? 대한민국이라는 법치국가에서 이게 무슨 개짓거리냔 말이야!"

화가 난 사내의 입에서 버럭 욕설이 터져 나왔다. 여기저기서 밀려들던 방송사 섭외가 모두 캔슬되었다. 이유를 물었지만 누구도 답해주지 않는다. 그저 미안하다는 말뿐 캔슬된 섭외에 대해서는 일절 말을 꺼내지 않는다.

"각 방송사마다 긴급 편성된 방송을 봐. 빌어먹을 자식들! 담합을 한 거야. 뻔하잖아? 레인의 신보와 브레드의 내한, 이 엿 같은 상황이 그 답이야. 안 그래, 김석환 실장?"

"아니, 저, 그게……."

잔뜩 차오른 화로 벌겋게 달아오른 얼굴.

김 실장은 무서운 얼굴로 다가서는 오용종 사장을 바라보며 아무런 말도 꺼내지 못했다. 다른 이들도 모여 있는 회의실이지만 그 누구도 오용종의 걸음을 막지 않았다.

"샤이닝 기획사의 그 어린놈을 물 먹일 방법이 있다고 내게 찾아왔잖나? 자네가 내게서 가져다 쓴 돈이 얼마인 줄 알아? 고작 며칠 신문에 나겠다고 내가 그 쓰레기 같은 놈들에게 내 돈을 퍼준 줄 아냐고!"

콰앙!

성난 오용종의 발이 김 실장의 뒤에 있는 케비닛을 후려 찼다.

"히, 히익!"

겁에 질려 새어 나오는 놀란 숨소리.

김 실장은 우그러진 케비닛을 바라보며 침을 꼴깍 삼켰다. 업계에서도 위험하다 소문난 오용종이다. 지금 그의 심기를 잘못 어지럽혔다간 무슨 일이 날지 모르는 일이다.

"김 실장, 나는 자네를 믿어. 그래, 자네가 이 바닥에 세운 공적이 적지 않지. 그랬기에 샤이닝에서 쫓겨난 자네를 즐겁게 맞아주었네. 남자라면 스트레이트! 그래, 맞으면 때려줘야지. 자네를 자른 어린 사장에게 복수한다는 독기가 마음에 들었어. 한데 이게 뭐지? 응? 이 꼴이 뭐야?"

"저, 저는……."

“말 더듬는 꼴 하고는. 그래서 어디 큰일 해먹겠어? 새가슴도 아니고 말이야. 사나이라면 주먹을 뻗을 줄 알아야 하는 거야, 주먹!”

휘익!

공기를 찢는 매서운 소리와 함께 말을 뱉는 오용종의 주먹이 김 실장의 얼굴을 스쳤다.

무서운 사람.

저 짧고도 명쾌한 말은 오용종 사장을 가장 잘 표현한 말이었다.

“다들 무슨 수 없나? 그놈의 샤이닝 기획사, 골치 아파. 한 방 때릴 때는 좋았는데 안 쓰러지잖아? 어떻게 해야 해! 머리 나쁜 나도 이해할 수 있는 말을 꺼내놔 봐!”

“현 시점에서… 저희가 할 수 있는 일이라고는 아무것도 없습니다. 그나마 고정 출연하는 프로 몇을 제외하고는 더 이상 방송사의 섭외가 들어오고 있지 않습니다.”

“그래서 뭐? 그런 건 나도 들어 알아! 아는 거 말고, 그런 일이 있으면 대책을 내놔야 할 것 아냐, 대책을!”

콰앙!

말을 꺼내놓는 부하 직원의 말에 식었던 화가 다시금 차올랐다.

고개도 들지 못하는 이들을 보며 무어라 더 말할까?

오용종은 으득으득 어금니를 깨물며 자리한 직원들을 쏘

아보았다.

"문진환, 요즘 네가 실적도 없이 밥값 못하고 월급 받아먹는다는 소리가 많던데, 어디, 네가 말해봐. 뭘 해야 해? 우리가 뭘 해야 샤이닝에 한 방 먹일 수 있지?"

"그게 그러니까… 지금 샤이닝의 기, 기세는 한때뿐일 겁니다. 브, 브레드의 내한이 길 수도 없는 일이고, 레인의 신보 역시 한 달쯤 지나면 오늘과 같은 이슈는 만들어내지 못할 겁니다. 그, 그러니까 이, 일단은 샤, 샤이닝 기획사의 기세가 식을 때까지……."

"기다리자고?"

"그, 그게……."

문진환이라 불린 사내는 오용종 사장의 말에 더는 대답하지 못하고 고개를 숙였다. 날카로워진 그의 눈빛을 차마 마주할 용기가 나지 않았기 때문이다.

"골치 아파, 골치 아파, 골치 아파! 도움이 안 되는 자식들, 다들 나가 나가 버려!"

"……."

고래고래 고함을 내지르는 오용종의 말에 숨죽이고 있던 직원들이 하나둘 회의실을 나섰다. 일이야 어찌 되었든 더 있어봐야 좋을 것 없는 자리다. 자존심은 상할지라도 그냥 말없이 나가는 게 지금의 그들로서는 가장 좋은 일이다.

"후, 그리고 김 실장, 자네는 좀 남아. 할 이야기가 더 있으니까."

"예, 예? 저 말씀이십니까?"

"그래, 남아서 이야기 좀 해봐. 그놈이 어디 사는지, 몇 살인지, 그리고 언제 출근하고 밤에는 몇 시에 퇴근하는지 적어. 내, 할 일이 있으니까."

"…예. 알겠습니다, 사장님. 그리하겠습니다."

잔뜩 화가 난 오용종 사장의 눈치를 보며 김 실장은 떨리는 손을 빠르게 놀렸다.

거칠게 풀어헤친 넥타이에 뜯어져 나간 와이셔츠 사이로 보이는 성난 호랑이 문신.

연예계로 통용되는 오용종 사장의 또 다른 이름이 김 실장의 머릿속을 스쳤다.

*   *   *

사람들의 발길이 닿지 않는 어두운 밤의 지하 주차장.

태는 멀찍이 다가서는 그림자를 바라보며 톡톡 손에 쥔 펜을 튕겼다.

지하 주차장에 들어서는 순간부터 흘러든 불쾌한 사념들.

태는 맞춰 입은 듯 검은 옷을 차려 입은 사내들을 보며 입을 열었다.

가장 영화 같고 유치했던 미래.

　단 한 번도 만나보지 않았음에도 BN기획사의 사장 오용종의 구겨진 얼굴이 눈앞을 스쳤다.

"생각보다 늦었어. 기다리는 데 애먹었다고."

"…뭐?"

"그렇잖아. 나밖에 쓰지 않는 주차장에 낯선 차들과 망가진 주차 록 시스템. 극장에서 봤던 영화를 비디오로 보는 것만큼 뻔한 일이야. 그래, 준비는 단단히 하고 왔나?"

"네놈……."

　여유롭게 말하는 태의 모습에 다가서던 사내들의 얼굴이 일그러졌다.

　황급히 차에 올라타고 도망쳐도 시원치 않을 판에 무엇을 믿고 저리도 당당한 것일까?

　사내들은 혹시나 함정에 빠진 것은 아닐까 하고 주위를 둘러보았지만 시꺼먼 어둠 사이로는 아무것도 보이지 않았다.

"아아, 그렇게 겁낼 것 없어. 이 주차장에는 나 빼고는 아무도 없으니까. 왜, 사람 하나 습격하는 것은 겁나지 않는데, 습격당할 것은 겁이 나나?"

"네놈, 제법 주둥이를 놀릴 줄 아는구나. 한가닥 배운 걸 믿고 여유 피우는 모양인데, 아서라, 꼬맹이. 우리는 네가 기획하고 만드는 유치한 드라마나 영화 속에 나오는 한심한 건달들과는 달라. 우리는 프로다. 이런 일을 밥 먹듯 하는 제대로 된 프로라고."

"응? 아, 뭐, 그렇겠지. 그래도 다르진 않아. 똑같잖아? 차림새도, 하는 짓도, 머리 숫자만 많은 것도. 다를 게 뭔데?"

"다를 게 뭐냐고? 그야 물론… 현실이라는 거지!"

슬금슬금 다가서던 사내들의 걸음에 속도가 붙었다. 슬쩍 겁이나 주고 오라던 말이 태의 도발에 깨끗하게 지워졌다.

어차피 위로 올라가려면 필요한 것이 별(전과).

이번 기회에 한번 푹 쉬고 오면 그뿐이다.

따악! 따악! 따악!

주차장을 두드리는 따가운 구두 굽 소리와 함께 말을 뱉어 내던 사내의 주먹이 태를 향해 스트레이트로 뻗어졌다.

톡, 도독―

빠르게 움직이는 사내의 주먹을 보기라도 한 것일까?

태는 슬쩍 몸을 틀어 날아드는 사내의 주먹을 피해 다리를 뻗었다.

퉁!

슬쩍 뻗은 태의 다리에 힘껏 주먹을 날리던 사내의 왼발이 그대로 걸렸다.

체중을 실어 주먹을 날린 터라 빼도 박도 할 수 없는 한심한 상황.

요란하게 넘어지는 사내의 모습에 태의 어깨가 으쓱 올라 갔다.

"그러기에 다를 거 없다고 했잖아. 천천히 걷다 달려 기습

한다고 해서 뭐 달라지는 게 있어? 너희들의 운명은 처음부터 정해져 있었어. 바로 여기 이 지하 주차장. 이곳이 너희가 건달로서 소리칠 수 있는 마지막이다. 알아들어?"

"이, 이 새끼가!"

바닥에 머리를 처박은 사내의 얼굴이 시뻘겋게 달아올랐다. 고등학교 때부터 시작한 건달 생활 중에서 가장 치욕적인 순간이다.

"다들 뭐 해! 쳐 웃지만 말고 이 새끼, 조져 버려!"

"말하지 않아도 알고 있으니까 너나 잘해, 새끼야! 자빠져서 지랄 말라고!"

넘어진 사내의 모습에 웃음을 터뜨리던 사내들의 눈빛이 변했다.

주위를 돌아보며 어깨를 으쓱하는 태의 모습.

그 거만하고 여유로운 모습이 더는 보기 싫어진 것이다.

'휘익' 하고 바람 소리가 일었다.

눈앞에서 미친 듯 달려오는 거구의 사내들이 내뿜는 주먹 휘두르는 소리.

태는 하나둘 다가서는 사내들을 보며 톡, 톡 여유롭게 걸음을 떼었다. 무술을 따로 배운 것도 아니고 몸을 훈련시킨 것도 아니지만 머릿속은 달랐다.

태권도, 유술, 복싱, 주짓수…….

수많은 박투법(搏鬪法)이 생각하기도 전에 몸으로 흘러들었다.

'마구잡이 스트레이트와 발차기, 그리고 뒤는 생각지도 않은 태클이라……. 한심한 프로들이군.'

주먹과 발을 뻗는 사내들의 생각에 태의 입가로 비웃음이 걸렸다.

한 방, 한 방, 한 방…….

결코 맞을 수 없는 위치로 태의 몸이 매섭게 움직였다.

"뭐, 뭐야, 이건?"

태연하게 걸음을 걷듯 느긋하게 사내들의 공격을 피해낸 태의 몸이 흔들거렸다.

빠악!

귓가를 울리고 머리를 울리는 따가운 소리.

피할 틈도 없이 순식간에 안면을 얻어맞은 앞선 사내의 몸이 비틀거렸다. 무언가 번쩍하고 느낀 순간, 어느새 턱을 얻어맞은 것이다.

"이, 이놈 봐라?"

단방에 앞선 동료를 무너뜨리는 태의 주먹에 마구잡이로 공격을 뻗어오던 사내들의 몸이 멈춰 섰다. 무섭거나 두려운 것이 아니다. 호리호리한 몸으로 손끝을 까닥이며 도발하는 태의 모습이 어이가 없는 것이다.

"너… 미쳤냐? 뽕이라도 맞았어?"

"응? 아니, 그럴 리가. 그냥 한번 따라해 봤어. 니들이 드라마에 나오는 모습 그대로인 것처럼 나도 드라마에 나오는 주인공처럼 폼 한번 잡아본 거야. 너희가 이해할 수 없는 부르주아의 장난이랄까? 아니면 심심한 일상에 대한 변덕? 뭐, 그런 거야. 근데 별로 재미없네. 어이, 훈! 거기 있지? 놀이 끝났다! 쓸어버려!”

“싫습니다. 자신 스스로도 할 수 있는 일은 스스로 하는 것이 좋은 것이라 말씀하시지 않으셨습니까.”

“그야 물론 그렇지만, 계약이니까 이행해야 하는 게 당연한 것 아닌가? 보디가드라면 계약자의 말을 들어야지. 이렇게 매번 설명하기는 너무 귀찮아.”

낮게 들려오는 목소리에 서로가 멈춰 선 상황.

태는 뚜벅뚜벅 주차장으로 들어서는 사내를 보며 어깨를 으쓱했다. 짧은 머리와 날카로운 눈매, 그리고 탄탄해 보이는 발달된 몸이 딱 붙은 옷을 통해 가감없이 드러났다.

“넌 또 뭐야? 씨발! 너희 진짜 드라마라도 찍기로 작정했냐? 뭐가 이렇게 잡스러워?”

“……”

“뭐? 뭐라고 지껄이는 거야, 이 새끼는?”

들리지 않을 만큼 작은 목소리로 웅얼거리는 훈의 말에 사내들의 얼굴이 와락 구겨졌다. 가뜩이나 태의 도발적인 말에 짜증이 솟아오른 그들이다. 좋은 소리든 나쁜 소리든 간에 훈의 작은 중얼거림은 그들에게 욕과 같았다.

"씨발 새끼들이 아주 깝을 싸고 앉았네. 너 나 할 것 없이 개 폼을 떠는구나. 이 개새끼, 거기서 한 걸음만 더 옮겨봐. 네 부모 손에 관짝 쥘 일 만들어줄 테니까."

뚜벅뚜벅 걸음을 옮기는 훈의 모습에 보다 못한 사내가 나서며 말했다. 벌겋게 달아오른 얼굴과 부들부들 떨리는 손목. 사내는 걸음을 멈추지 않는 훈을 보며 허리춤에 품은 나이프를 꺼내 들었다.

"멈추라고 했어! 목숨이 아깝다면 지금 당장 이 자리를 떠나! 내가 원하는 것은 네가 아닌 저기 저 녀석이니까!"

날카롭게 번뜩이는 나이프의 칼날에 모여든 사내들의 놀란 눈빛들.

번뜩이는 나이프를 꺼내 들고 나선 그는 이 오합지졸의 무리를 이끄는 조직의 정식 간부 두심이었다.

"……."

"너 이 새끼, 자꾸 뭐라고 중얼거리는 거야! 내 다가오지 말랬지!"

휙—

한순간 날카롭게 벼려진 칼끝이 허공을 찔렀다. 주먹과는 전혀 다른 날카로운 칼 휘두르는 소리에 함께 쳐들어온 사내들의 침이 꼴깍 목구멍을 타고 넘어갔다. 건달이랍시고 어깨에 힘깨나 주고 살아왔지만 그들은 아직 제대로 된 싸움에 한 번도 못 끼어본 풋내기. 날카로운 나이프의 칼부림이 아직은 눈에 익지 않았다.

"차압!"

커다란 소리를 내지르며 나이프를 뻗는 두심의 발이 빠르게 바닥을 박찼다. 겁을 주려 꺼낸 칼이 통하지 않는다면, 방법은 하나다. 보다 능동적인 모습으로 더한 압박을 가하는 것이다.

휙, 휙휙—

흉흉한 나이프 휘두르는 소리가 훈의 귓가를 스쳤다. 찌를 거면 찌를 것이지 주변을 돌며 조심스럽게 칼을 뻗는 모습이 꼴사납다.

"…제법 용쓴다만, 네가 손에 쥔 그 군용 나이프는 그렇게 잡고 찌르는 칼이 아니다."

"뭐? 이, 이 새끼가 어디서 재롱이야! 닥치고 칼침 맞을 준비나 해, 새끼야! 얼어서 움직이지도 못하는 놈이 입만 살아서……."

가깝게 다가선 탓에 들리지 않던 목소리가 제대로 들려왔다.

지금껏 들어본 적 없는 낮고 무뚝뚝한 목소리.

두심은 한순간 손목으로 파고드는 따가운 고통에 입을 쩍 벌렸다.

언제 잡아챈 것일까?

훈은 나이프를 손에 쥔 두심의 손목을 붙잡고는 훌쩍 몸을 돌려 발을 차올렸다.

빠각!

　맞은 얼굴이 돌아갈 만큼 강하게 후려 찬 돌려차기에 나이
프를 휘두르던 두심의 몸이 바닥으로 축 처졌다.

　기절(氣絶).

　엄청난 거구만큼이나 맷집으로 유명한 두심이 돌려차기
한 방에 나가떨어진 것이다.

　"나이프는… 말이지, 이렇게 쓰는 거야."

　툭!

　요란한 소리를 토해내며 바닥으로 떨어진 나이프를 집어
든 훈의 손이 작게 움직였다.

　오랜만에 만져 보는 군용 나이프의 묵직한 느낌.

　제대로 된 한국군의 나이프는 아니었지만 훈의 손에 쥐어
진 나이프는 제법 날카롭게 길이 들어 있었다.

　휙―

　슬쩍 휘두른 칼에 바람이 매섭게 갈라졌다.

　두심이 들었을 때와는 질이 다른 날카로움.

　사내들은 나이프를 집어 든 훈의 모습에 꿀꺽 마른침을 삼
켰다. 두심을 단방에 쓰러뜨린 훈의 분위기가 아무래도 범상
치 않아 보였기 때문이다.

　"더 싸우고 싶지 않다면 이만 돌아가. 프로는 너희가 아니
라 나와 우리들이니까. 다치고 싶지 않다면 돌아가. 그렇다면
다치지 않을 수 있어."

　"……."

나직한 목소리 너머로 풍겨 나오는 중압감.

사내들은 나이프를 돌리는 훈의 모습에 슬금슬금 뒷걸음질쳤다. 보내준다는 것을 거스르며 일부러 매를 벌 만큼 그들은 조직에 대한 의리가 넘치지 않았다.

"저를 포함, 타국에서 일하고 있던 모두가 어제 부로 귀국했습니다. 베일에 싸인 세계 주식계의 거부 T가 에이전시라니……. 어쩌자고 그렇게 모습이 다 드러나는 일을 택하셨습니까?"

태를 바라보는 훈의 눈빛에는 의문이 가득 차 있었다.

"그제 보스의 대리를 맡고 있던 샤웨너가 암살당했습니다. 모두 평소 보스와 다름없이 철통처럼 지키고 있었습니다만… 치밀하게 계획된 작전 아래 속수무책으로 그가 죽어가는 것을 바라볼 수밖에 없었습니다."

"샤웨너의 암살이라……. 그래, 암살자가 누구인지는 알아봤나?"

"정확히는 알 수 없지만 폰 카르시스키가 유력합니다. 얼마 전 석유 개발권을 놓친 것 때문에 보스를 죽이겠다고 공언하고 다녔으니까요."

"폰 카르시스키… 차후 만날 일이 있는 사람이니 그때 가면 알게 되겠지. 그래, 샤웨너의 친인들에게 사례는 했나?"

"가족이 없는 녀석이라 그가 사랑했던 여자에게 적지 않은 돈을 떼어 주었습니다. 물론 보스의 허락이 없었기에 서로가 돈을 모아 내놓은 것이니 차후에 결재 부탁드립니다.”

“그래, 알았어. 그리하지. 후우, 그나저나 오랜만에 돌아온 한국은 어때? 그간 꽤나 와보고 싶었을 텐데 반갑지 않아?”

깊은 숨을 들이마시며 태가 물었다. 달갑지 않은 눈빛 뒤로 수많은 감정들이 스며든다.

분노, 슬픔, 연민… 그리고 그 모든 감정을 내리누를 만큼 커다란 기쁨.

“솔직히 말씀드리면 혼란스럽습니다. 밉기도 하고 싫기도 하고. 하지만 반가운 건 사실입니다. 나를 버리고 동료들을 버렸던 조국은 밉지만… 내가 지키고, 내가 사랑했던 한국이라는 나라는 밉지 않은 것 같습니다.”

“그래? 다행이군. 앞으로 지내야 할 곳이 싫다면 그보다 더한 고문은 없을 테니까. 그럼 함께 올라가지? 이곳에 더 있어봐야 좋을 것 하나 없을 테니까.”

“예, 보스. 곧 처리하고 뒤따라가겠습니다.”

“뒤처리? 어차피 죽은 놈도 없고 가만 두면 알아서 깨어날 텐데 번거롭게 그럴 것 없어.”

훈은 웃으며 말을 건네는 태를 보며 휘휘 고개를 저었다.

“호의는 감사합니다만, 저는 보디가드 이전에 보스의 뒤처리 담당반입니다. 사무적인 미소에 섞인 호의는 제게 별 필요 없는 시험일 뿐입니다.”

“딱딱하기는……. 뭐, 네가 좋다면 그렇게 하는 게 맞겠지.

그래, 편할 대로 해. 비밀번호나 키는 필요없겠지? 말해주지 않아도 알고 있고, 주지 않아도 가지고 있을 테니까. 귀찮은 녀석들, 말이라도 잘 들으면 좋을 텐데 말이야."

훈은 들으라는 듯 중얼거리며 돌아서는 태의 모습에 꾸벅 고개를 숙였다.

상상할 수 없을 만큼 대담하고 그릇이 큰 사람.

그렇게 꾸벅 숙인 훈의 고개는 태의 그림자가 사라질 때까지 들리지 않았다.

*　　　*　　　*

브레드 태풍 동반한 레인의 비구름, 아시아를 덮치다!
한국 완전 점령! 여름 비에 흠뻑 젖은 한국.

내로라하는 신문부터 잡지까지 레인, 진혁의 소식은 하루도 끊일 날 없이 온 언론사를 휩쓸었다.

"빌어먹을, 빌어먹을, 빌어먹을! 도대체 어떻게 된 놈이야! 어제 보냈다던 새끼들, 순 양아치들만 골라 보낸 거 아니야?"

"거, 아닙니다, 형님. 한 놈이라시기에 신입들 인사차 몇 섞어 보내긴 했지만, 제법 힘 좀 쓴다는 놈에게 인솔을 맡겨 함께 딸려 보냈습니다."

"그런데 왜 소식이 없어? 양아치 새끼들이 아니고서야 간

밤에 나갔던 놈들이 왜 소식을 끊고 잠수를 타? 다들 맞아 뒈
지기라도 했대?”

“그야… 저도 모르지요. 하지만 보십시오, 형님. 거, 그 태
인가 머시긴가 하는 놈이 습격을 받아 달아났거나 실패한 것
이라면 이렇게 조용하겠습니까? 길 가다 어깨 한번 부딪쳐도
경찰서에 가네 마네 하는 세상 아니유. 조금 더 여유를 가지
고 기다려 보십시다.”

“야, 임마! 니가 나라면 너는 지금 여유고 뭐고 가질 수 있
겠어? 춘동이 너 이 새끼, 많이 컸다. 여유가 뭐 어쩌고 저째?”

춘동이라 불린 사내의 말을 듣던 오용종의 손이 한순간 번
쩍 치켜 올라갔다. 한때 말대답 한 번 제대로 못할 만큼 까마
득히 아래 있던 녀석이 이제는 자연스레 목소리를 높인다.

“어이쿠, 형님! 거 성격 한번 여전하시유. 내 잘못했소. 말
실수한 것 같으니 사과드리오.”

“말실수? 사과?”

오용종은 고개를 끄덕이며 웃는 춘동을 보며 휙 주먹을 내
질렀다.

빠악!

아무런 대비도 없이 그저 웃음을 날리던 춘동의 얼굴이 한
순간 와락 구겨졌다.

두들겨 맞은 뭉툭한 코로 줄줄 흘러내리는 코피.

춘동은 시큰한 콧잔등을 틀어쥐며 주먹을 날린 오용종을

쏘아보았다.

"크, 크윽! 형님, 이건 너무한 거 아니오? 내 한때 형님을 모신 것은 사실이지만 이제는 나도 조직을 이끄는 어엿한 큰형님이오. 이렇게 마구잡이로……."

"내가 네놈의 버릇이 더러워졌다고 신 형님에게 당장이라도 알리려다 참고 주먹 한번 썼다. 네놈 말대로 주먹이 무서운 시대는 이제 갔지. 불만이고 기분 나쁘면 어디 더 지껄여봐라. 내 당장이라도 전화 넣어줄 테니까."

"혀, 형님! 내 잘못했소. 거참, 형님 성격 시원시원하신 것은 정말 여전하오. 내 어찌하면 되겠소? 그 샤이닝인지 머시긴지 지금 당장에라도 애들 풀어 접수하면 되것소?"

신 형님이라는 말에 순한 양이 된 춘동의 모습에 오용종의 입꼬리가 쎌쭉 말려 올라갔다. 두목이 되든 큰형님이 되든 간에 지울 수 없는 것이 하나 있다.

계보.

그것은 이 바닥의 절대적인 법이자 피라미들이 감히 어찌할 수 없는 신의 이름들이 적힌 성서다.

"미친 짓 벌일 생각 말고, 오늘 밤 기회를 봐서 네가 데리고 있는 난다 긴다는 놈들 전부 동원해 그놈 내 앞으로 잡아와. 오늘 밤이야. 나, 더는 기다리고 싶지 않다. 명심해."

"알겠수. 명심하겠수."

휙 몸을 돌려 자리를 나서는 오용종의 뒤로 춘동의 눈빛이 태의 사진을 향해 날카롭게 박혔다.

태.

태어나서 단 한 번 본 적 없는 그의 얼굴이 부모를 죽인 원수마냥 머릿속에 각인되는 순간이었다.

*　　　*　　　*

여전히 기자들로 가득한 기획사 앞.

태는 연신 플레쉬를 터뜨리는 기자들을 바라보며 선글라스를 슬쩍 올렸다.

"잠시 휴가를 내신다고요?"

"예. 오디션 일도 레인의 일도 이제 궤도에 올랐으니 제가 빠진다 한들 달라질 것 없고… 뭐, 이런저런 핑계 삼아 이번 기회에 마음 좀 편하게 먹고 쉬려고요. 그간 꽤나 열심히 했으니까요."

"그건… 알지만……."

신 부장은 느닷없이 휴가를 떠난다는 태의 말에 뒷머리를 긁적였다.

"사장님의 말대로 오디션도 레인의 신보도 이제는 손댈 일 없이 알아서 굴러갈 단계이니 당분간 일이 따로 없을 것이긴 합니다만… 회사라는 것이 언제 어디서 무슨 일이 생길지 모르는 것 아닙니까. 전에 하신 말씀도 있고, 연락처는 남겨두고 가실 거지요?"

"물론 그래야지요. 타지에 나가 있다 한들 회사 일을 아주 손에서 놓을 수는 없으니까요. 연락처는 비서에게 남겨두고 갈 테니 안심하고 일들 보십시오."

"휴, 알겠습니다. 그렇게 말씀하신다면 저 역시 막을 수 없지요. 오랜만의 휴가, 즐겁게 다녀오십시오."

꾸벅 고개를 숙이는 신 부장을 보며 태는 싱긋 미소를 띠었다.

청렴결백(淸廉潔白)하다는 말이 이보다 더 잘 어울리는 사람이 또 있을까?

태는 밖에서 기다리고 있을 훈을 떠올리며 서둘러 걸음을 옮겼다.

오후 2시.

곧 있을 커다란 일이 빠르게 머릿속을 스쳐 지나갔다.

"이제 오셨습니까?"

기다렸다는 듯 차 문을 여는 훈의 모습에 태는 고개를 끄덕이며 답했다.

"사장이라고 해서 아무 때나 마음대로 자리를 비울 수는 없는 법이지. 그래, 일은 잘 준비해 두었나?"

"글쎄요. 그쪽에 대해서는 무지한지라 잘 모르겠습니다. 지금껏 필립이 오케이라고 말해 이상이 있던 적이 없으니 그렇게 생각하는 수밖에요."

"그래? 그거 정말 좋지 못한 대답이군. 일전에 네게 틈나는 대로 공부하라고 했던 것 같은데 지키지 않은 모양이지?"

"그 말을 지킬 시간적 여유도 없었다면 믿으시겠습니까? 하는 일 제쳐 두고 공부하라 말하시진 않았으니 지키지 않은 것은 아닙니다."

"호오?"

훈은 기특하다는 얼굴로 자신을 바라보는 태의 모습에 얼굴을 찌푸렸다.

"어색한 표정입니다. 보스의 표정은 아직도 흉내 내기뿐이군요. 무표정한 표정 외에는 모두가 흉내 내는 가짜 표정일 뿐, 그 어느 것도 반갑지 않습니다."

"어라? 정말 그런가? 후우~ 정말이지, 예리해. 아무도 모르는 것인데 말이야. 날카롭다고 해야 할까? 훈, 너는 정말 평범한 사람은 아닌 것 같아."

"누구나 한 번만 더 생각하면 모두 저와 같이 대답할 겁니다. 사람들은 보스처럼 말투와 표정 하나하나에까지 그렇게 섬세하게 감정을 담지 못하거든요."

부우웅―

머플러를 울리는 차의 배기음.

태는 백미러를 조정하는 훈을 바라보며 피식 웃음을 터뜨렸다.

"도대체 사람이 어떻게 훈련하면 너처럼 날카로운 눈을 가질 수 있지? 난 정말이지 궁금해. 이만큼이나 키워온 널 그들은 왜 버렸을까?"

"글쎄요. 아마도 위험했기 때문이 아닐까 생각합니다. 주인을 물어버릴 두려운 사냥개. 그들에게는 처분하는 것이 어쩌면 당연했을지도 모릅니다."

"아아, 그럴 수도 있겠군. 주인을 물어버릴 두려운 사냥개라……. 훈, 너 자신을 그렇게 평가 내리고 있던 거야?"

자동차의 기어를 조작하던 훈의 손이 잠시 멈췄다. 고개를 돌려 눈을 응시하고 싶지만 그럴 필요가 없다. 백미러로 비춰 보이는 태의 모습이 여느 때와 다름없었기 때문이다.

"사냥개는 매번 사냥을 할 때마다 생각합니다. 주인이 겨누는 총구가 언젠가 나를 향하지는 않을까? 매질과 공포 속에서 동료가 물어가는 사냥감마저 의심하라 훈련된 그들입니다. 절대적인 주인이지만 의심치 않을 수가 없지요."

"그게 무슨 말이야? 대답이 잘못된 것 같은데? 나는 네가 널 그렇게 평가하느냐 물……."

"때로는 묻는 질문이 다가 아니라고 배웠습니다. 그 안에 숨겨진 뜻을 알지 못한다면, 그것은 실패로 가는 지름길이 되지요. 한걸음 앞서 파악하고 생각하라. 이 말을 제게 해주셨던 것은 보스입니다."

흘러나오는 태의 말을 잘라내는 훈의 한마디가 차갑게 흘렀다.

익숙해져 모호한 현실 속에서 살아 있는 몇 안 되는 사람.

태는 선글라스 너머의 마음까지 꿰뚫는 듯한 훈의 날카로운 눈빛을 바라보며 툭툭 손에 찬 손목시계를 두드렸다.

"그렇게 잘 알고 있는 녀석이 이곳에서 아직도 이렇게 미적거리고 있어? 벌써 오후 한시가 다 되어가. 시간이 없어. 한국 도로는 러시아와 달리 꽉 막히거든."

"잘 알고 있으니 안전벨트나 꽉 매시죠? 십분, 아니, 팔분 이내에 목적지까지 안전하게 모셔다 드리겠습니다."

손목시계를 쭉 내밀어 보이는 태의 모습에 엑셀을 밟는 훈의 입술이 쌜쭉 말려 올라갔다.

분노의 역주!

앙심을 품은 보디가드의 복수는 수많은 교통 경찰들의 가슴속에 영원한 악몽으로 남았다.

＊　　　＊　　　＊

"모두들 잘들 있었나?"

"오우, 보스! 꽤나 오래간만입니다."

유창하게 흘러나오는 영어.

태는 눈앞에 앉아 있는 외국인들을 바라보며 히죽 웃었다.

"필립 훈의 말로는 모든 준비가 완벽하다던데, 확실히 그런가? 증시라는 것은 일분일초가 피가 되고 살이 되는 전쟁터야. 그간 내가 없다고 혹 잊진 않았겠지?"

"여부가 있겠습니까. 보스가 계시던 때보다 더 굉장한 세팅을 끝마쳐 놓았으니 직접 보시겠습니까?"

필립이 긴 블론드 헤어를 나부끼며 몸을 옮겨 컴퓨터를 가리켰다.

수많은 모니터들 사이로 오가는 증시 그래프의 향연.

태는 오랜만에 마주 보는 세계 증시를 바라보며 뚜둑뚜둑 굳은 몸을 풀었다.

"아직까지는 오름 폭이 계속될 거야. 지금까지 우리가 사들인 주식이 총 얼마지?"

"670만주입니다. 약 780엔의 시장이 형성된 하향가에 사들였으니, 지금까지의 오름세만으로도 최소 세 배 이상의 차익을 남길 수 있습니다."

"그렇군. 생각보다 양이 많은데? 누구의 계좌를 빌렸나? 우리의 계좌로는 이제 손쉽게 거래할 수 없을 텐데."

"보스가 말씀하신 사람 중 사가무라 에이치의 계좌를 빌렸습니다. 이 바닥에서 손 큰 개미 주주로 알려져 있고, 보스가 말하신 대로 50주년 한정 다이아몬드 헬로우 키티를 선물하자 의심 한번 하지 않고 냉큼 계좌를 내어주더군요. 쩝, 그 조그만 고양이 보석상이 뭐가 그렇게 좋은지. 여하튼 그 뒤로의 일은 일사천리였습니다."

"그렇군. 그간 생각보다 실력이 더 많이 늘었는걸. 증권 시장의 기린아라는 말이 틀린 말이 아니야. 다시 봐야겠어."

"하하! 칭찬은 고맙습니다만… 아직 보스에 비해서는 보잘 것없지요. 그 많은 증권 시장의 그래프 중 단연 돈이 되는 것만 콕 집어내는 그 이글 아이! 그 말은 언젠가 제가 그런 눈을 갖게 되는 날, 그때까지 미뤄두기로 하지요. 그 편이 백배는 더 기분이 좋을 테니까요."

"제법 당돌한 말도 할 줄 아는군. 처음 만날 때는 쫄딱 비를 맞은 버려진 강아지 같았는데 말이야."

"헤헤, 제가 그랬습니까?"

태는 겸연쩍게 웃으며 콧잔등을 긁는 필립을 보며 피식 웃었다. 그를 처음 만났던 것은 뉴욕 최고의 증권 시장 월스트리트 앞에서였다. 간발의 실수로 위탁 손님의 돈을 모두 날려버리고 거리로 나앉은 필립은 금방이라도 목을 맬 것 같은 모습이었다.

'어찌 보면 그때부터인지도 모른다. 타인에 대한 운명에 대한 간섭. 역시 내가 간섭자라는 건 확실한 것일지도 모르겠군.'

팀 동료들과 웃고 떠드는 필립의 모습에 태는 눈에 쓴 선글라스를 벗었다.

수많은 사람들이 목숨을 걸고 있는, 일분일초가 아쉬운 전쟁터 증권 시장.

그 치열한 전쟁터에 핸디캡이란 파산으로 가는 지름길이다.

"다들 긴장해. 곧 전쟁이 시작될 테니까. 뉴스, 전화, 신문, 그 모든 것을 주시해. 다시 말하지만, 이건 전쟁이다. 한 사람의 목숨으로 끝나는 것이 아닌 수백 명의 사상자를 낼지도 모를 전쟁이야."

"그렇게 살벌하게 말씀하시지 않아도 모두 스탠바이입니다. 상대는 일본 증권 시장을 쥐락펴락하는 유능한 적. 쉽게 잡아먹히지 않을 것이라는 것쯤 여기 모두가 알고 있으니까요."

"그럼 모두 제자리에 앉아 들어. 지금 아키나미 산업의 뒤를 받치고 있는 것은 다들 알고 있겠지만, 후쿠시마다. 곧 선거가 있을 테니 뒷돈을 댈 선거 자금이 필요하겠지. 정치 작전 주. 큭큭! 개미 투자자들의 등골을 빼먹는 짓은 아직 여전한 일본이야. 이번 기회에 밑지만 깡그리 정리해 주자고. 우리는 정의의 심판자니까 말이야."

"예, 보스. 그럼 그 말대로 시행합지요. 정의의 심판 주식 매도 준비! 각자 위치로!"

"위치로!"

비장한 전쟁터와 달리 신나고 즐겁게 움직이는 이들을 보며 태는 휘휘 고개를 가로저었다. 마치 히어로들마냥 신나서 움직이는 그들의 모습에 가슴이 쓰다.

사람의 마음을 움직이는 것.

그것은 태에게 쉬운 일이었다. 원하는 말과 원하는 것을 적재적소에 내어주면 그것으로 끝이다.

말에 울고, 상황에 울고.

그들의 절대적인 신의와 절대적인 믿음은 그렇게 탄생했다.

"후우, 벌써부터 지끈거리는군."

태는 자신을 믿고 있는 이들을 바라보며 꾸욱 관자놀이를 눌렀다. 이미 쓸데없는 감상에 젖어들 틈이 없다. 넓어진 시야 사이로 흘러드는 수많은 지식들이 머릿속에 소용돌이친다.

미래, 과거, 현재, 그리고 알지 못하는 세상의 숱한 지식들.

산등성이처럼 솟아오르는 그래프의 끝으로 태의 손이 빠르게 움직였다.

"곧 판매의 적기다. 슬슬 자회사가 매각으로 돌아설 거야. 작전주가 주춤거리는 것을 보면 매도 시기는 뻔한 일. 언론도 아무런 소리 소문 없나?"

"증시가 멈춰 설 즈음 장난 같은 이야기가 돌고 있는 것 같습니다."

"장난 같은 일?"

"예, 아키나미 산업이 일조 원가량의 투자 사업에 대표 그룹으로 참여하게 되었다는 말인데… 상대해 줄 가치가 없는 듯싶습니다."

안경을 고쳐 쓰며 말하는 필립의 말에 태가 고개를 돌려 물었다.

"그렇게 생각하는 이유가 뭐지? 왜 상대해 줄 가치가 없는 이야기라 생각하나?"

"글쎄요. 일조 원이라는 거대 프로젝트가 세상에 있었다면 저희가 몰랐을 리 없습니다. 이야기 역시 어디서 어떻게 나왔다는 물증―팩트―없이 그랬다더라 식의 의문형 기사입니다. 어째서 메이저 급 시장에서 이야기가 흘러나왔는지는 모르겠습니다만… 상대가 후쿠시마쯤 되면 이야기가 달라지죠. 처음 소문이 퍼진 것은 메이저 쪽이지만, 이야기의 흐름과 기사화는 사실상 마이너 쪽에서 이루어지고 있는 것도 그렇습니다."

"언론을… 샀다?"

필립은 가늘게 떠진 태의 눈을 바라보며 힘껏 고개를 끄덕였다. 그 어느 때보다 심기일전한 그들이다. 언론의 정보는 물론 화장실에서 흐르는 이야기조차 흘리지 않기 위해 현지에서 동료들이 수많은 발품을 팔았다.

증권가.

그곳은 그 어느 곳보다 정보가 힘이 되는 세상이다. 주먹도 재력도 필요없다. 정보, 오직 시장에 대한 정보만이 황금 알을 낳는 거위가 되는 것이다.

"자네가 그렇게 자신있어 하는 것이라면 한번 믿어봐야겠지. 그래, 그럼 언론에 대한 일은 모두 잊어버리고 매도기는 어느 선이 적당하겠나?"

"2,800엔 선이 적당하다 생각됩니다. 언론에 대한 루머로 소정의 상승이 예상되긴 합니다만… 그 이상은 역시 무리입니다. 빠르게 일을 처리하는 것이 낫다고 생각됩니다."

"생각이 일치하는군. 좋아, 매도 시기는 2,800엔 선이다. 다들 매각 준비하고 신규 계좌들을 확보해 놔. 둑 터진 댐을 막고, 우리는 영웅이 되어 그들의 성을 빼앗는다. 다들 명심해!"

"예, 보스!"

기운차게 소리치는 필립들의 손이 바빠지기 시작했다. 주식의 특성상 대량의 매입, 매도가 쉽지 않음을 알기 때문이다.

'과연 증권맨들이야. 머릿속으로 흘러드는 정황과 딱 맞물려 있어. 현재를 바탕으로 미래를 보는 이들. 어쩌면 이들 역시 자신들만의 아카식 레코드에 접속하고 있는지도 모르지.'

푹신하게 몸을 감싸 안는 의자.

태는 바쁘게 소리치는 필립들을 바라보며 조용히 눈을 감았다.

머릿속을 떠다니는 수많은 지식과 정보. 그 골치 아픈 사념들을 지워도 좋을 때가 온 것이다.

"130만주 2,800엔 매각 완료!"

"240만주 2,830엔 매각!"

"300만주 2,780엔 전량 매각! 보스, 가지고 있던 주식의 전량을 매각 완료했습니다. 상승세이던 증시 역시 슬슬 하향세로 접어드는 것 같은데 어찌할까요?"

"일단 하루쯤 그대로 지켜보자고. 눈치 빠른 개미들은 슬슬 손을 털기 시작하겠지만, 아직 아둔한 이들은 전날의 꿈에 부풀어 손을 떼려 하지 않을 테니까. 하루, 하루만 지켜보면 돼. 그리고……."

"예, 보스."

태는 열망에 가득 찬 눈으로 자신을 바라보는 이들을 쓸어보며 자리에서 일어섰다. 그들이 무엇을 바라고 무엇을 원하는지 보고 듣지 않아도 알 수 있었다.

"큰일이었는데 잘해줬어. 앞으로는 내가 없어도 잘 돌아갈 것 같은 느낌이 드는군. 내일 증시가 바닥이 되었을 때 아이다쿠를 사들여. 손해없이 수익을 극대화시킬 수 있는 조직. 그렇게 된다면 필립, 나는 너희를 더 이상 내 품 안에 두지 않을 거야. 독립이다, 필립. 아이다쿠를 기점으로 세계 증권 시장에 우뚝 서봐."

"보, 보스……!"

툭툭 어깨를 두드리며 건네는 태의 말에 말을 듣던 필립의 몸이 부르르 떨렸다.

염원하고 바라던 꿈만 같은 일.

필립의 뒤로 키보드를 두드리던 팀원들 역시 태의 말이 선뜻 믿기지 않는 듯 자신의 두 볼을 꼬집어보았다.

"모두 잘해주었어. 지금처럼 필립을 믿고 각자의 재량을 살려서 일에 집중해 주길 바라. 오늘부터 증권조의 최고 책임자는 내가 아닌 필립이다. 앞으로 할 말이 있거든 내가 아닌 필립에게 전하도록."

"아, 예. 알겠습니다, 보스!"

"아차, 그리고……."

태는 얼떨떨한 표정으로 자신을 좇는 필립을 바라보며 씩, 미소를 지어 보였다.

"두 번째 독립 조직이다. 전투조와는 그 성향이 다르니 어쩌면 첫 번째일지도 모르겠어. 잘 부탁해, 필립. 증권 팀의 첫 시작부터 네 팀이었고, 앞으로도 그럴 거야. 하나, 독립이라고 해도 내 관할하에 있다는 건 알지? 명심하고 보고서 늦지 말고, 조금 늦은 감이 없진 않지만 새 보스가 된 걸 진심으로 축하한다."

"보, 보스……."

그렁그렁 눈물이 맺힌 필립의 모습에 태는 웃으며 몸을 돌렸다.

원하고 바라는 것을 내어줌으로써 얻게 된 믿음과 충성.

그 헤아릴 수 없는 감정이 머릿속으로 선명하게 그려지는 순간이었다.

Chapter 9

그대가 이끄는 곳으로…

"그 가면은… 벗겨지지 않는 겁니까?"

환호하는 필립들과 달리 훈은 딱딱하게 굳은 얼굴로 태에게 물었다.

"가면이라……. 그거 날 너무 곡해하는 발언인데? 네가 날 어떻게 보는지는 알고 있지만 그건 너무 심하군. 나 역시 사람이야. 내 얼굴 거죽은 쇠나 플라스틱 나무가 아닌 단백질 덩어리라고."

"…하지만 그 웃음은 아닙니다. 기뻐해야 할 자리에 계산적인 웃음은 결코 보기 좋지 않습니다."

"그렇게 보였나?"

선글라스를 다시 쓰며 묻는 태의 말에 훈은 조심스레 고개를 끄덕였다. 누구보다 많이 보아왔던 웃음이기에 확신할 수 있다.

거짓된 웃음.

그것은 자의식을 깨닫기 전부터 보고 연습해 왔던 훈, 그 자신의 웃음이었기 때문이다.

"후… 그렇군. 가끔이지만 말이야, 나는 네 그 날카로운 눈이 싫어. 계산된 웃음이라고? 나는 그런 게 아니야. 정말 진심으로 기쁘고 진심으로 축하해 주고 싶은데… 너무 겪어봐서, 너무 앞만 봐서 이제는 그럴 수 없는 것뿐이야."

"보스……."

"한국 지리는 알고 있겠지? 바다, 바다로 부탁해. 너무 오래 못 봤어. 바다… 그래, 바다……. 그곳이 좋겠어."

환호하는 방 사이로 흘러나온 빛이 축 처진 태를 비췄다. 그의 축 처진 어깨와 목소리가 훈의 가슴을 파고들었다.

누구도 따르지 않으리라 다짐한 마음을 지운 사람.

훈은 담배 하나를 꺼내 태우는 태를 바라보며 힘껏 걸음을 떼었다.

"지금 물고 계신 담배보다 배는 더 맛이 나고 배는 더 시원한 바다로 모셔다 드리겠습니다. 걱정, 근심 그 모두를 씻어주는 시원한 파도가 있는 곳, 그곳으로 모셔다 드리겠습니다."

힘차게 걸어나가는 훈의 뒤로 태의 얼굴에 작게 미소가 걸

렸다. 그는 겉과 속이 다른 세상 속에서 겉모습만으로 판단해
도 좋을 몇 안 되는 사람이다.

"걱정, 근심 그 모두를 씻어주는 시원한 파도가 있는 곳이
라……. 좋군."

훈의 뒤를 따라 걷는 태의 처진 어깨로 다시금 힘이 실렸다.

차가운 바람과 저물어가는 태양의 마지막 뜨거운 햇살.

끝없이 펼쳐진 수평선 아래로 투명한 빛줄기들이 별빛처
럼 바스러졌다.

"해 지는 것이 보이는 것으로 보아 서해인가?"

"예, 을왕리라는 곳인데… 한때 풍경을 즐길 틈도 없이 작
전 차 내려왔던 적이 있습니다. 이곳이 멋지다는 걸 안 건 왔
을 때가 아니라 다녀간 뒤였죠. 사실… 그때는 이런 것이 좋
다는 것조차 몰랐으니까요."

"그런가? 아쉬웠겠군. 제대로 곱씹지 못한 것은 항상 후회
가 되는 법이지. 내게 보여준다는 것은 핑계고 네가 더 와보
고 싶었던 것은 아니야?"

"아… 그건……."

태는 자신의 말에 노을빛마냥 붉어지는 훈의 얼굴을 보며
오랜만에 기분 좋게 웃었다. 자동차의 뒷좌석에 앉아 수없이
되뇌인 아카식 레코드에 관한 고찰에 복잡했던 머릿속이 시
원하게 털어져 나갔다. 정작 알고 싶어하는 지식의 갈구 앞에

모래성처럼 무너지는 기이한 능력이 조금은 얄미워졌다.

"후아～ 좋다! 누가 뭐래도 우리나라는 참 산천이 좋아. 예쁘고, 고상하고… 또 뭐랄까, 깊이 있어 보이거든. 뭐, 모국이 주는 따스함 때문에 더 그렇게 보이는지도 모르겠지만 말이야. 하하하하!"

'쏴아, 쏴아' 밀려드는 파도를 향해 내지르는 시원한 웃음소리가 답답한 마음을 울렸다.

앞으로 얼마나 더 이렇게 시원하게 웃을 수 있을까?

태는 점점 더 빨라지는 지식의 속도를 느끼며 크게 기지개를 켰다. 고민할 필요도 없고 고민할 가치도 없는 모호한 미래에 관한 일들. 훈은 다시금 딱딱해지는 태의 얼굴을 바라보며 뚝뚝 굳은 손을 풀었다.

"참, 밉상스런 놈들이군요. 한창 보스의 얼굴이 볼 만해져 간다 싶었는데……."

"저게 저분들의 밥벌이니까 어쩔 수 없는 일이지. 혼자서도 저 정도는 상대가 가능하겠지?"

"글쎄요, 불가능하진 않겠습니다만… 시간이 조금 걸리겠죠. 아무래도 맨손이니까요."

커다란 봉고 아래로 밀물처럼 쏟아져 나오는 검은 양복의 사내들.

태는 가볍게 몸을 푸는 훈을 바라보며 어깨를 으쓱거렸다. 그들이 누구고, 또 왜 왔는지 묻는 것은 입만 아픈 일이다. 척 보면 척이 아닌가. 이렇게 한적하고 조용한 자리에서 만났다는 것 자체가 그들로서는 주먹을 휘두를 적기 중의 적기다. 구태의연하게 입을 따로 놀릴 필요가 없는 것이다.

"꽤나 찾는 데 애먹었어. 똘망똘망한 새끼들을 넷이나 붙여놨는데 고걸 눈치 채고 토낀 데가 이런 곳이라니, 니들도 참 운 없다. 뭣들 하냐? 잡아 조져!"

"예, 형님!"

검게 선팅이 된 에쿠스의 창을 열고 소리치는 동춘의 말에 차에서 내린 사내들의 몸이 빠르게 움직였다.

"으랏차!"

커다란 기합을 질러대며 휘두르는 야구 배트가 위협적인 소리를 토해냈다.

휘잉— 휘잉—

어깨부터 허리까지 힘이 잔뜩 실린 알루미늄 배트는 흉기 그 자체였다.

"전에 왔던 녀석들보다는 제법이네. 상대가 단둘인데도 그렇게 열심인 것을 보면."

"왜? 그래서 겁나냐? 거, 지금이라도 늦지 않았으니까 그냥 엎드려 빌어. 그럼 딱 팔 한 짝으로 용서해 주실지 아냐? 큭큭 큭큭! 안 그래들?"

말을 건네는 훈의 모습에 사내들이 재빠르게 주위를 둘러싸며 말했다. 손에 쥔 야구 배트를 흉흉하게 만드는 예사롭지 않은 기운. 훈은 주위를 둘러싼 여덟 명가량의 사내들을 훑어 보며 조용히 깍지 낀 손을 꺾었다.

뚜둑뚜둑—

장시간 핸들을 잡고 있느라 뻐근했던 손이 가볍게 풀리며 기쁨의 탄성을 내질렀다.

"너희가 든 게 야구 배트가 아닌 총이었다면 그리했을지 모를까, 귀찮다고 손을 내줄 만큼 나는 한심한 군번이 아니 야. 보스의 시간을 방해한 대가, 피로 갚아라."

"피로 뭘 갚아? 지금 야가 뭐라카노? 니, 미친나?"

"거 미친개는 원래 두드려 주는 게 약이라잖아. 새끼가 약 먹고 보이는 게 없는 모양이지. 조져 버려!"

작게 내뱉은 훈의 말에 흥분한 사내들의 눈빛이 험악하게 빛났다. 제법 믿는 구석이 있는 듯 보이지만 상대는 무기도 없는 맨손의 사내 하나. 적잖은 수라장을 겪어온 그들에게 훈 의 말은 씨알조차 먹혀들어 가지 않을 말장난에 불과했다.

"골통을 조져 버려!"

휘잉—

바람을 가르는 커다란 소리와 함께 퉁퉁하게 살이 오른 사 내의 배트가 훈을 향해 휘둘러졌다. 야구 선수들의 풀 스윙처 럼 거세게 새어 나오는 바람 소리는 사내들의 말처럼 머리뼈 라도 박살을 내버릴 듯 흉흉하게 귓가를 스쳤다.

'배트를 휘두르는 놈이 하나, 뒤에서 접근하는 놈이 둘.'

날아드는 배트로는 눈길도 주지 않은 채 훈은 주위로 다가서는 사내들의 모습을 빠르게 훑었다. 막싸움이라지만 상대는 제법 신체가 단련된 조직 폭력배들. 전에 왔던 하수인들처럼 쉽게 볼 상대는 아니었다.

파악!

상황을 훑어본 훈의 구둣발이 그대로 모래 속으로 파고들었다.

휘익!

내려치는 배트보다 빠르게 모래 위로 파고든 훈의 오른발이 하늘 위로 차올려졌다.

"으왓! 이, 이게 뭐야, 이 새끼!"

빠르게 올려 찬 구둣발 위로 튀어 오른 모래가 배트를 휘두르던 사내의 눈 위로 뿌려졌다.

눈꺼풀 한번 깜빡할 틈 없이 정확하게 파고들어 오는 까칠한 백사장의 모래알.

있는 힘껏 내려치던 사내의 배트 위로 한순간 힘이 쭉 빠졌다. 갑작스레 눈 속으로 파고든 모래알이 주는 고통에 손에 힘이 들어가지 않는 것이다.

순간,

올려 찬 훈의 다리가 매섭게 내려서며 기다렸다는 듯 눈 감은 사내의 정수리를 내리찍었다.

빠악!

백사장을 울리는 아찔한 소리와 함께 배트를 거머쥔 사내의 두꺼운 다리가 후들후들 풀렸다.

"저, 저 새끼가!"

갑작스런 상황에 놀란 사내들의 눈들이 화등잔만 하게 커졌다. 금방이라도 머리통을 부숴 버릴 듯 배트를 휘두르던 사내가 단방에 다리가 풀려 쓰러져 버렸기 때문이다.

"양남이, 정식이, 뭐 해! 빨리 저 새끼 잡아!"

"예, 예! 형님!"

쓰러진 사내의 모습에 놀란 것도 잠시, 정신을 추스른 사내가 소리쳐 말했다.

"…그렇게 다 소리쳐 알려주면 누가 잡혀나 준다더냐?"

훈은 슬금슬금 다가서던 사내들의 대답에 바닥에 뒹구는 배트를 빠르게 집어 들었다.

후웅— 후웅—

슬쩍 배트를 휘둘러 본 훈의 눈빛이 차가워졌다. 나자빠진 사내가 얼마나 공을 들였는지, 손에 쥐어진 배트는 일반 알루미늄 배트와 달리 손에 착 감기는 안정감이 있었다.

"어, 어어!"

작게 휘둘러지는 야구 배트에 기세 좋게 달려들던 사내들의 걸음이 주춤 멈춰 섰다. 딱 봐도 마구잡이로 휘두르는 배트가 아니다. 슬쩍슬쩍 흔들어만 주었을 뿐인데 귓가를 파고드는 바람 소리에 절로 몸이 굳어졌다.

고수다.

말로만 들어오던 살기를 내뿜는 훈의 모습에 사내들은 오도 가도 못한 채 마른 입술을 핥을 수밖에 없었다.

"야, 이 잡놈 새끼들아! 지금 뭐 하는 거여? 빠따 들었다고 지금 쫄았냐? 거 씨발 좆만 한 새끼들이 지금 형님 쪽팔리게 뭐 하는 짓이여? 이 악물고 한 대 처맞아! 우리도 니들 때는 다 그랬응게 걱정하지 말고 한 대 처맞고, 그 새끼 놓지 말고 꽉 잡으라고! 그럼 알아서 다구리 놓으면 되니까! 쫄지 말고!"

"혀, 형님……."

울상을 지은 채 다른 사내들을 바라보는 둘의 모습에 훈은 손에 쥔 배트를 슬쩍 들어올렸다.

획, 휘익!

미처 몸을 움직이기도 전에 날아드는 배트가 정확히 사내들의 명치를 향해 뻗어졌다.

길게 휘두르는 것이 아닌, 뭉툭한 배트 끝으로 내질러지는 찌르기.

사내들은 갑작스런 훈의 찌르기에 미처 반응하지 못하고 그대로 배트에 명치를 내어주었다.

퍼억!

커다란 소리와 함께 눈이 튀어나올 듯 벌어진 사내들의 리액션.

꺼억꺼억, 뱉어내는 신음 소리와 함께 명치를 부여잡은 두 사내의 몸이 모래 바닥을 나뒹굴었다.

"저, 저 개새끼!"

순식간에 바닥을 나뒹굴고 있는 이들.

지금껏 몸을 뺀 채 상황을 주시하던 사내들의 입술이 사납게 뒤틀렸다. 돌발 상황이라고 애써 자신을 타이르던 사내들의 마음이 세차게 흔들리기 시작했다. 눈앞에 선 적은 결코 약한 상대가 아니다. 갈비뼈가 부러지고 한 팔을 내어줘야 하는 것은 어쩌면 자신들이 될지도 모른다.

"으아아아압!"

선두에 선 사내의 커다란 기합을 신호로 자리에 멈춰 서 있던 사내들의 몸이 빠르게 훈을 향해 쇄도했다.

아무리 강한 상대라 해도 배트는 하나. 아무리 빠르고 실력이 좋다 해도 머릿수가 다섯인 이상 꿀릴 것 없다. 누가 될지는 모르지만 한 대 맞고 네 대로 갚아주면 되는 것 아닌가? 생각을 끝낸 사내들의 어금니가 꽉 물렸다.

"……."

무식할 정도로 정직하게 달려드는 사내들의 미칠 듯한 돌격에 멈춰 선 훈의 눈이 빠르게 움직였다. 전후좌우 사방을 빠르게 훑어 나가는 훈의 눈빛이 날카롭게 빛났다.

파악!

모래알이 튀어 오를 만큼 크게 뻗어진 오른 다리. 그 커다란 힘이 실린 진각을 시작으로 발을 뻗은 훈의 몸이 용수철마냥 달려드는 사내들을 향해 튕겨져 나갔다.

"으라싸!"

순식간에 앞으로 치고 나오는 훈의 모습에 달려들던 사내들의 손에 쥐어진 배트가 빠르게 움직였다.

한껏 긴장한 몸으로 분비되는 아드레날린.

평소보다 배는 더 예민해진 감각이 솟구쳐 오르며 달려드는 훈의 모습을 놓치지 않았다.

후웅!

거센 바람을 몰고 나서는 테이프로 치장된 검은 배트의 그림자.

훈은 날아드는 사내들의 야구 배트를 바라보며 휙 몸을 멈춰 세웠다. 머리를 짓이길 듯 내려쳐지는 배트와 갈비뼈를 부숴 버릴 듯 길게 휘둘러지는 배트가 눈에 들어왔다. 뒷걸음질치는 것 외에는 피할 길 없어 보이는 상황에 훈의 손에 쥐어진 배트가 빠르게 움직였다.

까앙!

귓가를 찢어발기는 배트의 커다란 비명 소리.

배트를 내리찍던 사내의 눈이 한순간 커졌다. 내려치는 배트를 쳐올리는 무거운 훈의 공격에 배트를 쥔 손이 다 얼얼해졌다.

밀리지 않고 버텨 서면 함께 휘둘러진 동료의 배트가 옆구리를 강타할 상황!

사내는 이를 악물어 미끄러지려는 배트를 있는 힘껏 꽉 움켜쥐었다.

"개새끼, 이제 그만 뒈져 버려랏!"

뻥 뚫린 고속도로마냥 환하게 보이는 훈의 텅 빈 옆구리.

배트를 휘두르던 사내의 얼굴로 웃음이 걸렸다. 동료의 배트가 잡아선 빈틈으로 커다란 한 방에 느낌이 왔다.

제아무리 맷집이 좋다 하던 파이터들도 부서진 갈비에는 장사가 없지 않겠는가?

있는 힘껏 휘둘러지는 배트 위로 사내의 눈이 꽉 감겼다. 일말의 힘이라도 더 끌어내려는 무언의 의지였다.

퍼억!

손에 쥐어진 배트를 타고 흐르는 짜릿한 타격의 쾌감.

사내는 묵직하게 걸린 배트의 무게에 신이나 꽉 감은 눈을 떠 고개를 들었다.

"이… 미… 미친 새끼… 야!"

귓가로 들려야 할 환호성이 욕설로 바뀌는 순간 사내는 자신의 배트가 후려친 상대가 훈이 아닌 동료임을 깨달았다.

"어, 어떻게?"

사내는 눈 한 번 깜빡일 시간에 역전된 상황을 보며 놀란 입을 벌렸다.

"일말에 대비도 없이 배트 속으로 파고드는 사람이 어디 있겠어. 슬쩍 피할 요량으로 파고들었는데. 고맙네, 수고를 덜어줘서."

"이, 이 새끼……!"

사내는 동료의 옆에서 슬쩍 모습을 드러내는 훈의 모습에 와락 얼굴을 구겼다. 어찌 된 상황인지는 몰라도 상대에게 완전히 말려들었다. 동료가 온 힘을 다해 만들어준 그 커다란 틈이 훼이크였다니……. 사내는 현 상황을 믿을 수가 없었다.

빠악!

복잡해진 머릿속을 한순간에 깨끗이 비워내는 뜨거운 한 방.

사내는 툭툭 배트를 튕기는 훈을 바라보며 털썩 모래 바닥 위로 쓰러져 내렸다.

괴물.

지금껏 단 한 번도 만나본 적 없는 다구리를 이겨내는 괴물이 눈앞에 서 있었다.

"더… 할까?"

툭툭 모래 묻은 배트를 터는 훈의 모습에 달려들던 사내들의 몸이 멈칫거렸다. 싸우자니 겁이 나고 도망치자니 상황이 여의치 않다. 날건달 일로 조직에 몸담고 있지 않았더라면 뒤도 돌아보지 않고 도망쳤겠지만 조직의 간부로 불려온 몸. 그럴 수는 없다.

사박사박—

조심스러워진 사내들의 발걸음 소리가 모래알을 울렸다. 상대가 하나라는 소리에 미처 챙겨 들지 못한 연장들이 못내

아쉽다. 적어도 손에 무언가라도 쥐어져 있다면 이리도 몸이
떨리진 않을 텐데……. 사내들은 슬쩍슬쩍 움직이는 훈의 배
트에 두려움을 느끼며 작게 몸을 떨었다.

'싸움도… 끝이군.'

멀찍이 자리에 앉아 싸움을 지켜보던 태의 고개가 휘휘 저
어졌다. 머릿수만 채우는 전략없는 싸움에 변수란 없다.

실력도 테크닉도 경력도 모두 상대가 되지 않는 이에게 그
들이 어찌 승리할 수 있을까?

태는 정리되어 가는 싸움판에서 바다를 향해 고개를 돌렸
다. 더는 지켜볼 것도 필요도 없는, 끝이 난 싸움이다.

"이, 이런 씨바랄 새끼들!"

하나둘 쓰러지던 부하들이 결국 가을 낙엽처럼 모두 백사
장 위에 나뒹굴었다.

수하로 거둬들인 놈들 중에 난다 긴다 하는 놈들을 여덟이
나 데려왔음에도 잡을 수조차 없는 사내.

춘동은 천천히 다가서는 훈을 보며 꿀꺽 마른침을 삼켰다.
운전을 맡겼던 막둥이조차 싸움터로 보냈다. 이제 싸울 수 있
는 것이라고는 그밖에 남지 않은 상황. 춘동은 뚜벅뚜벅 걸음
하는 훈의 모습에 갈등할 수밖에 없었다.

"이, 이 쌩 양아치 같은 새끼! 핫바지들 좀 나자빠뜨렸다고
우쭐한 모양인데! 새끼야, 어림없어! 너 같은 놈들은 이 바닥
에……!"

휘익— 퍼엉!

힘내어 소리치는 춘동을 향해 한순간 커다란 굉음이 울렸다. 차창 사이로 슬며시 흘러나오는 소리는 듣고 싶지도 않다는 듯 훈은 놀란 눈을 뜨고 있는 춘동을 향해 어깨를 으쓱거렸다.

"이, 이……!"

검게 썬팅한 유리 사이로 못처럼 막힌 야구 배트.

춘동은 놀란 가슴에 말도 꺼내지 못한 채 부들부들 몸을 떨었다.

"보스, 저기 저놈 하나 남았는데 어떻게 할까요? 끌어내릴까요?"

"아니, 아니. 됐어. 그냥 돌려보내. 이번 일에 대한 대가는 차후에 돌려받을 테니까. 오늘은 그만 하자고 전해."

"예, 보스."

훈은 멀찍이 바다를 바라보며 소리치는 태의 모습에 웃으며 동춘을 향해 입을 열었다.

"들었지? 오늘은 그만 가라. 더는 좋은 시간 망쳐 놓지 말고 곱게 가. 물론 싸우고 싶다면 내려도 좋아. 나야 올라가서 할 일이 하나 줄어드는 것이니 그것도 나쁠 것 없지. 안 그래, 이 개.새.끼.야?"

"……!"

싱긋 웃으며 말하는 훈의 모습에 몸을 떨고 있던 춘동의 몸이 흠칫 굳었다. 지금껏 무시하던 사내의 입에서 흘러나온 욕설에 분노가 치밀어 오르는 것이다.

"너 이 새끼들, 그렇게 건방을 떨다가는 반드시 후회할 거다! 빌어먹을 새끼들!"

"건방? 글쎄, 누가 건방을 떠는 건지 모르겠군. 돌아가서 남은 시간 동안 곰곰이 반성해 보는 것이 좋을 거야. 그렇게 된다면 누가 알아? 한 팔만으로 살려주실지."

"뭐, 뭐?!"

방긋 웃으며 말하는 훈의 모습에 춘동의 얼굴이 와락 구겨졌다.

밑바닥 시절 때나 당해오던 굴욕과 수치.

춘동은 차오르는 분노를 꾹 눌러 참으며 앞 유리로 박힌 배트를 꺼내 던졌다. 마음 같아서는 이대로 엑셀을 밟아 깔아뭉개고 싶었지만 차마 발이 떨어지지 않았다.

부웅― 부우웅―

"그럼 다음에 보자고! 바이바이 "

말없이 핸들을 꺾어 자리를 빠져나가는 춘동을 보며 훈은 휘휘 손까지 저어가며 소리쳤다.

헛바람만 가득 찬 허풍선인들.

훈은 차를 몰아 달아나는 춘동을 보며 피식 새어 나오는 헛웃음에 고개를 저었다. 뭘 위해 저리들 욕과 주먹을 달고 사는지 알 수 없는 사람들이다.

“제법 말솜씨가 늘었네. 안 보는 사이에 꽤나 능글능글해
진 모양이야.”

“옆에 붙여주셨던 녀석이 그 녀석이었으니 안 느는 게 오
히려 이상하지요.”

“그런가? 후, 여하튼 잘 쉬었군. 고마워. 덕분에 좋은 바다
도 보고 구경거리도 마쳤어.”

“돌아가시겠습니까?”

“그래, 바다가 불러주는 말 잘 들었으니 이제 움직여야지.
아차, 그리고 일전에 말했던 네이비씰에 근무했다던 친구들
있지? 그 바다가 좋아서 그만두고 나왔다던 그 친구들 말이
야. 그 친구들, 아직 연락되나?”

“폴칸 말씀이십니까? 예, 얼마 전 대서양에서 참치를 낚고
있다고 연락이 왔었습니다만…….”

“그 친구들, 불러들여. 할 일이 생겼으니까 말이야.”

“예?”

훈은 갑작스런 태의 말에 고개를 갸웃거렸다. 전투조에 맞
지 않는다고 내쳤던 그들을 다시 불러들이는 이유가 무엇인
지 알 수가 없었기 때문이다.

집으로 돌아온 태의 일과는 바쁘다는 한마디로 모두 축약
할 수 있었다.

수북히 쌓여 있는 팩스들과 결재 서류와의 씨름.

훈은 하나둘 입국하기 시작한 동료들을 바라보며 휘휘 고 개를 가로저었다.

"이봐, 보스도 좀 쉬어야지. 그렇게 종일 붙어서 닦달하고 있는 건 좀 너무한 거 아니야?"

"헤이, 보이, 일이라는 건 싸움과 같아서 시기를 놓치면 패한다고. 우리라고 보스를 괴롭히고 싶어서 이러는 게 아니라는 걸 명심해 줬으면 좋겠군."

"하지만……."

"그만, 그만. 됐어. 훈, 네가 제일 시끄럽고 정신 사납다. 별일 아니면 나가 있어. 놀아줄 시간 없이 바쁘다."

"보, 보스!"

훈은 마치 아이를 타이르듯 휘휘 손을 저어가며 말하는 태의 모습에 발끈해 소리쳤다.

"후, 내 걱정을 하려거든 네게 맡긴 일이나 끝내고 나서 이야기해. 네가 일을 끝내지 않을수록 내 일은 밀려만 간다는 것을 아직도 몰라?"

"자, 잘 알고 있습니다. 저 역시 일 때문에 이 자리에……."

"응? 뭐야? 너도 나랑 같네? 그러면서 내게 뭐라고 했던 거야, 보이?"

"아니, 나는 그러니까 그게……."

어깨를 으쓱거리며 웃는 제퍼슨의 모습에 훈은 얼굴이 붉게 달아오르는 것을 느꼈다. 이유야 어찌 되었든 그의 말처럼 이야기가 흘렀기 때문이다.

"제퍼슨, 그만 조용히 해. 친해지라고 붙여놨더니 더욱 앙숙이 된 것 같아."

"앙숙이라니요? 하하! 저와 미스터 훈이 얼마나 친하다고요. 그렇지, 보이?"

"Shut up, Man!"

"웁스! 이 친구, 안 보는 동안 제법 입이 걸걸해졌는데요, 보스?"

"그래, 자네 덕이리고 그가 칭찬하더군. 그러니 둘 다 잡담은 접고 일에 대해서 이야기나 꺼내놔 봐. 다시금 말하지만, 난 지금 매우 바빠."

"예, 보스."

안색을 굳히며 말하는 태의 모습에 훈이 얼른 고개를 숙이며 대답했다.

"전에 말씀하셨던 폴컨에게 오늘 아침에서야 연락이 닿았습니다. 새로운 일로 보스가 부르신다고 전했더니 지금 당장에라도 날아오겠다고 말하더군요. 주위가 돈을 갚으라며 시끄러웠던 것으로 보아 아마도 생활비에 쪼들리는 모양입니다."

"생활비라……. 빚을 갚는 데 필요한 만큼의 돈을 제시하라 전해줘. 비행기로 날아오는데 빚쟁이들이 엉겨 붙는 것만큼이나 재수없는 일도 또 없지."

"예. 알겠습니다, 보스."

"그럼 이제 그만 나가봐. 이미 지시한 일도 있잖아? 오래 둬서 좋을 것 없는 일이야. 이것은 언제나처럼 빠른 처리 부탁해."

"아, 예, 보스. 명심하겠습니다."

훈은 짧게 끊어 말하는 태의 모습에 고개 숙여 답하고는 재빠르게 방문을 나섰다.

머릿속을 뜨끔하게 울리는 지시란 말 한마디.

태는 방을 나서는 훈의 뒷모습을 보고는 곧 제퍼슨을 향해 고개를 돌렸다.

"앞서 말해 알고 있겠지? 바쁘니 빠르게 끝내주게. 긴 설명까지 다 들을 시간이 없어서 말이야."

"예, 보스. 그럼 사설은 배재하고 본론만 짧게 추려 이야기 하겠습니다. 차후에 궁금하신 것이 계시거나 제출한 서류를 보시거나 언제든 연락주십시오."

"알겠네. 그럼 어서 이야기하게. 기다리다 목이 다 빠지겠어."

"아, 예. 알겠습니다, 보스."

제퍼슨은 가볍게 웃으며 뒷목을 두드리는 태의 모습에 손에 쥔 서류장을 넘겼다.

"영국에 갔던 일은 좋게 해결될 듯 보입니다. 러시아의 부호 로먼스 아브라모비치 때문에 약간 애를 먹긴 했습니다만, 러시아 내 정권 정보를 흘려줌으로써 그의 백기를 받아냈습니다."

"흠, 그렇군. 차후 그가 다시 뛰어들 일은 없는 것이겠지?"

"예, 이민을 했다고는 하나 그의 모국은 러시아. 자국의 이름을 걸고 말한 맹세이니 믿으셔도 좋을 겁니다."

"좋아. 매입가는 얼마나 들 듯싶나?"

"구단을 매입하려던 로먼스가 떠난 관계로 예상가보다 적은 돈으로 인수할 수 있었습니다. 리그가 끝나는 대로 지불해야 할 선수들의 연봉과 당장에 지급해야 할 돈이 밀린 그들로서는 더 기다릴 수가 없을 테니까요."

"좋군. 그래, 그럼 언제쯤이면 인수가 끝날 것 같나?"

태는 흡족한 표정으로 서류장을 넘기는 제퍼슨을 바라보며 물었다.

"이번 달 중으로는 이야기가 끝이 날 듯싶습니다. 구단주로서의 마지막 시즌을 보내게 해주어야지요."

"그도 그렇군. 애썼네. 제퍼슨, 로먼스 아브라모비치를 홀로 상대하다니⋯ 역시 자네는 대단해."

"그럼요. 보스의 수석 보좌관인데 이 정도는 해야지요. 하하하하하!"

"그도 그렇군. 자네 말대로 수석 보좌관이라면 그 정도는 해야지. 하하하하! 첼시⋯ 첼시라⋯⋯. 자네는 정말 유능한 보좌관이야."

태는 자랑스레 가슴을 두드리는 제퍼슨을 바라보며 다시금 큰 소리로 웃음을 터뜨렸다.

“그럼 계약은 다음 달 초순으로 잡고 있으면 되겠나?”

“예, 보스. 이번 달이 지나면 첼시의 구단주는 보스가 되실 겁니다.”

“그거 듣기 좋은 소리군. 그래, 좋아. 그럼 그렇게 알고 있 겠네. 못 읽어본 서류는 눈앞의 일을 치운 후에 보도록 하 지.”

“예, 보스. 모쪼록 잘 읽어보시길. 계약 이전에 치러야 할 문제도 제법 많을 테니까요. 스타 선수들이라든가, 구장 문 제… 그리고 로먼스가 취하려 했던 베컴 선수에 대한 영입도 고려해 보셔야 할 듯싶고요.”

“그렇군. 그래, 알겠네. 그럼 이만 물러가게.”

“예, 보스.”

태는 꾸벅 고개를 숙이고 돌아서는 제퍼슨을 보며 뻐근해 진 어깨를 풀었다.

첼시.

영국의 명문 축구 구단의 미래가 머릿속에 그려지는 순간 이었다.

*   *   *

“그러니까, 바다를 캐라는 말입니까?”

폴컨은 말없이 고개를 끄덕이는 태를 바라보며 어깨를 으

쓱거렸다. 수많은 바다를 무대로 특수 작전을 벌여오던 그이
지만 이런 의뢰를 받아보는 것은 처음이었다.

"후우~ 인양 작업이라……. 거 재미있는 일이 될 것 같군
요. 일에 필요한 배와 작업 도구들은 무엇으로 준비되어 있습
니까?"

"그쪽 일에 관한 한 문외한이라서 따로 준비해 두지 않았
네. 자네가 원하는 것이 있다면 말해주게. 최대한 자네가 원
하는 것으로 장비를 구비할 수 있도록 힘써주지."

"호, 과연 보스라 불리우는 남자답군요. 모르는 일을 전문
가에게 맡기는 것은 당연한 일. 최고의 바다 사나이 폴컨을
찾아오신 건 훗날 분명히 현명한 선택이었다 생각하시게 될
겁니다. 하하하하하!"

태는 호탕하게 웃음을 터뜨리는 사내를 바라보며 톡톡 책
상을 두드렸다. 그의 맑은 눈으로 흘러나오는 수많은 말들이
머릿속을 울린다.

바다, 보물, 그리고 여자…….

넉살 좋게 웃는 폴컨의 얼굴 위로 그의 과거와 가까운 미래
가 파노라마처럼 스쳤다.

"자네는 분명 프로라는 이름을 달기에 어색하지 않은 사람
임에 틀림없네. 하나, 최근의 근황을 보노라면 미심쩍은 부분
이 없지 않아. 한때 네이비씰 전체에서도 가장 유능한 병사라
불리던 그 실력은 아직 건재한 것인가?"

“이거… 꽤나 난처한 질문이네요. 스스로의 모습에 자신감을 갖고는 있지만, 솔직히 말씀드리면 현역 시절의 모습에는 못 미칩니다. 한동안 손놓고 있던 것도 그렇고, 약은 아니지만 보드카와 여자에 절어 있었거든요.”

“…그렇군. 살짝 둘러 좋게 말할 수도 있는 일인데 그렇게 자세하고 진실하게 말하는 이유가 무엇인가?”

태는 방긋 웃는 폴컨을 똑바로 바라보며 물었다. 그가 어째서 그러는지, 무엇이라 말할지 모두 알고 있지만 그 이유를 묻지 않을 수는 없었다. 소위 미래라고 말하는 다음 시간은 지금의 연장선. 행동하지 않으면 그에 얽힌 미래는 없다.

‘보스가 마음을 꿰뚫는 눈, 이글 아이를 가진 자라 훈이 말했기 때문이죠.’

“보스가 마음을 꿰뚫는 눈, 이글 아이를 가진 자라 훈이 말했기 때문이죠.”

싱긋, 미소와 함께 퍼즐 조각처럼 딱 맞아떨어지는 폴컨의 목소리가 귓가를 울렸다. 방금 전 보았던 미래가 현실이 되는 순간. 태는 한없이 밀려드는 지루함을 느끼며 애써 웃음을 지어 보였다.

폴컨.

두 대의 인양선으로 대한 해협을 누비게 될 그의 푸른 미래가 머릿속을 무겁게 짓눌러 오기 시작했다.

Chapter 10

11월

따스한 과거의 땅 피렌체.

두모오가 올려다 보이는 한적한 집 안으로 시커먼 어둠과
도 같은 적막이 흘렀다.

침대 위에 누워 꼼짝도 하지 않는 누군가 때문이었을까?

영원히 깨어지지 않을 것만 같던 적막이 어둠 속에서 들려
온 목소리에 유리 거울마냥 쪼개어졌다.

"그가 어디까지 알고, 어디까지 파악한 것일까? 그는 강한
사람이야. 아니, 강할 수밖에 없는 사람인지도 모르지."

"……"

"그렇군. 자네는 그를 그렇게 생각하는구먼. '메시아'

라……. 만인이 기다리는 신의 사자가 그란 말인가? 왠지 우습구먼. 다른 이도 아니고 자네의 사념에서 그런 말이 나오다니 말이야."

"……."

"허, 그렇구먼. 비교할 수밖에 없는 비유라……. 자네의 뜻은 잘 알겠네. 하나 나는 그것이 그저 비유에 지나지 않는다고 생각지 않네. 그는 충분히 '메시아'가 될 자격이 있으니까. 하지만 지금 세상에 그는 필요치 않아. 그래, 원탁에서도 그의 처분을 원하고 있네. 힘을 빌려주시게. 우리는 자네의 해안이 필요하다네, 폴론."

숨소리조차 차가워진 침대 위로 작은 숨결이 새어 나왔다.

창밖의 세상처럼 세월을 먹고 낡아버린 담요와 그 밖으로 보이는 하얗게 야윈 손.

오랜 침묵에 귀기울이던 사내의 고개가 작게 끄덕였다.

"잘 알겠네. 자네의 말대로 하지. 접촉이라……. 과연 그가 자네의 뜻대로 될까? 그랬으면 좋겠군. 우리에게도 그에게도 그 뜻은 나쁘지 않을 테니까."

나지막이 내뱉는 말을 끝으로 사내는 침묵에 감싸인 방을 나섰다.

따사로운 햇살과 고풍스런 과거의 향수가 가득 배인 거리 피렌체.

사내는 바람조차 멈추어 선 듯한 집을 나서며 조심스레 손에 낀 반지를 쓰다듬었다.

원 위로 똬리를 틀고 가시들과 함께 화려하게 피어오른 장미들.

먼지라도 묻었을까 조심스레 반지를 닦아내던 사내의 얼굴에 만족스런 웃음이 걸렸다.

"House of Holy Spirit. 성령의 집이여, 나 그곳에 뜻을 심고 가노라."

11월 8일.

아직 동이 트지 않은 새벽. 태는 간밤에 내려온 두꺼운 서류철을 내려다보고 있었다. 흘깃 보는 것만으로도 이미 모든 내용을 알 수 있었지만 그는 의무적으로 서류철의 페이지를 넘겨 읽었다.

"베일에 싸인 신흥 첼시의 구단주의 행방이라……. 그리 오래가지 못할 방패지만 제법 효과가 있는 모습이군. 제퍼슨이 꽤나 골머리를 앓고 있겠는걸?"

서류철에 남겨진 각종 신문의 스크랩 기사를 읽는 태의 얼굴에 작은 웃음이 피었다.

동, 서양을 막론하고 신비함에 매력을 느끼지 않는 사람은 없다. 스스로를 상상하고 그 안에서 신비로움을 벗겨 나간다. 양파처럼 한 꺼풀 한 꺼풀을 벗겨낼 때마다 새롭게 드러나는 속살과 신비로움이 주는 이미지의 형상화. 그것은

말로 다 할 수 없는 이상적인 미의 쾌감을 모두에게 안겨준
다.

'더욱 시끄럽게 떠들어대야 해. 유진헌처럼, 그처럼 내 도
발에 묻어나도록. 나는 조용한 세상의 침묵을 깰 필요가 있
어.'

다 읽어 내려간 서류철을 보며 생각했다. 그에게 있어 세상
은 더욱더 시끄럽게 떠들어댈 필요가 있다. 유진헌을 만남으
로써 확신할 수 있었던 세상. 그 속을 알 수 없는 드넓은 곳에
는 그와 같은 능력자들이 있음에 분명했다.

똑똑.

얼마간을 그렇게 상념에 빠져 있었을까?

태는 귓가를 울리는 노크 소리에 긴 생각에서 깨어났다.

"보스, 실례되는 일인 것은 알지만 일어나셨다는 소리에
결례를 무릅쓰고 이렇게 일찍 찾아왔습니다. 시간이 되신다
면 들어가도 되겠습니까?'

"제퍼슨인가? 들어오게. 안 그래도 자네가 올린 서류를 훑
어보고 있던 참이었네."

"아, 그러셨습니까?'

태는 반색하며 반기는 제퍼슨의 목소리에 고개를 끄덕이
며 소파로 가 앉았다. 슬며시 열리는 문틈 사이로 보이는 익
살스런 얼굴의 제퍼슨. 그는 자리에 앉은 태를 향해 꾸벅 고
개 숙여 인사하고는 재빠르게 맞은편 소파에 자리를 잡고 앉

았다.

"그래, 무슨 일로 이런 이른 아침부터 날 찾은 것인가? 자네의 일이라면 이제 슬슬 소강상태에 접어든 것으로 알고 있는데."

"아, 예. 계약도 완료되었고, 밀려 있던 부채에 관한 일도 모두 처리했습니다만… 서류에도 올렸다시피 새로운 구단주에 대한 언론의 공세가 만만치 않습니다. 얼굴을 가린 채로 얼마간의 시간을 버틸 수 있을지 저로서는 이제 장담할 수 없습니다."

"흐음… 벌써 그렇게 되었는가? 새로운 리그의 시작 전까지는 시간이 충분할 것이라 생각했는데 생각보다 일의 진행이 빠르군. 아무런 대안도 없이 이야기를 꺼냈을 자네가 아니니 한번 말해보게. 자네는 어찌했으면 좋겠는가?"

작게 미소 지으며 묻는 태의 모습에 익살스런 제퍼슨의 얼굴이 진지하게 변했다. 말이 공신력을 얻고 믿음을 자아낼 수 있는 게 되는 것은 그 속에 담긴 뜻뿐만이 아니라 말을 하는 분위기와 전달법조차 포함된다는 것을 익히 알고 있었기 때문이다.

"사실 너무나 당연한 것들이라 대안이라 말하기도 그렇습니다만, 제 생각이 보스의 생각과 부합하기를 빌며 말을 잡아 봅니다."

제퍼슨은 고개를 끄덕이는 태를 보며 길게 숨을 한 번 고르고는 말을 이었다.

"보스는 지금껏 대외적으로 얼굴을 가린 채 활동해 오셨습니다. 증권 시장부터 부동산, 석유 산업과 IT시장 등 떠오르는 경제 시장 모든 곳에 손을 뻗으셨지요. 단기간에 걸친 사업 성장에 수많은 기업가들에게 원한을 사기도 했고요. 말씀드리기 뭐한 이야기입니다만, 전투조라는 사설 부대를 만들어야 했을 만큼 그 원한이 컸던 것도 사실이지요."

"흠… 그렇지. 돈과 경쟁이 굴러가는 곳에 원한이 없을 수는 없는 법이니까. 더 말해보게. 오늘따라 자네의 긴 사설이 싫지가 않군. 말을 끊을 생각이 없으니 부담없이 자네의 생각을 말해보게."

"감사합니다, 보스."

제퍼슨은 웃으며 말을 기다리는 태의 모습에 꾸벅 고개 숙여 경의를 표했다.

"보스가 고국으로 홀로 돌아가신다는 말을 들었을 때, 저희는 보스가 편안한 휴양을 원하고 계신다 생각했습니다. 한 가지 일에만 매달리는 저희와 달리 보스의 일은 범인이라면 생각지도 못할 만큼 커다란 포괄성을 가지고 있었으니까요. 한데 놀랍게도 돌아온 모국에서 보스가 선택하신 일은 휴양이 아닌 일이었습니다. 그것도 지금껏 얼굴을 감추고 활동하시던 경제에 관한 일이 아닌 연예계의 일이었습니다. 보스의 생각을 모르고 있던 저희로서는 모두 '오, 마이 갓!' 을 외칠 수밖에 없는 상황이었지요."

"오, 마이 갓이라니? 제법 쇼킹했던 모양이지?"

"물론이지요. 놀란 정도의 수준이 아니었습니다. 저희에게
는 미션 임파서블이라고 생각될 만큼 불가능하고 있을 수 없
는 일을 보스가 태연히 벌이고 계셨으니까요."

"아아, 그렇군. 다들 그렇게 생각하고 있었군. 나는 워낙
말들이 없어서 그러려니 생각하는구나, 했는데 말이야."

태는 살짝 흥분한 제퍼슨의 모습에 웃으며 말을 잘랐다. 흥
분에 겨워지기 전에 그는 한 번 호흡을 고를 필요가 있었다.

"휴, 제가 잠시 흥분해 말이 길어졌군요. 여하튼 간에 보스
의 일은 저나 다른 이들에게 꽤나 충격적인 일이었습니다. 지
금껏 얼굴을 가리고 계시던 보스가 스스로 어둠 속에서 걸어
나오신 일도 그렇고, 이번에 첼시라는 거대 구단을 구입하신
일도 그렇습니다. 돈이 된다고는 하지만 보스가 벌이시는 다
른 사업에 비해 그 수입이 그리 크지 않은 것이 사실이니까
요. 그렇다면 왜 보스는 이런 일을 추진한 것일까? 어쩌면 쓸
모없는 잡생각일지도 모릅니다만, 저는 보스의 생각을 알기
위해 최대한 머리를 굴려보았습니다. 그래야 보좌관으로서
보다 나은 견해를 전해드릴 수 있을 테니까요."

"역시 자네다운 생각이군. 그래, 그래서 내 마음을 알 수
있겠던가?"

"예, 보스가 벌이신 모든 일을 다시금 되뇌이면서 미흡하

지만 조금이나마 보스의 생각을 알 수가 있었습니다."

"호오, 그래? 어떻던가, 자네가 생각한 내 생각은?"

길게 흘러나온 제퍼슨의 말에 태는 싱긋 웃으며 물었다. 그가 하려는 말이 틀리지 않음을 알고 있었기 때문이다.

"보스는 혹 모국, 아니, 세상에 소란을 일으키고 싶으신 것 아닙니까? 세상에 숨은 주인공들, 경제의 검은 손이라 불리는 그들을 끌어내고 싶어 하는 것이 아닙니까?"

흥분해 이야기하던 제퍼슨의 얼굴이 한순간 차갑게 식었다.

"용케 거기까지 생각해 내었군. 그래, 그럼 그 이유에 대해서는 생각해 본 것이 있나?"

"아니요. 그 이상은 생각해 보지도, 생각하지도 않았습니다. 범인인 제가 알 수 있는 것은 보스의 행동뿐, 내면적인 생각은 이해하고 싶어도 이해할 수가 없는 부분입니다."

"그 말은… 내가 이해할 수도 없을 만큼 높은 천재란 말인가?"

슬쩍 고개를 내밀어 말하는 태의 모습에 제퍼슨은 작게 고개를 끄덕였다. 누가 그를 폄하한다 해도, 그가 천재인 것은 변하지 않는다.

세상을 살아나가는 지(知)와 사람을 끌어들이는 덕(惠), 그리고 그 모든 것을 유연하게 만드는 체(體).

그 무엇도 정해지지 않은 세상의 답안지에 매번 정답만을

잡아 적어 나가는 그를 천재가 아니면 달리 무슨 말로 표현할
수 있을까?

　제퍼슨은 싱긋 웃는 태를 보며 평소보다 낮게 고개를 숙였
다. 그것은 그를 존경하고 경외하는 마음을 담은 제퍼슨의 진
심 어린 부복이었다.

　"날 높게 평가해 주어 고맙군. 천재라……. 그 말처럼 달콤
한 말도 또 없지. 한데 자네는 자네 자신을 너무 낮췄어. 천재
에게는 천재가 어울리는 법이 아닌가? 자네 역시 내가 보기에
는 천재와 다름없네. 세상일에 자네만큼 박식한 이가 또 있는
가? 그렇게 고개 숙여 자신을 낮출 필요 없네. 자네는 이미 충
분히 자신을 낮춰 내 아래 조아리고 있으니까."

　"말씀, 고맙습니다, 보스. 하나 제가 천재라면 보스는 만재
는 되실 분. 어깨를 함께 둔다는 것은 보스를 향한 제 마음에
대한 배반입니다. 고개를 들고 어깨를 펴는 것은 다른 이들에
게 하는 것만으로도 만족합니다. 부디 그에 관한 말씀은 거두
어주십시오."

　태는 오히려 말하기 전보다 더욱 수그러든 제퍼슨의 고개
를 바라보며 피식 웃음을 터뜨렸다. 의도한 것이라고 할 수도
있고, 의도하지 않은 것이라고도 말할 수 있는 제퍼슨의 낮은
부복. 그것은 의무적이 되어버린 태의 현실에서도 다시 한 번
웃음을 주는 마음이었다.

　"자네의 뜻이 정 그렇다면 달리 뭐라 말할 필요는 없겠지.

그래, 자네가 한 말의 반쯤은 맞네. 나는 세상을 시끄럽게 만들어보고 싶었어. 왜냐고 묻는다면 글쎄, 딱 잘라 뭐라고 말하긴 힘들 것 같지만… 뭐랄까, 변덕이랄까? 아니면 심심해서? 내 마음대로 풀려가는 일이 재미가 없어졌기 때문이야.”

“그렇군요. 그렇다면 분명 저라도 세상을 시끄럽게 휘저어보고 싶어졌을 겁니다. 현 세상은 뛰어난 능력을 십분 발휘해야 살아남을 수 있는 매스미디어 속의 난세. 보스라면 그 중심에 설 수 있다 생각합니다.”

“호오, 제법 확신이 선 말인데, 어째서 그렇게 확신하지?”

웃으며 고개를 드는 제퍼슨의 모습에 태가 물었다. 그가 가진 확신의 마음이 머릿속 가득 닿았기 때문이다.

“손자(孫子) 모공편(謀攻篇)에 다음과 같은 말이 있습니다. 적을 알고 나를 알면 백 번 싸워 백 번 지지 않고, 나를 알고 적을 모르면 백 번 싸워 오십 번은 이길 수 있으며, 나도 모르고 적을 모르면 백 번 싸워 백 번 모두 진다(知彼知己 百戰不殆, 不知彼而知己 一勝一負, 不知彼不知己 每戰必敗). 제가 아는 보스는 섣불리 움직이실 분이 아니십니다. 세상을 시끄럽게 뒤집어 싸울 적이 모습을 드러낸다면, 분명 어둠 속에 숨었을 때와는 달리 드러난 적에 대해 누구보다 빠삭하게 알아낸 후 접근하시겠지요. 저 역시 마찬가지입니다. 보스만큼은 못 되어도 보스와 보스가 쥐고 계신 조직만큼은 그 누구보다도 훤히 알고 있지요. 적을 아는 보스와 보스를 아는 저, 이런 둘이라면 옛 손자의 격언처럼 백 번 싸워 백 번 이기진 못해도 지는 일은 없지 않겠습니까?"

"손자라……. 이번에 중국에 다녀오더니만 꽤나 번지르르한 말을 많이 배워온 모양이군. 그 믿음만큼 될지는 모르겠지만, 좋게 생각해서 나쁠 것은 없지. 고맙네. 아니, 고마워, 제퍼슨. 네 덕에 조금은 편하게 마음먹을 수 있겠어."

"하하! 고맙다니요. 저는 제가 해야 할 일을 한 것뿐입니다. 세계의 패자. 그 주인공을 모시는 이인자 자리라면 절대 사양하고 싶은 자리가 아니지요. 와하하하하하!"

제퍼슨은 방긋 웃으며 말하는 태의 모습에 연거푸 큰 소리로 웃음을 터뜨렸다.

훈 이외의 사람에게는 결코 허락지 않던 태의 살가운 짧은 말.

그 첫마디를 고맙다는 말로 장식한 제퍼슨은 눈물이 날 만큼 기뻤다.

"내 뜻을 알고 날 찾은 것이니 첼시 건에 대해서는 말하지 않아도 알고 있겠지?"

"아, 예. 대리인 없이 보스를 전면으로 내세울 생각입니다. 며칠 언론의 공세에 시달리셔야 하겠지만, 그 편이 가장 크고 효율적으로 세상을 흔들어놓을 일이 될 것이라 생각됩니다. 영국의 언론은 세상에 커다란 반향을 일으킬 만큼 빠르고 무섭지요."

"좋아. 언론 쪽 문제야 이미 시달려 본 경험이 있으니 상관없어. 중요한 것은 기사의 보도가 호도로 나느냐인데… 네가 보기엔 어때? 괜찮을 것 같아?"

"예, 악성 루머가 나오지 않도록 이미 철저하게 준비해 두었습니다. 각종 자선 단체와 손을 잡은 것은 물론, 일전에 미국에 뿌려두었던 인지도와 민심 역시 이미 붙잡아두었으니 그쪽 일에 관해서는 걱정하지 않으셔도 됩니다."

"좋아, 그럼 그에 대한 일은 모두 네게 위임해 두도록 하지. 11월, 세상이 발칵 뒤집힐 만큼 커다란 이름을 세우는 일. 그게 내 보좌관인 네가 할 일이야."

제퍼슨은 웃으며 자리에서 일어서는 태의 뒷모습을 바라보다 꾸벅 고개를 숙였다.

"예, 보스! 세상 그 누구도 보스의 이름을 모르는 사람이 없을 정도로 크게 그 이름을 세우겠습니다."

꾸벅 숙여진 제퍼슨의 눈가로 꾹 참고 있던 기쁨의 눈물이 흘러내렸다. 살가운 말과 더불어 어깨에 힘을 뺀 태의 뒷모습이 두 눈 가득 들어왔기 때문이다.

'보좌관이란 모시는 주인의 편한 뒷모습을 위해 존재하는 것이라 들었다. 나는… 유능한 보좌관이라 불렸지만 단 한 번도 내 주인의 편안한 뒷모습을 보지는 못했지. 내 주인은 언제나 날 믿지 못하고 경계했던 거야. 아들아, 누군가에 뒤에

설 수밖에 없거든 큰그릇을 진심으로 섬기거라. 삶에 마지막
이 홀로 외롭지 않으려거든 말이야.'

"…아버지……."

제퍼슨은 흐르는 눈물을 훔치며 조용히 아버지의 마지막
말을 뇌까려 보았다. 원하고 바랐지만 이룰 수 없던 아버지의
마지막 소망. 그 허물어지지 않던 마음의 벽이 허물어지고 있
었다.

11월 10일.

한 사람의 이름으로 세상은 얼마나 시끄러워질 수 있을까?
11월 10일 대한민국에 사는 모든 이들은 그런 생각을 떠올리
지 않을 수 없었다.

태.

이미 '한국의 스타 아이콘' 의 프로듀서로 익숙한 그 짧은
외자 이름이 한국의 연예계가 아닌 전 세계의 스포츠계의 스
포트라이트를 받으며 세상 위로 떠올랐기 때문이다.

— 첼시의 새로운 구단주 한국인으로 밝혀져…….

— 영국 축구의 명문 인수한 한국의 연예 기획사의 젊은 사장
태.

— 미국 타임지의 유망한 세계의 젊은 기업가 10인 후보에 오
른 태 사장.

매 시간 터져 나오는 각양각색의 기사가 언론을 뜨겁게 달궜다. 한국, 미국, 영국, 일본 할 것 없이 수많은 외신 기자들이 그와의 인터뷰를 위해 벌 떼처럼 한국으로 날아들었다. 지금껏 숨겨두었던 구단주 폭로의 후폭풍이 몰아닥친 셈이다.

"사, 사장님, 이, 이 말이 사실입니까?"

"체, 첼시의 새로운 구단주가 정말 사장님이십니까?"

태는 벌벌 떠는 목소리로 묻는 신 부장과 최 실장을 돌아보았다. 눈이 시뻘겋게 충혈된 것으로 보아 분명 간밤에 잠도 자지 못한 것이 분명해 보였다. 아마도 외신 방송에 놀란 기자들의 전화 러쉬에 생긴 후유증일 것이다.

"사실이니까 저렇게 기자들이 몰려왔겠지요. 거짓이라 말하기에는 판이 너무 크지 않습니까?"

"허, 허걱!"

태연히 웃으며 말하는 태의 모습에 신 부장과 최 실장의 입이 쩍 벌어졌다. 하고 싶은 말이 너무나 많은데 놀란 가슴에 입이 제대로 움직이지 않았다.

망치로 머리를 한 대 얻어맞은 것마냥 멍한 느낌.

따로 묻지 않아도 수많은 이들의 목소리가 머릿속으로 흘러든다. 호기심부터 존경과 경외심, 그리고 시기와 질투.

태는 자신의 걸음에 걸린 수많은 시선을 느끼며 어깨를 으쓱했다. 그들의 속마음에 일일이 답해줘야 할 의무는 그에게 없다.

"휴, 현재로서는 업무가 마비라고 봐도 무리가 없을 듯싶습니다. 기획사의 하부 직원들은 물론 문을 막고 있는 경비들에게까지 언론의 카메라와 마이크가 돌아가고 있으니 말 다한 거죠."

"그뿐만이 아닙니다. 대기업들의 홍보 팀에서 온 연락도 한두 건이 아닙니다. 첼시 선수 팀에게 무료로 제공하겠다고 핸드폰부터 옷가지까지 스폰서 제의가 끊이질 않고 있습니다."

"그렇군요. 번지수가 틀린 연락들이라니……. 그들은 일을 처음부터 다시 배울 필요성이 있을 듯싶어요. 연예 기획사와 축구 구단주의 일을 헷갈리다니 말이에요. 그들이 다시금 연락을 취해오면 우리와는 무관하다 전해주세요. 저희 샤이닝은 연예 기획사일 뿐이니까 말이죠."

"사, 사장님!"

신 부장은 어깨를 으쓱하며 웃는 태의 모습에 잠시 말을 더듬었다. 그의 말대로 연예 기획사와 축구 구단주의 일이 다른 것은 사실이지만 사장인 그가 같아서 벌어진 일이다. 그저 무관하다는 말로 넘어가기에는 그 한 가지 동일점이 너무나 컸다.

"하하! 신 부장. 저 역시 제 말이 우습다는 것은 잘 알고 있지만 실상이 그런 것을 어떻게 하겠습니까? 기획사의 일과 이

번 일은 분명 별개의 문제. 차후 함께할 일이 없다고는 못하
겠지만 첼시의 일을 다루는 것은 분명 이곳이 아닙니다."

"저 역시 첼시의 일을 저희가 다루겠다 말하는 것은 아닙
니다만… 적어도 이 사태는 어떻게 수습을 해주서야 하지 않
을까 싶어서 말입니다. 사장님이 사퇴를 하고 회사를 내놓지
않고서야 저희 기획사가 이번 일을 피해갈 방법은 없다고 생
각됩니다."

태는 어느새 놀람을 추스르고 채 사무적으로 돌아온 신 부
장을 바라보며 고개를 끄덕였다.

"그 일에 대해서는 준비해 둔 것이 있으니 마음 놓으셔도
됩니다. 첼시에 대한 일은 오늘 안으로 마무리를 지을 테니,
격정 마시고 하시던 일에 박차를 가해주시기 바랍니다."

"예, 알겠습니다, 사장님. 그럼 첼시에 대한 이야기는 이쯤
에서 접고 아침에 올린 일에 대해서……."

회의실의 들뜬 분위기를 잘라 나가는 태와 신 부장의 진지
한 이야기.

자리에 모인 직원들은 그런 둘의 모습에 들뜬 가슴을 억누
를 수밖에 없었다.

영국의 명문 클럽 첼시의 새 구단주라니…….

자리에 모인 이들은 다가설 수 없을 만큼 커져 가는 태의
모습에 기쁜 마음과 동시에 왠지 모를 안타까움을 느꼈다.

"후, 영화라… 끌리는 제안이기는 합니다만, 덥석 물어도

될 만큼 괜찮은 영화인지는 아직 확신이 안서는데요. 영화 제목이 뭐라고 했지요?"

"올드 보이입니다. 전작들에서 다소 마니아적인 성향이 드러나긴 했습니다만, 그는 분명 우수한 감독입니다. 이번 작품은 일본에서도 반향이 컸던 만화가 원작으로, 그만의 스타일로 원작을 각색해 세계에 내놓아도 나쁘지 않을 만큼 좋은 스토리를 완성해 냈습니다. 그가 원하는 배우도 현재 저희 기획사에 소속되어 있고 손을 잡는 것도 나쁘지 않을 거라 생각됩니다."

태는 확신에 가득 차 말하는 신 부장을 바라보며 조용히 고개를 끄덕였다.

"올드 보이라……. 좋습니다. 신 부장님의 안목을 한번 믿어보지요. 그의 계약 의사는 확실합니까?"

"예, 확실합니다. 사장님만 오케이하신다면 계약에 대해서는 더 이상 생각할 필요조차도 없습니다."

"좋습니다. 그럼 당장 사인하도록 하지요."

태는 환하게 미소 짓는 신 부장을 바라보며 손에 쥔 펜을 빠르게 놀렸다.

그날 저녁.

태는 기획사 주위를 둘러싸고 있는 기자들을 따돌린 채 서울 근교의 외딴 곳을 향해 차를 몰았다.

찬 겨울을 부르는 듯 하늘에서 내리는 부슬비와 떨어져 내리는 메마른 낙엽들. 곧 긴 겨울잠에 빠져들 산세(山勢)의 모습이 너무도 황량해 보였다.

"오셨습니까?"

어둠을 밝히는 태의 헤드라이트가 산기슭의 외딴 별장에 닿을 즈음 기다리고 있던 훈의 손에서 활짝 우산이 펼쳐졌다.

"서울 근교에 이런 곳도 있었네? 분위기로 봐서 여러 사람이 묻혀 있을 곳 같은데 어떻게 이런 데를 찾았어?"

"제가 찾은 것이 아닙니다. 그들의 안내를 받은 것뿐이죠."

"안내? 허, 누군지는 몰라도 웃기는 놈들이군. 좋은 곳만 찾아 안내해 줘도 모자랄 판에 이런 황량한 곳을 찾아주다니 말이야. 널 안내해 줬다는 안내자는 소양이 부족한 모양이지?"

"아니요. 그는 저에게 어울리는 더없이 친절한 안내자였습니다. 아주 친절한… 안내자 말이지요."

태는 차갑게 웃으며 말하는 훈의 모습에 어깨를 으쓱거렸다. 어두워 잘은 보이지 않지만 어깨 위로 동여맨 것은 붉은 피에 젖은 압박 붕대가 분명했다.

"그래, 그리 말하니 더욱 빨리 만나보고 싶어지네. 저기 저 안에 모여들 있는 거지?"

"예, 보스."

"그럼 거추장스런 우산은 접어두고 어서 문이나 열어줘. 오늘 밤도 잔뜩 일이 밀려 있으니까 말이야."

귀찮다는 듯 우산 밖으로 나와 걷는 태의 모습에 훈이 재빠르게 다가서 닫힌 별장의 문을 열었다.

끼이익—

장시간 사람에 손을 타지 않은 것인지 녹이 낀 철문이 기분 나쁜 소리를 흘렸다.

"여어, 이거 기다리시는 분이 많으셨군요? 어느 분이 BN기획사의 오용종 사장님이십니까? 초면이라 누가 누구신지 잘 모르겠군요. 어디 간단한 자기소개라도 할까요?"

"끄… 끄응……."

"으, 으윽……."

기분 좋게 웃으며 말을 꺼내는 태와 달리 별장 안의 상황은 말로 다 표현하기 힘들었다. 억지로 의자에 묶인 듯 피투성이가 된 사내들이 연신 흘려내는 피와 신음 소리만이 가득했기 때문이다.

"이거, 아무래도 자기소개는 힘든 것 같아 보이는데… 그럼 어쩐다? 제가 바뻐 일을 빨리 마무리를 지어야겠으니, 옛날 학창 시절에 선생님들처럼 두들겨 패서라도 답을 들어야 할까요? 이거 고민되네요. 훈, 넌 학창 시절이 없으니 모르겠지? 선생들이 학생을 어떻게 때리는지 말이야."

"잘은 모르지만 군대에서 조교관이 훈련 중 때리는 것과 대충 비슷하지 않을까요? 그것이라면 잘 알고 있습니다."

"호오, 그래? 흐음, 조교관의 훈련 중 매질이라……. 그걸 맞으면 정신이 번쩍 들고 뭐든 묻는 말에 대답하게 되던?"

"예, 묻는 말에 대답뿐만 아니라 행동도 빨라지게 되지요."

"호오, 그래?"

훈은 자신의 말에 턱을 쓸어내리는 태의 모습에 바닥에 뒹굴고 있는 쇠파이프 하나를 집어 들었다. 그가 명령을 내리면 금방이라도 쇠파이프를 휘두를 듯 손에 쥐어진 쇠파이프가 붕붕 허공을 갈랐다.

"히, 히힉! 아, 아니요! 나는 아니요!"

"나, 나 역시 아니오! 내가 아니라 저기 저 구석에 있는 저 놈이 오용종이요!"

"음? 아, 그렇군요. 말하시길 싫어하는 것 같아서 방법을 좀 궁리해 볼까 했는데 번거로움을 덜어주시는군요. 감사합니다. 저분이었군요, 오용종 사장님이라는 분이."

태는 겁에 질린 사내들을 쓸어보며 말이 나온 별장의 구석진 곳을 향해 몸을 돌렸다.

오용종 사장.

며칠 전 훈에게 맡겼던 일이 이제야 끝이 난 모양이다.

"이렇게 만나 뵙게 돼서 영광입니다, 오용종 사장님. 거기 가슴에 있다는 그게 숱하게 들어오던 백호인 모양이죠?"

"나, 나는……."

시퍼렇게 멍들고 부어오른 오용종의 입술이 작게 달싹거렸다. 얼마 전까지만 해도 떵떵거리며 소리치던 목소리는 죽은 듯 터져 나오지 않았다.

"생각지도 않은 접대는 잘 받았습니다. 며칠간 꽤나 시끄러웠지요. 뭐, 덕분에 안 하던 운동도 하고 좋았습니다만… 그렇다고 기분이 좋은 것은 아니더군요. 트레이너들의 입이 좀 험하더라고요."

"그, 그건……."

"아아, 변명이라면 됐습니다. 변명할 것도 없는 일이니까요. 상황이 이렇게까지 왔는데 이제 와서 나는 모르는 일이라 말하고 싶으시진 않겠죠?"

"하, 하지만……."

태는 바들바들 입술을 떠는 오용종을 보며 어깨를 으쓱거렸다. 겉으로는 겁에 질려 떨고 있는 것처럼 보이지만 속마음은 그게 아니다.

'이 자리만 빠져나가자.'

오용종은 현 상황을 벗어난 이후의 복수로 머릿속을 채워 나가고 있었다.

"사람은 자기에 맞는 분수라는 것이 있습니다. 물 1리터를 담을 수 있는 병에 2리터의 물을 담을 수 없듯 작은 그릇으로 큰 그릇을 덮기란 불가능한 법이죠, 오용종 사장님."

"그, 그 말은 무언가? 내가 1리터짜리의 물병이고 자네가 2리터짜리의 큰 그릇이다 이건가?"

태는 발끈해 소리치는 오용종을 바라보며 툭툭 손가락을 튕겼다. 아무런 의미 없는 동작이었지만 오용종은 그런 태의 모습에 놀라 냉큼 벌린 입을 닫았다.

"제 말에 비교하면 그런데… 사실 사장님과 저는 질적인 양부터가 다르죠. 사장님이 그렘이라면 저는 톤이고, 사장님이 톤이라면 글쎄요, 저는 아마 무게 단위로 환산할 수 있는 무게가 아닐 겁니다."

"뭐, 뭐라고?!"

"왜요? 틀린 것 같습니까? 지금은 이렇지만 제대로 했으면 거기 묶여 있는 것이 저라도 될 거라 생각하고 계신 겁니까?"

"……."

"망상은 하지 않는 것이 좋습니다, 오용종 사장님. 주위를 둘러보십시오. 사장님을 지켜주던 모든 이들이 한데 묶여 있는 것이 보이지 않습니까?"

"이, 이건 단순한 사고일 뿐이다. 너희는 아직 몰라. 여기 계신 동생 형님들의 조직은 더욱더 크고 엄청난……."

벌겋게 달아오른 오용종의 말에 태가 어깨를 으쓱해 보였다.

빠악!

순간 욱신거리는 근육을 끊어놓을 듯한 커다란 고통이 복부를 향해 꽂혔다.

"케, 케엑!"

내장이라도 쏟아낼 듯 거칠게 토악질을 해대는 오용종의 모습에 태의 고개가 휘휘 저어졌다.

"이봐, 훈. 내가 알기로 너는 그렇게 쇠파이프로 때리는 것보다 현 상황을 인식시키기에 배는 더 좋은 방법들을 많이 알고 있다던데, 가장 단순하고 빠른 거 하나만 말해주겠어? 아무래도 나보다도 나이가 많으신 분이 맞는 것을 보니 마음이 좀 거북하군. 소리도 듣기 좋지 않고."

"고문법 말씀이십니까?"

신음하는 사람을 앞에 두고도 마치 아무 일 없었다는 듯 태연한 훈의 목소리에 귀를 기울이고 있던 이들의 몸이 딱딱하게 굳었다. 훈의 지금 모습은 그들에게는 사신과도 같았나.

"고문? 흠, 같은 말이라도 그렇게 들으니 좀 살벌한데? 좀 언어를 순화해서 토설법? 이것도 아니고… 과격한 사랑의 매쯤 되려나? 그래, 뭐, 그렇다고 해두고, 어떤 것이 있는데?"

"가장 간단한 방법으로는 단지(斷指)가 있는데… 출혈이 심해 지혈제가 준비되지 않은 지금 사용하기에는 조금 힘들 것 같습니다."

"단지? 휴, 그건 너무 살벌한 것 같은데 뭐 다른 것은 없어?"

훈은 과장스럽게 몸서리를 치며 말하는 태를 보며 손에 쥔 쇠파이프를 바닥에 내려놓았다.

"출혈도 적고 가장 효율적인 방법으로는 손톱 깎이가 있습니다."

"손톱 깎이?"

태는 무뚝뚝한 표정으로 고개를 끄덕이는 훈을 바라보며 되물었다. 그들의 대화가 자리에 모인 이들에게 어떤 모습으로 들릴지 누구보다 잘 알고 있었기 때문이다.

"길지 않은 생 손톱을 파고들어 깎는 겁니다. 일 밀리씩… 생 손톱이 깎여 나가는 고통은 혀를 깨물고 자결하는 것보다 더욱 고통스럽다고들 하더군요."

"호, 생 손톱을 자른다라……. 그거라면 출혈도 적고 크게 잔인해 보일 것 같진 않은데? 비밀 부대라는 것은 역시 굉장하구나. 그런 것을 일일이 가르치나 보지?"

"아닙니다. 부대 내에서 가르치는 고문에 대한 것은 극소량에 불과합니다. 고문을 배우고 겪게 만드는 것은 동지가 아닌 적이지요."

너무나 태연한 둘의 대화와 달리 주변의 사내들은 그들의 말에 오금이 저릴 만큼 커다란 공포를 느꼈다. 불과 한 시간 전만 해도 뻥이라고 비웃었을 이야기가 이제는 논문의 법칙만큼이나 절대적인 믿음이 되어 들려왔다.

삼십 대 일.

그 말도 안 되는 인원을 누르고 당당히 기절한 자신들을 모아다 묶어놓은 사내가 바로 눈앞에 있었기 때문이다.

"이, 이보게, 우리는 아무런 이의도 말도 없네. 자네에게 복수하겠다는 생각은 추호도 없어."

"무, 물론 나 역시 같은 생각이네. 내 한때 저 아우의 밥을 좀 얻어먹어서 손을 빌려준 것뿐이지, 그 이상 아무것도 없어. 이만하면 해줄 것 다 해주었고… 또 우리 조직은……."

자리에 모인 사내들의 입에서 아우성이 터져 나왔다. 캑캑거리며 토막 난 숨을 뱉는 오용종 사장과 같이 덩달아 고문을 벌고 싶지는 않았다.

"응? 아아, 그럴 수는 없지요. 이미 저지른 일, 발뺌하기에는 늦었다는 생각이 들지 않습니까? 여러분은 오용종 사장이라는 배를 타고 저라는 바닷속에 들어와 있습니다. 이제 와서 내리다고 해서 유지가 아니란 말이죠."

"그, 그런……!"

태는 공포에 질린 눈으로 떨고 있는 사내들을 돌아보며 피식 웃음을 터뜨렸다. 어째서 사람들이 폭력이 취해가는지 알 것만 같았다.

"답은 두 개입니다. 오용종 사장과 함께 모두 죽든가, 아니면 가진 모든 것을 내어놓고 조용히 이곳에서 몸을 털든가. 그 두 개 외에 여러분에게 쥐어진 다른 답은 없습니다. 조직, 그리고 쥐고 있는 사업채, 그 모든 것을 제게 넘겨주서야겠습니다. 저도 밑지는 일에는 관심이 없어서 말입니다."

"아아아……!"

싱긋 웃는 태와는 반대로 말을 들은 사내들의 얼굴이 절망으로 물들어갔다.

조직과 사업체.

　　평생을 걸어 일군 삶의 지반이 한 사내에게 넘어가려 하고
있었다.

＊　　　＊　　　＊

　　"왜 그러셨습니까?"
　　매매 계약서와 권리 이양서를 손에 쥔 태의 모습을 보며 훈
이 물었다. 그렇게까지 몰아세웠어야 할 일일까? 비통하게
울부짖던 사내들의 모습이 아직도 눈에 선하다.
　　"以直報怨(이직보원) 以德報德(이덕보덕). 원망하는 이에 대
해서는 공명정대한 태도로 보복하고, 은혜를 입은 이에게는
은혜로써 보답하라. 나는 공자의 말을 그대로 따랐을 뿐이
야."
　　"보스가 잘못했다 말하는 것이 아닙니다. 제가 묻는 이유
는… 오늘의 보스가 평소와 달라 보였기 때문입니다. 난폭한
느낌이랄까? 오늘의 보스는 분명 그 어떠한 날과도 닮지 않은
모습이었습니다."
　　"그래? 내가 멍청한 걸까? 나는 네가 도대체 무슨 말을 하
고 있는 것인지 잘 모르겠군. 내가 행동하고 내가 말하는 것
은 모두 내가 하는 거지 결코 내가 아닌 남이 하는 것이 아니
야."
　　"보스, 제 말은 그런 것이 아니라……."

"그만 해. 그런 말이라면 더 듣고 싶지 않아. 이제 겨우 나와 함께 몇 달 지났을 뿐인데 날 다 알고 있다고 생각하는 건가? 내가 몇 번 네 눈과 직감을 치켜세워 줬다고 너무 기고만장해 있군, 훈."

"아, 아닙니다, 보스. 제가 실언을 했습니다. 용서해 주십시오, 보스."

훈은 날카로운 화살촉처럼 되돌아온 말을 받으며 꾸벅 고개를 숙였다. 비꼬인 태의 말에 시퍼런 날이 서 있다는 것을 느낀 것이다.

"그런 인사는 별로 받고 싶지 않으니 일어서. 돌아간다. 일이 밀려 있는 곳, 내가 살아 있음을 알릴 곳으로."

태는 고개를 숙이고 있는 훈에게는 눈길도 주지 않은 채 세워둔 차의 뒷좌석을 열고 들어가 좌석에 털썩 주저앉았다.

마음이 무겁다. 그가 걱정해서 꺼낸 말이라는 것은 잘 알고 있지만 받아들이는 마음은 그렇지 않았다. 그의 말이 현재의 고민과 맞닿아 있었기 때문이다.

'훈의 말대로 그때의 나는 다른 사람이었는지도 몰라. 아카식 레코드, 그 안에 담긴 내가 아닌 또 다른 누구였을지도 몰라. 그래, 지금에 나는 내가 아닐지도 몰라……'

철퍽철퍽.

흙탕물을 튀겨내는 차 안에서 태는 그렇게 깊은 생각 속으로 빠져들었다. 미래, 현재, 과거뿐만 아니라 흘러드는 타인

의 감정이 너와 나로 대표되는 내면적 자아까지 점점 모호해
지기 시작했다.

"나는… 나인가?"

차 소리에 묻힌 태의 작은 웅얼거림이 작은 한숨이 되어 날
렸다.

*　　　*　　　*

"이번에 한국 선수의 영입이 있을 거라는 추측이 있던데
사실입니까?"

"첼시 매입에 열을 올리고 있던 러시아의 부호 로먼스를
물리치고 따낸 구단주의 자리라 그 가격에 대한 궁금증이 많
은데요. 공개하실 수 있겠습니까?"

자리한 수많은 기자들의 질문과 함께 사방에서 카메라의
플래시가 펑펑 밝은 빛 무리를 터뜨렸다. 월드컵 개최로 한국
에 몰아친 축구 열풍이 거대한 태풍이 되어 한반도에 쏟아져
내리고 있었다.

"첼시 매입에 대한 구매가에 관해서는 당분간 말을 아낄 생
각입니다. 이제 부임한 새내기가 돈만 앞세운다는 소리를 듣
고 싶지 않기도 하고, 자칫 전 구단주에게 실례가 될 수도 있는
말이기에 그 점에 대해서는 양해해 주시면 감사하겠습니다."

"네, 그렇군요. 그렇다면 차후에는 공개가 가능할까요?"

“예, 나중에 적당한 시기가 되면 그때 가서 이야기하도록
하죠. 그때까지는 아쉽겠지만 그에 대해서는 함구하겠습니
다.”

딱 잘라 대답을 거부하는 태의 모습에 자리에 앉은 기자들
의 펜이 빠르게 움직였다. 그의 한마디 한마디가 톱이 되는
시기다. 사소한 말 한마디일지라도 내일 자 신문을 생각해 적
어두는 것이 낫다 싶은 것이다.

“음… 그럼 구단 구매가에 대해서는 미뤄두기로 하고, 한
구 선수에 대한 영입 문제는 어떻게 히실 생각입니끼? 들리는
이야기로는 첼시의 스카우터가 몇몇의 한국인 선수에 대해서
검토 중이라 알고 있는데 사실인가요?”

“흐음… 그건……..”

기대에 가득 찬 시선들을 바라보며 태는 일부러 말을 끌었
다.

플래시를 터뜨리는 수많은 사람 중 지금 이 순간 긴장을 하
지 않은 이가 몇이나 될까?

기자들을 죽 훑어보던 태의 입술이 작게 열렸다. 지금 이
순간만큼은 누가 뭐라 해도 그들의 세상 속 주인공은 태다.

“실력이 있는 선수라면 그 누구라도 영입 대상에 들어갑니
다. 한국에 좋은 선수가 있다는 소리가 들리니 그들이 움직이
는 것도 당연하지요. 조만간 이 자리가 아닌 다른 자리에서
말이 나오지 않을까 싶군요.”

“그 말씀은 한국인 선수의 영입이 있다는 말씀이십니까?
시원하게 말씀 좀 해주십시오.”

“말씀 좀 해주세요!”

의미심장하게 웃는 태의 모습에 자리에 앉아 있던 기자들
의 입에서 아우성이 터져 나왔다.

모든 이들이 바라고 기대하는 초특급 특종!

보다 밝은 내일을 위해 마이크를 들이밀며 아귀다툼을 벌
이는 기자들의 카메라 셔터가 연신 빛을 발했다.

11월 15일.

태는 눈부시게 빛나는 햇살 아래 얼굴을 찡그릴 수밖에 없
었다.

난생처음 보는 블론드 헤어의 외국인.

지금껏 본 적 없는 눈앞의 그를 보며 마른 입술을 핥으며
입을 열었다.

“Who are you?”

나지막이 흘러나온 태의 목소리에 굳어 있던 외국인의 입
술이 살짝 말려 올라갔다.

“오면서 마주쳤던 이들처럼 듣기 거북한 영어가 아니군요.
수사님들에게 이야기 많이 들었습니다. 이렇게 만나 뵙게 되
어 영광입니다, 보스 태.”

“으음?”

햇빛을 머금은 미소가 꽃처럼 아름답게 피어오른다.

최근 세상을 달구고 있는 소위 얼짱이라 불리는 이들이 이러할까?

태는 기분 나쁠 정도로 유창한 한국어 실력을 뽐내는 외국인을 올려다보며 툭툭 이마를 두드렸다.

"그렇군. 내 이야기를 많이 들었다니 자기소개는 필요없을 것 같고… 그렇다면 자네에 대해서 말해주지 않겠나, 이방인?"

"아, 물론 그래야죠, 보스 태. 저는 샤웰이라 합니다. 수인 님께서 보내셔서 먼 길을 '걸어' 왔지요. 당신이 일어나기까지 기다린 것을 포함하자면 참 오랜 시간이 걸렸군요. 일단 이야기가 길 텐데… 어디 앉을 곳이 없을까요? 오랜만에 입을 열어서 그런지 목이 칼칼하기도 하군요."

"옆에 서재가 있으니 그곳으로 가지. 포트 위에 차가 있으니 마셔도 좋아."

"쌩큐, 보스."

손을 까닥거리며 걸음을 옮기는 샤웰의 뒷모습에 태는 지끈거리는 이마를 꾹 내리눌렀다. 지팡이를 잃은 장님처럼 새하얗게 번진 앞길에 잠시 놀란 가슴을 쓸어내렸다.

이것을 기대하며 기다린 나날들이 아니던가?

짜증 날 정도로 머리를 두드리는 사념들을 휘휘 고개를 저어 털어냈다.

"…그래도 뭉개진 이것들은 정말이지, 짜증스럽군."

외투를 걸치는 태의 입술이 작게 씰룩였다.

테이블 사이로 마주한 샤웰과 태는 한동안 아무런 말도 나누지 않았다. 기 싸움이라도 펼치려는 것일까? 차를 홀짝이던 샤웰이 긴 침묵을 깨고 말문을 열었다.

"궁금한 것이 꽤나 많을 텐데 생각보다 태연하군요. 역시 '그분' 이 말씀하신 분. 기대했던 것 이상이군요."

"후우, 글쎄… 높게 쳐주는 것은 고맙지만 사실 별로 태연하진 않아. 무슨 말을 꺼내야 할지, 지금 이 상황이 어떤지 알지 못하니 입을 다물고 있을 뿐이야."

"그렇습니까? 꽤나 솔직한 대답이군요. 뭐, 어차피 서로가 서로를 속일 재간도 없는 상황이니 그 편이 맞겠지만… 나는 당신이 마음에 드는군요, 보스 태."

"그것참, 고맙다고 해야 하나? 아직은 자네가 어떤 사람인지 확신할 수가 없으니 뭐라 말하기가 그렇군. 샤웰이라고 했지? 말을 듣자 하니 누군가를 대신해 온 대리인쯤 되는 듯한데 편하게 말하지. 그래, 자네는 누구고 어떻게 지금 이곳에 앉아 있을 수 있는 거지? 내 침실은 그렇게 호락호락한 곳이 아닌데 말이야."

"음… 글쎄요. 방에 들어오게 된 경위는 제 개인적인 비밀이라 안 되겠고, 저에 대한 간단한 소개라면 로얄 나이트 플로워님의 종이랄까요? 그렇게 말하는 것이 맞겠군요."

"로얄 나이트의 플로워? 샤웰?"

말을 되묻는 태의 모습에 샤웰이 고개를 끄덕이며 웃었다.

생판 본 적도 없는 사람에게 이렇게나 살갑게 대할 수 있는 사람이 또 있을까?

태는 아무리 뚫어지게 바라보아도 흘러들지 않고 꽉 막힌 정보에 휘휘 고개를 가로저었다. 뭉개져 흘러들던 유진헌과는 또 다른 정보의 오류다.

"후, 말을 잘 들어줘서 고맙군. 그럼 이왕 묻는 김에 몇 가지 더 묻지. 나는 어떻게 알고 있고, 이곳에 지키고 선 그들은 어떻게 한 거지? 이곳까지 오는 길에 깔린 경비 인원의 수가 적지 않았을 텐데… 설마 그들을 다 쓰러뜨리고 온 것인가?"

"아, 훈 씨와 그 동료들을 말씀하시는 겁니까?"

태는 활짝 웃으며 말하는 샤웰의 모습에 살짝 몸을 당겨 근육을 풀었다. 멈춰 선 듯 천천히 흘러가던 시간이 초시계처럼 빠르게 내달리기 시작한다. 쿵쾅대는 심장도 긴장에 바짝 말라오는 목 줄기도 모두 두루뭉술한 과거가 아닌 현재가 되어 긴장한 몸을 두드렸다.

미래와 사고가 보이지 않는 사람.

철저한 현재에 부딪친 태의 눈빛이 날카롭게 빛났다.

"그분들이라면 지금도 문밖을 철저히 지키고 계십니다. 저는 단순한 그들의 종일 뿐 기사가 아닙니다. 싸우는 것은 제 전문 분야가 아니란 말이죠."

"…그렇군. 적어도 거짓말을 하는 눈빛은 아닌 것 같으니 한마디로 그들의 눈을 속이고 들어왔다는 말 같은데… 굉장한걸? 그런 일을 벌일 수 있는 사람이 있을 것이라고는 생각지도 못했는데 말이야."

"하하, 무전 한 통이면 다 알게 될 사실을 제가 거짓말해 무엇 하겠습니까. 거짓말은 유익하지만 유용한 것은 아니라 알고 있습니다, 보스 태."

"잘 아는군. 말이 통하는 상대가 첫 포문을 열어 다행이야. 사실 나 역시 꽤나 고민이 많았거든. 어떤 상대가 어떤 식으로 접근하게 될지 말이야."

"아, 그렇겠지요. 사실 세상은 두려움의 연속……."

태는 찻잔을 집어 들어 말을 꺼내던 샤웰을 향해 있는 힘껏 찻잔을 내던졌다.

촤아악!

힘껏 던져진 찻잔이 커다란 파공성을 울리며 말하고 있는 샤웰을 덮쳐 나갔다. 포트에서 꺼낸 지 그리 오래되지 않은 찻물이 뜨거운 증기를 뿜어대며 허공으로 흩날린다.

눈과 귀, 그리고 약간의 행동 제약을 불러올 수 있는 찰나의 시간.

태는 날아드는 찻잔에 놀란 샤웰을 보며 힘껏 몸을 튕겨 서랍 위로 넣어둔 데져트 이글을 꺼내 들었다.

찰칵!

"네가 내게 얼마나 호의를 가지고 있는지는 모르겠지만, 나는 너를 몰라. 게다가 네 모습이 그리 마음에 드는 것도 아니야. 너를 보냈다던 나이트 플로워에게 그런 말을 듣지 못했나? 성격이 생각보다 다부지다는 말, 말이야."

"우왓! 물론 들었습니다. 그래서 이렇게 정중하게 찾아온 것인데, 제 태도가 마음에 들지 않았나 보지요?"

와장창!

던져진 찻잔이 벽으로 내동댕이쳐지며 산산이 부서져 바닥으로 떨어져 내렸다. 찰나의 시간, 급변한 상황임에도 샤웰의 표정에는 큰 변화가 없다. 오히려 예상했다는 듯 전보다 더 짙어진 웃음만이 얼굴에 감돌 뿐이다.

"나이트 플로워님은 현 장미 십자회를 이끌고 계신 로얄 나이트이십니다. 당신은 아직 잘 모르겠지만, 우리 장미 십자회는 그리 녹록한 단체가 아닙니다."

"아아, 그 정도쯤 말하지 않아도 알고 있어. 내 방에 들어온 네 모습만 보아도 그 정도는 감이 오니까."

태는 찻잔을 피해낸 채 차가운 눈빛을 쏟아내는 샤웰을 바라보며 머리가 잔뜩 지끈거려 오는 것을 느낄 수 있었다.

장미 십자회와 로얄 나이트.

　그리고 자신을 그런 로얄 나이트의 종이라 밝힌 샤웰까지…….

　멈춰 선 아카식 레코드가 다시 돌기까지 태는 잠시 머리가 지끈거리는 고통을 참을 수밖에 없었다.

　"무슨… 말을 하기 위해 네가 날 찾아 이곳으로 숨어들어왔는지는 모르겠지만 사람은 사람을 속일 때 웃는다고, 그리 차가운 웃음으로는 믿음과 신용을 얻지 못해."

　"예? 그게 무슨 말씀이십니까?"

　"말 그대로야. 훈에게 들을 때는 몰랐지만 이렇게 마주하고 보게 되니 정확히 알아보겠군. 네 웃음에는 진심이 없어. 그저 잘 꾸며 포장된 포장지의 느낌이 날 뿐이야. 감정을 잔뜩 억압한 그 눈빛만 봐도 그렇잖아? 그런 눈을 하고 있는 사람에게는 들개들도 함부로 다가서지 않아."

　"이거… 생각보다 예리하신데요? 뭐, 그러니 하나의 조직화된 단체를 수장으로서 이끌 수 있는 것이겠지만… 의표를 찔렀달까? 제법 눈썰미가 좋으시네요."

　태는 어깨를 으쓱하며 말하는 샤웰의 모습에 권총을 꽈악 말아 쥐었다. 태어나서 한 번도 쏘아본 적 없는 권총이지만 상관없다. 권총을 손에 쥔 순간, 총의 상태는 물론이고 탄환의 모습까지 생생히 머릿속에 각인되었기 때문이다.

　"아아, 가끔이지만 그럴 때가 있잖나? 뭐랄까. 평소보다 몇 배는 몸이 예리해진 느낌이랄까? 검을 잡은 이들이 이야기하는 날이 선 감각이라는 것. 그게 아마 지금에 내 상태일 거야."

"호오, 그렇습니까? 그거 굉장한 일이네요. 사실… 저 역시 그렇거든요."

싱긋 웃으며 흔들리는 어깨.

태는 말을 끝맺음과 동시에 샤웰의 주먹이 곧게 뻗어오는 모습에 깜짝 놀라 몸을 틀었다.

쐐악!

머리에 전해진 것과 서의 나를 것 없는 시산 자.

태는 볼을 스치듯 날아 들어간 샤웰의 주먹을 바라보며 있는 힘껏 발을 차올렸다.

빠악!

맨 발등을 타고 흐르는 따끔한 전류처럼 샤웰의 턱을 후려 찬 태의 얼굴이 잠시 고통에 구겨졌다. 크게 스트레이트를 뻗은 틈으로 정확히 턱으로 올려 차기가 들어갔다.

자칫 잘못하면 뇌진탕을 일으킬지도 모를 회심의 일격.

태는 휘청거리는 샤웰을 보며 그렇게 낯선 이방인이 바닥으로 함몰하길 기다렸다.

"그러니까… 원래대로라면 제가 지금 쿵! 하고 쓰러져야 하는 것이겠죠, 보스 태?"

"아……!"

사나운 눈빛을 누그러뜨린 채 흔들리던 샤웰의 고개가 바로 섰다.

"몸을 한번 격하게 움직이고 나면 근육이 이완되어 긴장이 풀린다고 하더군요. 짧지만 긴장 따위는 한 방에 날려 버릴 일이었죠."

"……."

태는 싱긋 웃으며 의자에 앉는 샤웰을 바라보며 작게 호흡을 골랐다. 겉으로는 태연한 척 눈웃음을 짓고 있지만 놀란 가슴은 지랄 맞게 뛰고 있었다. 건장한 사내들도 단방에 바닥으로 고꾸라뜨릴 만큼 정교하고 힘있는 차기였다. 프로 헤비급 선수면 모를까, 저런 얇고 호리호리한 목으로는 절대 버틸 수 없는 한 방이다.

'위험해.'

전보다 더욱 심하게 몰려드는 긴장감에 온몸의 털이 바짝 곤두섰다.

"긴장은 오해를 낳고 오해는 불화를 낳으며 불화는 후회를 불러오게 되지요. 그저 편하게 이야기를 들어주십시오. 저는 거짓말을 하지도, 또 속이려 하지도 않습니다."

"나 역시 편하게 그 말을 그대로 믿고 싶어. 하지만 너와 나 사이에는 그런 믿음이 존재치 않아. 서로를 믿는 데는 시간이 필요하다는 것을 모르나?"

"알고 있습니다. 하지만 앞서도 말했든 불신과 불화는 후회를 불러올 뿐입니다. 현명하게 생각하여 이야기를 들어보시는 게 어떻습니까, 보스 태?"

꾸벅 고개 숙여 예를 갖춰 말하는 샤웰의 모습에 태가 자리에 앉아 말했다.

"이야기라……. 전적으로 믿는다고는 할 수 없지만 들어는 보지. 내게 전하고 싶은 말이 무엇인지 말이야."

"감사합니다. 그럼 사양치 않고 말씀드리겠습니다."

태는 긴 말을 위해 잠시 호흡을 고르는 샤웰을 보며 허락한다는 듯 고개를 끄덕였다. 그가 얼마나 긴 이야기를 어떻게 꺼내려는지 보이지는 않지만, 호흡을 고르고 찻물로 마른 입술을 적시는 것을 보아 보통 긴 이야기가 아닐 거라는 생각이 들었다.

"앞서 말했듯 저를 이곳에 보내신 분은 현 장미 십자회를 이끌고 계신 로얄 나이트 플로워님이십니다. 현재 몇 남지 않은 진정한 기사 분 중의 한 명이시죠."

"로얄 나이트 플로워라……. 기사니 뭐니 떠드는 걸로 보아 작위를 가진 영국의 부호인가?"

"그럴 리가요. 그분을 그런 껍데기만 뒤집어쓴 쓰레기들과 비교하는 것은 저희에 대한 모독이자 모욕입니다, 보스 태. 그분은 그런 쓰레기들과는 다른 진정한 기사입니다."

"후, 그런가? 그래, 뭐, 그렇다 치고 넘어가고. 궁금한 게 있는데 물어도 되겠어?"

"제가 아는 것이라면 기꺼이 답해드리겠습니다, 보스 태.

어려워 마시고 궁금하신 것이 있거든 말씀주십시오."

"아, 그래. 고맙군. 그럼 사양치 않고 묻지. 장미 십자회라는 게 도대체 뭐야? 지금은 기사들이 날뛰는 중세가 아닌 현대야. 케케묵은 나이트라는 호칭에, 그와 네가 속한 그 단체는 무엇이지? 또 왜 그런 그들이 나를 찾은 거야?"

"그건……."

샤웰은 봇물처럼 쏟아져 나오는 태의 질문 공세에 잠시 말을 늘였다. 가뜩이나 의심받고 있는 판에 섣불리 말해 화를 부르고 싶지는 않은 것이다.

"아시는지 모르겠습니다만, 세상에는 아직 수많은 기사들이 존재하고 있습니다. 맹약과 신념을 때문에 겉으로 드러나지 않을 뿐 그들의 영향력은 과거보다 더욱 커졌습니다."

"영향력이 더욱 커졌다?"

태는 작게 고개를 끄덕이는 샤웰을 보며 고개를 갸웃거렸다. 그러고 보니 언젠가 오래된 세계사에서 흥미있게 읽은 기억이 난다.

장미 십자회.

시온수도회로 더 유명한 그 이름이 왜 이제야 기억나는 것일까?

태는 아차하고 놓쳐 버린 자신의 기억을 다시금 추스려 보았다. 그것은 아카식 레코드가 의도적으로 누락시킨 지식에 관한 옛 기억을 되돌리는 기이한 일이었다.

"세상은 변했지만 사람은 변하지 않았습니다. 오래전과 다를 것이 없지요. 국민이 정치를 하고 비밀이 없는 세상이라고들 말하지만, 글쎄요. 과연 그럴까요? 말 한마디로 세상을 바꾸는 일, 이전에는 불가능했던 그 일이 현재는 가능하게 되었습니다. 부익부 빈익빈이라고 하던가요? 세상은 국민에게 돌아간 것이 아니라 전보다 더욱 철저하게 그들의 손에 넘어간 것입니다."

"아, 그래. 뭐, 그렇게도 생각할 수 있겠지. 실제로 이전에 귀족이었던 특권층들이 아직 현시대에도 대부호로 남아 있는 케이스가 적지 않으니까. 그래서 전하고자 하는 요지는?"

"그분께서 주인님께 전하사, 보스 태를 만나보라 하셨다 하셨습니다. 정확히 어떤 이유에서 무슨 뜻으로 그렇게 말씀하셨는지 저는 모릅니다. 모든 것은 그분과 주인님께서만 알고 계신 것. 저는 그저 전할 뿐이죠."

"주인이라는 것은 나이트 플로워라 말한 그일 테고… 그분은 또 누구지? 너희를 이끌고 있는 것은 나이트 플로워라 하지 않았나?"

"예, 맞습니다. 저희를 이끌고 계신 것은 주인님이십니다. 그분께서는 그런 주인님에게 조언을 건네는 성령의 집의 주인이십니다."

"성령의 집의 주인?"

태는 다시금 이해할 수 없는 말에 고개를 갸웃거리며 되물었지만 샤웰은 대답해 줄 수 없다는 듯 멋쩍게 웃으며 뒷머리를 긁적였다.

"제가 말로써 전할 수 있는 것은 여기까지입니다. 그분과 주인님께서 전하실 말은 저 역시 모르고 있고, 또 알아서도 안 되는 것이니 기억하지 못합니다."

"음… 기억하지 못한다라……. 이야기를 듣긴 들은 모양이지?"

"글쎄요. 들었다고 하는 것보다는 보았다고 말하는 편이 맞겠지요."

"보았다?"

샤웰은 눈썹을 꿈틀거리는 태를 보며 싱긋 웃었다. 싸늘한 눈매로 웃음을 날리던 처음과는 조금 다른 웃음이었다.

"때로는 말로 설명하기 힘든 것도 있는 것이죠. 손을 줘보시겠습니까? 백문(百聞)이 불여일견(不如一見)이라, 직접 보는 것이 낫지 않겠습니까."

"손을 달라……. 솔직히 말해서 좀 무섭군. 맹수의 아가리에 손을 넣는 기분이 이럴까? 회심의 일격을 그렇게 가볍게 받아낸 너라면 어떤 일을 벌일지 모르잖아? 한 번이었지만 그것으로 충분해. 네 전력은 나보다 높아."

"흠… 그도 그렇군요. 그렇다면 이렇게 하면 되겠습니까?"

태는 자신의 말에 통감한 듯 고개를 끄덕이며 걸음을 옮기는 샤웰을 의심스런 눈빛으로 바라보았다. 무엇을 어떻게 알아들었고, 어찌하면 된다는 것인지 도무지 감이 오질 않았기 때문이다.

팍!

한순간 곱게 자란 생화의 옆으로 다가선 샤웰의 손이 빠르게 움직였다.

커다란 생화의 화분을 들어 스스로의 어깨로 내던진 상황.

유리로 된 두꺼운 화분에 얻어맞은 샤웰의 왼쪽 어깨가 푹석 내려앉았다.

"왼쪽 어깨를 빼두었습니다. 혹 이래도 안심치 못하신다면 오른쪽 어깨 역시……."

"아니, 됐어. 그만 해. 믿어달라는 네 말은 알겠지만 그리 한다고 해봐야 나는 너를 믿을 수 없어. 어깨 탈골? 저기 저 문만 열어도 어깨 탈골쯤 가볍게 씹어 삼키고 내 목을 딸 수 있는 경호원이 수십이나 있잖아? 그런 옹졸한 짓으로 내 믿음을 얻으려는 것은 지나친 과욕이야."

"과연… 그렇기도 하겠군요. 그렇다면 이거 어쩌죠? 주인님과 그분의 말씀은 제 꿈속에 메모라이즈되어 있습니다. 전해드리려면 좋으나 싫으나 접촉이 필요한데… 으음… 조금 양보해 주시면 안 되겠습니까?"

"그게… 무슨 말이지? 그분과 그의 말이 꿈에 메모라이즈되어 있다고?"

태는 태연한 표정으로 고개를 끄덕이는 샤웰의 모습에 꾹 입을 닫았다. 상식적으로 이해가 안 되는 그의 말이 무슨 의미를 지닌 것인지 도무지 종잡을 수가 없었기 때문이다.

"보스 태가 겪지 않은 그 어떤 일들도 모두 섭렵하실 수 있다 하더라도 이것만큼은 결코 행하지 않고는 이해할 수 없는 일입니다. 그분께서 말씀하시길, 보스 태의 눈은 아직 다른 세상까지는 볼 수 없는 눈이라 하셨습니다. 믿음직스럽진 않더라도 잠시 제 손을 잡아주시면 안 되겠습니까? 아니, 안 된다 말하셔도 상관없습니다. 이제는 늦었거든요."

"그게 무슨……?"

싱긋 웃음 짓는 샤웰의 마지막 말을 끝으로 태는 밀려드는 졸음에 풀썩 바닥 위로 쓰러져 내렸다. 언젠가 느껴보았던 기묘한 꿈의 동질감이 그의 머릿속을 날카롭게 파고들기 시작했다.

*   *   *

수많은 언론에서 펑펑 스포트라이트를 터뜨리며 태라는 인물을 재조명하고 있을 때, 그는 홀로 어두운 방 안에 앉아 조용히 마음을 다듬고 있었다.

이름 있던 샤이닝 기획을 무너지지 않을 굴지의 기업으로 성장시키고, 영국의 거대 축구 구단을 사들인 최초의 동양인.

태는 자신을 향해 쏟아지고 있는 수많은 언론들의 찬사를 바라보며 조용히 몸을 일으켰다. 아침의 일이 있은 후 시끄럽게 머릿속을 떠다니던 지식들이 자취를 감췄다. 온, 오프를 할 수 없던 아카식 레코드에 드디어 한 걸음 다가설 수 있게 된 것이다.

"장미 십자회⋯ 성령의 집이라⋯⋯."

눈에 보이지 않는 컴컴한 방 안을 걸음에도 태의 걸음에는 주저함이 없었다. 눈을 감아도 눈을 떠도 세상이 보인다. 시커멓게 어두운 방이 눈이 아닌 머릿속으로 흘러들어 나아갈 실을 밝혀준다.

"이봐, 훈. 아직 밖에 있어?"

치익—

[예, 보스. 방금 교대를 끝내고 현관을 지키고 있습니다.]

"그래, 그렇군. 후~ 잠시 나갈 곳이 있어. 차를 대기시켜 주겠나?"

[차요? 멀리 가시는 겁니까? 경호 부대를 조직할까요?]

"아니, 아니. 됐어. 나 혼자 가야 하는 일이니 그냥 조용하게 준비해 줘."

[예, 보스. 그리하겠습니다.]

치직거리는 무전음 사이로 태는 발빠르게 움직이는 훈을 볼 수 있었다.

말에 토를 달지도 거역지도 않는 믿음직한 사람.

침대 위로 잠들어 있는 샤웰의 모습에 그의 모습이 겹쳐졌

다. 그는 몸을 해하는 일임에도 한 치의 주저함이 없이 명령
에 몸을 조아린다.

믿음을 위해 살고, 신념을 위해 목숨을 건 장미 십자회의
종.

태는 로얄 나이트 플로워가 말하는 전언을 떠올리며 꾸욱
주먹을 쥐었다. 그가 말한 모든 말을 믿지는 않지만 그래도
귀를 기울일 만한 가치가 있는 말이다.

"후, 마녀와 기사가 즐비한 세상이라……. 왠지 매치가 되
질 않는군."

벗어놓은 와이셔츠를 걸치는 태의 입술이 작게 뒤틀렸다.
매번 한 걸음 늦은 감정을 토해내던 낡은 미소가 아닌, 현 감
정에 딱 들어맞는 기분 좋은 감정의 호흡이었다.

치익―

[차 준비가 끝났습니다. 대기할까요?]

"음? 아, 그래. 잠시 기다려 주겠어? 아직 옷을 덜 입어서
말이야. 옷을 고르고 입는다는 거, 생각해 보니 참 즐거운 일
이야."

[예?]

"아니, 아니. 됐어. 곧 나갈 테니 대기해 줘."

[예, 보스. 알겠습니다.]

옷장 안에 늘어선 옷들을 바라보며 태는 기분 좋게 검정 재
킷을 걸쳐 입었다. 스스로가 고르고 스스로가 결정한 옷. 그

어떤 것에도 물들지 않은 스스로의 선택에 마음이 즐거워졌다.

"혼자 하셔야 하는 외출이라기에 아우디 TT 로드스터로 준비해 두었습니다. 그래도 만일을 대비해 위치 추적 장치는 달아두었으니 가급적이면 그 부분은 이해해 주시길……."

"그래, 알았어. 그에 대해서는 뭐라 말하지 않을 테니 내 뒤를 졸졸 따라오는 일은 하지 말라고. 적어도 보호 차원에서 미행을 하려거든 내가 알아챌 수 없게 따라오고 말이야."

"아… 예, 보스!"

훈은 싱긋 웃음 지으며 말하는 태의 모습에 깜짝 놀라 잠시 말을 늘일 수밖에 없었다. 그동안 보여주었던 딱딱한 웃음을 벗어나 태의 얼굴에 걸린 웃음은 다른 생각이 깃들지 않은 자연스런 본연의 웃음이었다.

"아차, 보스. 미처 말씀드리지 못한 것이 있습니다. 오늘 저녁 여섯시 즈음 인양 작업을 준비 중이던 폴컨에게 연락이 왔습니다. 인양 목표와 포인트 지점을 찾았다고 합니다."

"오, 그래? 그거 듣던 중 반가운 소식이군. 그래, 인양 작업은 언제부터 시작한데?"

"그게… 목표와 포인트 지점이 까다로운 곳에 있다는 말밖에는… 자세한 내용은 오늘 중 보내준다고 들었습니다."

"흠… 그렇군. 팩스나 그에 대한 자료가 도착하면 연락해 줘. 최소 핸드폰을 꺼두고 숨어버리는 일은 없을 테니까."

“예, 보스. 그리하겠습니다.”

“그럼 수고. 돌아와서 보자.”

태는 꾸벅 고개를 숙여 인사하는 훈과 그 일행을 바라보며 시동이 걸린 차 문을 닫았다.

따각따각.

귓가를 자극하는 미등 소리와 까맣게 선팅된 유리창. 기분 좋게 흘러드는 차 안의 전경에 태의 손이 머리 위로 쭉 뻗어졌다.

뚜둑뚜둑—

뻐근하게 굳어 있던 관절들이 즐거운 비명을 내지르며 오랜만에 맞잡는 핸들을 반겼다.

“그럼 어디… 약속 장소를 향해 가볼까?”

한껏 밤 공기를 들이마신 태는 플로워가 전한 전언을 따라 핸들을 꺾었다.

11월 15일.

서늘해진 하늘 위로 조금은 이른 첫눈이 내리던 그날,

태는 그렇게 또 다른 세상과 만났다.

Chapter 11

그들

한줄기 섬광처럼 빠르게 흘러간 11월을 끝으로 태는 삶을 뒤덮었던 아카식 레코드의 그림자 속에서 빠져나올 수 있었다. 망가진 스위치처럼 언제나 켜져 있던 그것을 스스로 통제할 수 있게 된 것이다.

"머리가… 무겁군. 이봐, 훈. 내가 어제 정확히 어떻게 무슨 짓을 하다 잠들었는지 혹시 알고 있어?"

"…아시지 않는 편이 나을 겁니다. 굳이 알 필요 없는 쓸모없는 일이었으니까요. 살면서 보스의 취한 모습을 보게 되리라고는 상상치도 못했습니다."

"아아… 그랬나? 내가 취했었나?"

태는 굳은 표정으로 고개를 끄덕이는 훈을 보며 휘휘 고개를 저었다. 잔뜩 무거워진 머리가 비명을 토해낸다. 몇 년 전까지만 해도 줄기차게 아침을 괴롭히던 숙취가 즐겁다. 고통스럽고 힘들지만 그 고통과 힘듦이 있어 술을 마신 아침이 즐거워졌다.

"그나저나 폴컨 일행은 어떻게 되었어? 필요한 서류는 모두 떼어주었고, 이제는 인양 시기와 작업만 남은 듯한데 왜 아직 연락이 없지?"

"그게… 뭔가 이상이 있는 모양입니다. 인양 작업의 밑작업을 준비 중이었는데, 도구를 챙기기 위해 잠시 자리를 비운 사이 누군가 밑작업 중이던 작업 터를 박살을 내놓은 모양입니다."

"작업 터를 박살 내?"

"예, 흉수를 조사 중입니다만……."

태는 말을 머뭇거리는 훈을 보며 휘휘 고개를 저었다. 그는 이제 아카식 레코드를 사용하지 않아도 마음을 알 수 있는 사람이 되었다.

"힘들 것 같다, 이거군. 밑작업이었다고는 하지만 인양 작업에 사용되는 기구들은 모두 강철 이상의 강도를 가진 것들이 아닌가? 잠깐의 시간 동안 쉽게 부술 수 있는 것들이 아닐 텐데, 기구를 파손한 물건이 무엇인지는 알아냈나?"

"예, 흔적은 분명 찾아내긴 했습니다만 너무나 황당한 물건이라……."

"황당한 물건?"

훈은 말을 재촉하는 태를 바라보며 작게 한숨을 내쉬었다. 상황을 어떻게 설명해야 할지 고민이 된 것이다.

"폭약입니다. 그것도 일반인이라면 구할 수 없는 고밀도의 폭발력과 컨트롤이 가능한 폭약. 물론 수중에서도 작동될 수 있도록 특수 공정을 거친 물건 말입니다."

"특수 폭약?"

태는 작게 고개를 끄덕이는 훈의 모습에 벌떡 자리에서 일어났다. 바다 위라고는 하나 그곳은 엄연한 대한민국의 영해. 그 안에 폭약을 들고 파도에 입맞추고 나설 수 있는 사람은 그리 많지 않다.

"해경, 해군쯤 될까? 아니, 지역의 특수성을 생각하면 딱 하나 더 손이 가는 곳이 있긴 하지. 그래, 그놈들……."

태는 어질거리는 머리를 짚으며 깊게 숨을 들이마셨다.

독도.

일본이 제기한 어업 협정에 수많은 말이 오가는 작은 바위섬에 온 신경이 집중됐다.

"폴컨에게 사고 현장의 모습을 카메라로 담아 보내라고 전해줘. 폭약… 폭약이라고? 얼굴을 가렸어도 고약한 놈들은 냄새가 난단 말이야. 빌어먹을 놈들, 아직 정신을 못 차렸단 말인가?"

"그게 무슨 말씀이십니까? 빌어먹을 놈들이라니요? 보스
는 혹 흉수를 알고 계신 것입니까?"

"응? 아아, 당연한 일이잖아. 그놈들이 캐고 있는 물건이
무엇이고, 그곳이 어디인지 잘 생각해 봐. 답이란 건 원래 너
무 가깝기에 모르는 것이니까."

"예?"

훈은 옷을 차려 입은 채 휘적휘적 걸음을 옮기는 태의 모습
에 벅벅 뒷머리를 긁었다.

"그게… 잘 알고 있었지만… 보스의 성격 때문에 말하지
않은 거란 말입니다."

작게 중얼거리는 훈의 입술이 쌜쭉 말려 올라갔다.

*   *   *

어두운 밤.

폴컨은 부서져 내린 집기들을 바라보며 으드득, 어금니를
깨물었다. 모두가 함께 움직였기에 일어난 일이다.

조금만 주의하고 경계했더라면 일어나지 않았을 사고.

손수 만들어 피붙이만큼 아끼던 집기들의 파손에 화가 차
올랐다. 순조롭고 평화로운 분위기에 젖어 긴장감을 잃었다.
네이비쓸이라는 과거의 영광이 불러들인 일이다. 단순한 인
양 작업이 되지 않을 것이라는 것쯤은 이미 불러올 때부터 짐

작해 알고 있었다.

"Shit!"

쿵!

군화발로 크게 뱃머리를 내려찼다. 괜한 답답함에 마음이 편치 않다. 이미 저질러진 일. 잊어버리고 훌훌 털고 일어서야 하는데 그게 쉽지 않았다.

멀리 어두운 밤바다 위로 헬기의 커다란 프로펠러 소리.

폴컨은 치직거리며 울려오는 무전음을 들으며 길게 한숨을 내쉬었다. 화를 내고 이를 갈아보아도 답답한 마음이 시워지지 않는 것이다.

[어이, 거기. 지금 감상에 젖어 한숨이나 내쉬고 있지?]

움찔.

폴컨은 자신의 모습을 그대로 찔러 들어오는 무전에 화들짝 놀라 고개를 돌렸다. 잡음과 섞여 잘 알아들을 수는 없지만 그 힘있는 목소리만큼은 단번에 알아챌 수 있었다.

보스 태.

폴컨은 치직거리는 무전기를 바라보며 재빠르게 몸을 날렸다.

"한숨이 아니라 헛숨입니다, 헛숨. 밥값을 날렸으니 당당히 웃으며 서 있을 수는 없지 않습니까."

[변명이야. 곧 내려갈 테니 파일 준비하고 기다리고 있어. 한숨이든 헛숨이든 보잘것없는 숨 쉬기 운동은 그만 두고 말

이야.]

"아⋯⋯!"

무전기에 대고 소리치던 폴컨의 입이 잠시 멈췄다. 마음을 파고드는 말들을 태연하게 내뱉음에도 화를 돋우거나 침을하게 만들지 않는다.

수많은 부하 직원을 부리는 정점에 선 자의 능력이랄까?

폴컨은 볼수록 매력적으로 다가오는 태를 올려다보며 뚜벅뚜벅 걸음을 옮겼다. 부서진 도구들과 현장의 모습을 담은 비디오 파일을 마지막으로 검토하기 위함이다.

"일전에 실수를 거듭한 일이 없지는 않습니다만, 그는 충분히 프로페셔널한 자입니다. 그 어떤 특수 작전도 용의하게 훈련된 몸이죠."

"그건 그가 군인이었던 과거 이야기고, 지금의 그는 완벽한 프로가 아니야. 오히려 얼치기 아마추어에 가깝지. 현장에 부하 한 명 두지 않고 몸을 옮긴다는 게 말이나 될 법한 이야기야?"

"그건⋯⋯."

차갑게 말하는 태의 말에 폴컨을 두둔하려던 훈의 입술이 달싹거렸다.

"시간은 아무리 잘 벼려진 칼이라 할지라도 무뎌지게 만드는 거야. 다시금 숫돌에 이를 갈지 않는다면 언젠가는 나무토막 하나 벨 수 없게 되겠지. 이번 일은 무뎌져만 가는 그를 위해서 이번 일은 잘된 일일지도 몰라. 네 말대로 그는 프로페셔널한 자이고, 이번 일로 자신의 현 상황을 통감하게 되었을 테니까. 스스로 숫돌을 드는 정도의 수고로움은 감수해 주겠지."

"물론입니다. 그는 멍청하긴 해도 자신에 대한 프라이드는 강한 사람이니까요."

훈은 고개를 끄덕여 말을 대신하는 태를 보며 씩, 미소를 지었다. 친우의 실수를 실수로 넘어갈 수 있다는 것에 기뻤다.

콰콰콰콰콰콰콰콰!

빠르게 회전하는 프로펠러에 짓이겨진 바람이 비명을 내질렀다.

독도.

그 분쟁이 많은 바위섬은 그렇게 태와 처음으로 만났다.

"듣자 하니 폭발물이라던데, 기폭 장치는 찾았나?"

"그게… 바닷속이라 탐색에 어려움이 있습니다. 부서진 밑 작업의 잔해물도 섞였고요. 날이 밝으면 다시금 수색 작업을 펼칠 예정입니다만… 아직까지 이 바다 아래 잠들어 있을 것이라고는 장담 못합니다."

"놓쳤다 이거군."

"그게……."

싸늘하게 잘라 말하는 태의 모습에 폴컨의 고개가 바닥으로 떨어졌다. 정확히 언제, 어떻게 폭발을 당했는지도 모르는 상황이다. 발견 이후 미친 듯 바다를 찾아 헤맸지만 그것 역시 한발 늦은 대응. 그 어디에서도 폭발의 흔적을 찾을 수 없었다.

"저곳이 현장인가? 그럼 일단 조사 자료 현황을 먼저 보여주겠나?"

"아… 예. 알겠습니다, 보스. 이리로 오시죠."

태는 고개 숙여 길을 안내하는 폴컨의 뒤를 따라 조용히 걸음을 옮겼다. 비탈진 바윗길이었지만 내딛는 걸음걸음이 정겨웠다.

작고 고요한 바위섬을 위한 수많은 사람들의 바람이 느껴져서일까?

아침 햇살처럼 따사로이 몰려드는 사념들을 느끼며 태는 정박해 있는 뱃머리에 섰다.

"대원들은 내일 재개할 소도구들을 구하기 위해 육지로 떠난 상태입니다. 배와 선실에는 현재 저만 남아 있는 상태입니다."

"그런가? 발빠른 작업 복귀에 대한 점은 잘 생각했네. 일이 늘어질 때는 한시라도 빨리 고삐를 다잡을 필요가 있지. 그럼 설명해 보게. 어디, 어느 부분에서 폭발이 일어난 것인가?"

"시발점은 여기 부표를 띄워놓은 이곳부터인 듯싶습니다. 작업 점을 정확히 찾아 최소한의 폭약으로 최고의 이점을 살린 것으로 보아 빠삭한 전문가의 솜씨가 틀림없습니다."

태는 모니터 스크린으로 비춰진 화면을 바라보며 작게 고개를 끄덕였다. 섬에 닿는 순간부터 열어둔 아카식 레코드를 통해 수많은 지식들이 머릿속으로 빠르게 용해, 흡수되었다.

"최소… 세 분야의 전문가들이 뭉쳤겠군. 화약 전문가, 도면 설계 전문가, 그리고… 잠입 전문가."

나지막이 내려앉은 태의 목소리에 선실의 분위기가 착 가라앉았다.

누구도 먼저 말을 꺼내기 힘든 억눌린 선실의 공기.

태는 딱딱하게 굳은 훈과 폴컨을 바라보며 의자를 끌어 앉았다.

"폴컨, 하나 묻겠는데, 자네의 지금 실력은 전성기 때에 비추어볼 때 몇 프로나 된다고 생각하나?"

"전성기 때라 함은… 네이비씰 시절의 그때를 말씀하시는 겁니까?"

"그래, 정확히는 플란디 상륙을 펼쳤던 그때와 비교해 묻는 거야."

날카롭게 선 태의 눈빛에 폴컨은 바짝 목이 말라오는 것을 느꼈다.

온몸이 발가벗겨진 채 서 있는 기분이랄까?

폴컨은 눈앞에 선 태의 눈빛에 벗어날 수 없는 구속감을 느끼며 열리지 않는 입을 무겁게 떼었다.

"육십… 아니, 그 이하일지도 모르겠습니다. 그때의 저라면… 지금의 제가 둘, 아니, 셋이 모여도 당해내지 못할 겁니다.”

“그렇군. 그렇다면 하나 더 묻지. 지금 훈이 이곳에 자네의 이목을 피해 잠입한다면, 자네는 그를 알아챌 수 있겠나?”

“그건…….”

폴컨은 느닷없는 태의 질문에 놀라 그의 옆에선 훈을 돌아보았다.

전과 다름없는 다부진 몸과 더욱 기광이 짙어진 갈색 눈동자.

술과 여자에 절어 있던 자신과 달리 그는 지금까지도 훈련을 게을리 하지 않은 것이 분명했다.

“불… 가능합니다. 저뿐만이 아니라 저희 대원 전체가 있다고 해도 알아채지 못할 겁니다. 그는 이전과 다름없는 실력자. 퇴물이 된 저희와는 수준이 다릅니다.”

“그렇군. 그래, 그럼 이번 일을 꾸민 흉수는 최소 훈에 준하는 실력자라는 말이 되는데… 오히려 다행이군. 그런 자는 이 땅 위에 흔치 않을 테니까.”

태는 어깨를 으쓱하는 훈을 돌아보며 웃었다.

“그리고 폴컨, 나는 자네에 대한 기량을 물었을 뿐인데 자네는 자신을 퇴물이라 비하해 말하는군. 지금 이 자리에는 없지만 내가 인정한 내 사설 작업조의 한 팀을 이끄는 팀 리더야. 자네는 내가 퇴물이나 구해 모을 만큼 사람 보는 눈이 그리 없어 보이던가?”

“그, 그건……..”

“아무리 잘난 사람이라 할지라도 사람은 새롭게 시도하는 일에는 제 기량을 모두 발휘하지 못해. 군복을 벗고 시작한 새 일 중에 일어난 일이 아니던가? 이것을 바탕으로 더 높은 곳으로 뛰어오를 생각이 없다면 지금 당장 짐을 꾸려 자리를 비워줘. 나는 스스로를 퇴물이라 생각하는 자와는 함께 일하고 싶은 생각 따위는 없으니까.”

“보스……..”

축 처진 폴컨의 어깨 위로 웃음 짓는 태의 미소가 걸렸다.

“자, 그럼 사건에 대한 경위는 다 들어보았고, 각자 생각한 흉수와 이유가 있을 법한데 누가 먼저 말해보겠어? 훈, 네가 먼저 말해볼래?”

“예? 아… 으음… 그게……..”

한순간 몰린 둘의 시선에 훈이 머뭇거리며 말을 늘였다. 생각하고 세워둔 가설이 없는 것은 아니지만 막상 말하라고 하니 무언가 껄끄러웠다.

“답답하군. 이봐, 훈. 나는 지금 무슨 학교 수업에 선생님들처럼 ‘답을 말해봐’ 하고 쏘아 묻는 게 아니야. 그저 생각을 묻고 있는 거니까 그냥 편하게 말해봐. 창의적 사고는 근대의 군대에서도 하는 교육 과정이 아니었나?”

“그건 그렇지만……..”

　어깨를 으쓱거리며 한숨을 내쉬는 태의 모습에 훈이 뒷머리를 긁었다.

　"흉수가 누굴까 떠올리기 이전에 흉수가 왜 인양선을 노렸는가 생각해 보았습니다. 위험을 감수하고 전문가를 파견해 인양을 막으려 한다면, 분명 이유가 있을 테니까요."

　"그래, 잘 생각했군. 그래서 도출된 결과는?"

　"…일본 우익의 결사대 카미카제입니다."

　잠시 머뭇거리던 훈이 조심스레 말을 꺼냈다.

　일본 우익의 결사대는 이차 대전 이후 수년간 쌓이고 쌓여 온 일본 우익 단체의 비밀 사조직이다. 세계 이차대전의 참전국으로 제국주의의 망상에 빠진 망령들이 만들어낸 지상 최악의 비밀 단체 중 하나로, 우익에 관한 것이라면 그 어떤 일이던 손을 뻗지 않은 일이 없다.

　"꽤나 단순한 도출법이군. 결사대라고 생각한 것에 대한 이유는 굳이 듣지 않아도 알겠어. 인양물에 대한 것 때문이겠지?"

　"예. 그것에 대해서 어떻게 단서를 찾으셨는지는 모르겠지만, 이차대전 말에 그들이 끌어 모아 숨겼다는 보물선이라면 그들이 끼어들지 않을 리가 없으니까요."

　"그렇군. 폴컨, 자네 생각은?"

　"뭐, 저라고 훈의 생각과 크게 다를 것은 없습니다. 다만 조금 더 구체적인 정황을 몇 가지 더 가지고 있다 뿐이지요.

그리고… 한 가지 아쉬운 점이 있다면, 보스께서 인양물에 대해 조금 일찍 알려주셨더라면 조금 더 경계를 했을 것이라는 것뿐입니다. 인양하는 저조차 어제 폭발에 뜯겨 나간 잠수함의 마크 부분에서 알게 된 것이니… 뭐, 감쪽같이 속았습니다."

"폴컨, 자네는 속았다 말하지만 나는 속이지 않았어. 그저 인양물을 인양물이라 말했을 뿐이지. 그에 대해 조사치 않고 지금까지 있었던 것이, 결국 지금의 사태를 만들었다고는 생각지 않나?"

"그도 그렇지만……."

"그만, 그렇게 고개 숙이라고 말한 이야기는 아니니까. 다시금 의기소침해질 필요는 없어. 어차피 일어난 일이고, 다시 말할 필요는 없는 것이니까. 지금 중요한 것은 의뢰주인 나 역시 단 한 번도 꺼낸 적 없는 인양물에 대해서 저들이 어떻게 알았는가 하는 것과 그들이 진정 결사대 카미카제인지를 확인하는 것뿐이야."

"으음… 그들이 카미카제라는 것은 그들의 흔적에서 찾을 수 있습니다. 그들은 나름대로 자긍심이 강한 집단이어서요. 폭약이라 할지라도 타국의 물건을 그대로 쓰는 법이 없죠. 살짝 계량하고 고쳐서 자신들의 것이라 표현합니다. 조금은 추론이 들어간 것이긴 합니다만, 여기 이 폭발의 흔적을 잘 보면……."

태의 물음에 폴컨이 헝클어진 사진들 중 하나를 집어 들어 말했다.

"천황폐하 만세… 로군."

폴컨은 작게 중얼거리는 태의 말에 확신하며 고개를 끄덕였다.

"일본어는 잘 모릅니다만… 저 글만큼은 기억하고 있습니다. 저희는 아직 진주만 공습을 잊지 않았으니까요."

말을 꺼내려던 폴컨의 입술이 한순간 꽉 물렸다.

1941년 12월 7일 아침.

미군이었던 그 역시 그날의 참상은 겪지 않아도 대물림되는 모양이다.

"그래, 그럼 흉수는 그들이라 치고, 그럼 어떻게 그들이 인양물을 노릴 수 있었을까? 인양을 맡은 자네 역시 그 정체를 모르는 것을."

"그건……."

딱 잘린 태의 말에 폴컨의 입술이 작게 떨렸다.

맞는 말이다.

그들에게까지 감췄던 일을 어떻게 그들이 알고 찾은 것일까?

훈과 폴컨은 말없이 선실 안에 쌓여 있는 테입과 서류들을 되짚어보기 시작했다. 혹시라도 놓쳤을지 모를 일말의 단서라도 찾기 위해서였다.

“휴… 아무리 생각해 보고 찾아보아도 정보가 새어 나갔을 일은 없습니다. 아니, 새어 나갈 수가 없습니다. 물건에 대한 정확한 정체는 인양팀인 저희도 모르고 있었고, 보스의 정보는 분명 훈의 손에서 다시금 정리된 비밀 서식. 보고 읽는다고 할지라도 쉽게 판단 내리기 힘든 글입니다. 그러니 아마도…….”

“그래, 저쪽에서도 나름대로 물건의 소재를 확인하고 있던 거야. 아니 땐 굴뚝에 연기 날 리 없다고, 탄두 안에 금괴를 가득 넣었다는 루머가 언론사에도 돌 만큼 소란스런 이야기였으니까.”

“그렇다면… 저쪽도 각 정부에 서한을 띄워 인양 작업에 발빠르게 뛰어들지 않았을까요? 자국에 이익이 되는 일이라면 빠지지 않는 나라가 일본일 텐데요.”

“아아… 분명 그렇지. 하지만 말이야, 그 반대라면 어떨까?”

“예? 그 반대요?”

폴컨과 훈은 태의 말에 고개를 갸웃거렸다.

무엇이 반대라는 말일까?

둘은 태의 말을 이해하지 못한 채 그의 다음 말을 기다릴 수밖에 없었다.

“잠시 생각해 봐. 왜 카미카제 그들이 나섰고, 양측 정부에 서한을 보내지 못했으며, 위험을 무릅쓰고 이렇게 인양을 방해하는 것일까? 인양물은 분명 이차대전 일본군이 망망대해의 품 안에 묻은 물건. 설마 저 물건이 정말 어마어마한 보물이고, 그들이 그런 독점하기 위해서라 생각하고 있는 것은 아니겠지?"

"아! 그 말씀은 혹시 저 인양물이……."

놀라 눈을 크게 뜨고 묻는 훈의 말에 태의 입술이 작게 말려 올라갔다.

"그래, 우리로서는 보물이고 그들로서는 사회 악인 것. 2차대전 당시 일본군이 남긴 생화학 실험에 쓰인 자료들이야. 지금껏 부인하고 숨겨 두었던 그들이 남긴 사회의 그림자지."

"하지만… 그것뿐이라면 사실상 보스에게 득이 가는 것이 없는 무익한 일인데 어째서 보스는 이 같은 위험한 일을 꾸려 나가고 계신 것입니까? 지금껏 보스께서는……."

"물론 나 역시 무익한 일에 이렇게 관심을 쏟는 것은 성격에 맞지 않아. 하지만 어쩌겠어? 파도를 타고 밀려오는 원성이 이렇게나 큰데 말이야."

태는 뭐라 말을 꺼내려는 폴컨과 훈의 말을 막은 채 조용히 일출의 바다를 바라보았다. 어두운 하늘을 가로지르는 밝은 빛 속에서도 여전히 어둡기만 한 깊은 바다의 목소리가 파도를 타고 들려왔다.

"이번 일을 시작으로 앞으로는 더욱더 크게 그들의 공격이 이어질 거야. 쓰잘 데 없는 일에 힘 뺀다고 생각할지는 모르

겠지만, 나는 이 인양물에서 손 털 생각 없어. 폴컨, 인양조의
특별 조원으로 훈을 보내줄 테니까 최대한 빠른 시간 안에 결
판을 내. 질질 끄는 건 성미에 맞지 않으니까."

툭툭 헝클어진 서류를 모아 걸음을 옮기는 태의 모습 뒤로
따스한 햇살이 비쳤다.

독도.

그리 멀게 떨어지지 않은 바위섬의 염원이 가슴속으로 퍼
져 나가는 것만 같았다.

*   *   *

조금은 늦은 월요일 아침.

태는 뜻밖의 방문자에 잠시 걸음을 멈췄다.

"왜 네가 여기에 있지? 다시는 볼일이 없을 거라고 생각했
는데 별일이군."

"왜 그렇게 생각하지? 내가 혹 네 전 애인이라 떠벌리고 다
닐까 봐 무섭기라도 했던 모양이지?"

잔뜩 비꼬인 표정으로 말하는 그녀.

태는 뜻밖의 방문자인 수―이루아―를 무시한 채 책상 위
에 놓인 신문을 집어 들었다.

"네가 무슨 말을 원하는지는 모르겠지만 지금 네가 품에
넣어 돌리고 있는 녹음기는 불법이야. 어쩐 일로 내 일터에

찾아왔는지는 모르겠지만, 볼일이 없다면 이만 나가주지 않겠어?"

"빌어먹을 자식!"

파삭!

관심조차 두지 않는 차가운 태의 말에 수의 손에 쥐어진 녹음기가 바닥으로 던져져 부서졌다.

"그래, 이런 것 따윈 필요도 없는 일이지. 너란 놈은 그런 놈이니까."

찢어질 듯 높아졌던 목소리가 자조적으로 변해 낮아졌다.

다시는 찾고 싶지도, 만나고 싶지도 않던 사람.

수는 헝클어진 옷가지를 추스르며 당당히 태의 앞에 섰다.

"어떻게 들어왔지? 이곳은 아무나 들여보내 주는 곳이 아닌……."

짜악!

한순간 정신이 번쩍 들 정도로 따가운 소리가 귓가를 스쳤다.

화끈 달아오르는 왼쪽 뺨과 자의가 아닌 타의로 휙 돌아가 버린 고개.

태는 왼뺨을 때린 수의 오른손을 바라보며 눈을 크게 떴다.

"네가 나를 어떻게 보는지 잘 알아. 명품으로 몸이나 꾸미고 다니며 여러 남자에게 꼬리치는 여자쯤으로 보이겠지. 아니, 몸 팔아 화대나 받는 창녀쯤으로 보일지도 모르지. 부인하지는 않겠어. 그게 사실이니까."

싸늘한 눈빛으로 거칠게 말을 내뱉는 수의 모습에 태는 평소 느낄 수 없었던 날카로운 가시를 느꼈다.

"나를 속물이라 불러도 좋고, 나를 값싼 창녀라 불러도 좋아. 구차하게 변명하고 싶지도 않고, 다 알고 있는 네게 뭐라 나불대는 것도 웃기는 일이니까."

"할 말은 그것뿐?"

"내가 때린 따귀에 그나마 화라도 난 모양이지? 이제야 날 보는 것을 보면 말이야."

태는 싸늘하게 웃는 수를 바라보며 잠깐 동안이지만 그녀의 변화가 자신 때문만은 아닐까 생각해 보았다. 하지만 그것은 아무리 좋게 생각해도 억측 이상은 될 수 없는 잡념.

태는 표독스런 눈빛으로 자신을 노려보는 이루아를 바라보며 휘휘 고개를 저었다.

"그래, 황당하고 화가 나서 나 역시 당장이라도 네게 따귀를 날려주고 싶지만, 너와 같은 사람이 되는 것은 지난번 돈 가방을 던져 주던 그날로 충분하니까 참겠어."

"하, 왜? 이제는 높은 자리에 앉아서 다른 잘빠진 여자들과 노닥거리다 보니 나 정도는 생각도 나지 않는가 보지? 왜, 한때는 영원히 사랑한다며 내 뒤치다꺼리나 하던 너였잖아. 그랬던 너였잖아."

"그래, 그랬을 때도 있었지. 하지만 사랑은 순간일 뿐이고, 그것을 내게 가르쳐 준 것은 너야. 널 누구보다 미워하고 증오했던 것도 사실이지만 시간은 그것조차 잊게 만들더군. 나는 너를 만났고, 사랑했었고, 증오하고 미워했었어. 그게 다야. 이제 내게 넌 그저 타인일 뿐이야."

"…으득!"

아무리 흔들어보려 노력해도 흔들리지 않는 태의 모습에 수의 어금니가 꽉 물렸다.

"그래, 그 말이 듣고 싶었어. 나는 네 기억 속에 남아 있는 수가 더 이상 아니야. 네가 잘난 기획사의 사장이 되고 세계에서 유명한 구단주가 되었듯 나 역시 이루아라는 이름으로 다시 살고 있으니까. 그러니까 내 일에 방해하지 마. 채린이의 후원도, 그리고 패자 투표로 다시 살아난 내 오디션도 결코 간섭하지 마! 알겠어?"

"뭐……?"

태는 수의 말에서 튀어나온 낯익지만 낯선 이름에 잠시 생각에 빠졌다. 이전 같았으면 생각지 않아도 아카식 레코드가 파헤쳐 놨겠지만 지나친 간섭은 오히려 혼란을 야기시키는 법. 더는 아카식 레코드에 휘둘려 평범한 생각을 잊고 싶지 않았다.

"아아, 이제야 생각나는군. 누군가를 닮았다 했더니 그게 너였군. 그런데 말이야, 착각하는 게 하나 있군. 나는 너도 아니고 그 꼬마도 아닌, 사진을 목에 짊어진 그를 돕고 있을 뿐이야. 그러니 그 일에 대해서는 네가 아닌 그가 내게 말을 하는 것이 옳아. 그가 날 찾아와서 말한다면 그렇게 하지.”

“너……!”

“그리고 다시는 이런 일로 날 찾는 일이 없었으면 좋겠어. 이런 한심한 말장난으로 시간을 허비할 만큼 한가하지 않거든.”

말을 잇지 못하는 수를 놔둔 채 몸을 돌려 회의실로 향하는 태의 눈빛이 깊어졌다.

“간섭자라고 하던가? 동양의 세상에서 말하는 자네의 이름 말이야.”

머릿속을 잔뜩 헝클어놓은 이야기가 다시금 머릿속으로 떠올랐다. 단 한 번뿐인 만남이었지만 그때의 그 일은 죽어서도 결코 지워지지 않으리라.

“아, 사장님 나오셨습니까?”

“아, 예. 본의 아니게 조금 늦어지게 되었습니다. 회의는 시작되었습니까?”

“하하, 그럴 리가요. 사장님이 안 계신 회의가 무슨 소용이 있겠습니까. 들어가시죠. 다들 기다리고 있습니다, 사장님.”

태는 웃으며 회의실에 문을 여는 최 실장을 바라보며 작게 고개를 끄덕였다. 문을 여는 순간 창 너머로 비춰지는 햇살에 잠시 눈을 감았다.

지금껏 항상 써오던 선글라스가 없기 때문이었을까?

눈가를 간질이는 평소와 같은 햇살이 따가웠다.

"그럼 사장님도 오셨고, 회의를 시작하지. 최 실장, 프로젝터를 돌려야 하니까 커튼 내리고 회의실 불 좀 꺼주게. 아무래도 방금 들어온 자네가 가장 가깝지 않겠어?"

"아, 예, 부장님. 잠시만 기다려 주세요."

자리를 털고 일어선 신 부장의 말에 최 실장이 잽싸게 일어나 말했다.

아직은 해가 솟아오르고 있는 오전.

그렇게 조금 늦은 회의가 시작되었다.

"도표를 보시면 아시겠지만 팬들의 분포는 사실상 청소년 층에 몰려 있습니다. 물론 이십대에서 오십대까지 중, 장년들의 표도 섞여 있긴 하지만 청소년 층의 투표율에 비해 미비한 것이 사실입니다. 해서, 득표율의 점수를 세대별로 나눠 조정해야 하지 않을까 하는 생각입니다."

"글쎄요. 군이 그럴 필요는 없을 것 같습니다. 지금껏 정해왔던 룰이 변경된다면 좋건 싫건 간에 득을 보는 쪽과 해를 입는 쪽이 갈리는 것이 당연한 일. 득을 보는 쪽을 향해 비난의 화살이 쏘아질 수도 있습니다."

"하지만 그렇게 된다면 표가 너무 한곳에 몰릴지도 모릅니다. 현재만 하더라도 삼번 바텀의 후보에게 표가 너무 크게 몰려 있지 않습니까."

태는 도표의 그래프를 가리키며 말하는 신 부장의 말에 휘휘 고개를 가로저었다.

"신 부장님의 말씀도 이해가 안 되는 것은 아닙니다. 하지만 투표 방식이 일인 일 투표가 아닌 다중 투표 방식인 것을 감안하면, 표를 모으지 못한 다른 후보들의 매력과 능력이 작은 것은 아니었나 생각해 볼 수도 있는 일이 아닙니까."

"그건 그렇지만……."

"트렌드 가수는 언제나 있어왔습니다. 호감 가는 얼굴에 화려한 무대 매너, 그리고 오빠 부대를 이끌고 다니는 그들이 없었다면 사실상 현재 한국 가요계의 호황은 없었을 겁니다. 우리 오디션이 발굴하고자 하는 것은 수준 높은 실력을 갖춘 뮤지션만은 결코 아닙니다. 시대를 상징하는 문화 아이콘, 우리는 대중이 원하고 대중의 사랑을 받는 차세대 스타를 발굴하려 하는 것임을 잊어서는 안 될 것입니다."

"음……."

긴 태의 말에 최 부장의 고개가 끄덕여졌다.

"너무나 당연한 것을 잊고 있었군요. 아마도 저 스스로가 응원하고 있는 후보와 다른 투표 차이에 저도 모르게 반감이 생긴 모양입니다. 정말이지, 주최 측의 일원으로서 실격점이군요. 죄송합니다, 사장님."

"죄송한 것이 있거든 오디션의 완성을 향해 두고 넘어가도록 하지요. 아직 가야 할 길이 많은 오디션이 아닙니까."

"맞습니다! 이제 가장 중요한 한 달만 남았으니 다들 파이팅 하자고요! 아자!"

싱긋 웃음 지으며 말하는 태의 모습에 최 실장이 벌떡 일어나 맞장구쳤다. 불 꺼진 회의실만큼이나 어둑해진 분위기를 상쇄시키기 위함이었다.

"자, 그럼 현재 최종전에 접어든 후보들은 총 다섯 명이 전부입니까?"

"예, 본선에서 끝까지 살아남은 유진린과 지민구, 최시헌과 데니드 헌, 그리고 마이너리그에서 올라온 이루아까지 이 다섯이 최종 결선자들입니다."

"예상은 했지만 남자 후보들의 강세가 두드러지는군요. 마이너리그에서 올라온 이루아가 없었더라면 삼 대 일의 압박적인 후보진이었겠군요."

"어쩔 수 없는 일이지요. 현재 시장에서조차 포화상태인 섹시 컨셉트 오디션에서 끝까지 살아남는다는 것 자체가 굉장한 일일 테니까요."

"그렇군요. 그렇다면 최종 후보들의 전문적인 분석은 완료되었습니까? 마지막 최종 결선인 만큼 그들에게 꼭 맞는 노래와 무대를 제공하는 것이 우리의 일이니 다들 최선을 다해주시길 바랍니다."

"예, 사장님. 최고의 무대, 최고의 오디션! 저희 샤이닝이 아니면 그 어디서 만들 수 있겠습니까! 하하하하! 맡겨만 주시면 최선을 다해 최상의 오디션을 보여드리겠습니다!"

힘차게 소리치는 최 실장의 모습 뒤로 태의 얼굴에 웃음이 걸렸다. 누구보다도 문화 강국을 원했다. 스스로가 웃으며 티브이를 볼 수 없었기에 더 그랬는지도 모른다.

연예 기획사.

그것은 인터넷과 티브이를 좋아했던 본연의 성격이 낳은 무엇보다 즐거운 일이었다.

*　　　　*　　　　*

시커먼 어둠 속.

한 치 앞도 보이지 그 속에서 태는 뜨겁게 끈적거리는 무언가를 느꼈다.

'살려줘……!'

머릿속을 파고드는 강렬한 염원이 가슴에 메아리쳤다. 가슴이 저리고 마음이 찢겨 나간다.

환청과도 같은 목소리에 담긴 염원이 그토록 괴로운 것일까?

꾸역꾸역 밀려 나오는 짙은 어둠 속에서 태는 그렇게 들려오는 목소리를 향해 걷고 또 걸었다. 마음을 찢는 염원을 찾기 위해 태는 그렇게 짙은 어둠 속을 걸어나갈 수밖에 없었다.

　순간,

　"…헉!"

　숨이 턱 막히는 기분과 함께 따가운 빛이 두 눈을 찔렀다.

　아침.

　익숙하지 않은 한낮의 태양이 활짝 쳐진 커튼 사이로 새어 들어왔다.

　"도대체… 무슨……?"

　재깍재깍, 돌아가는 탁상시계의 초침이 무거운 머리를 두드린다. 땀에 흠뻑 젖을 만큼 괴로운 악몽이었지만 머릿속에 기억나는 것은 아무것도 없다. 깨끗하게 포맷된 피씨의 하드디스크처럼 태는 아무것도 기억나지 않는 꿈의 잔재를 털어내며 이마로 흐른 땀을 쓸어 닦았다.

　띠이—

　"보스, 일어나셨습니까?"

　"음……?"

　"저, 제퍼슨입니다. 들어가도 되겠습니까?"

　딱딱한 기계음으로 걸러져 울리는 스피커폰으로 고개가 돌아섰다. 잡음이 섞여 있긴 하지만 제퍼슨의 목소리가 분명했다.

　"아아, 그래. 문을 열어둘 테니 들어와서 기다려 주겠어?

지금 일어나서 머리가 무겁군. 세수라도 하고 올 테니 차라도 들고 있어."

"아, 예, 보스. 그럼 들어가겠습니다."

깍듯한 제퍼슨의 목소리에 태는 피식 웃음 지으며 도어 락을 풀고 욕실로 향했다. 어떤 느낌이었는지조차 기억나지 않는 꿈은 그렇게 머릿속에서 완전히 지워졌다.

쏴아아―

귓가를 울리는 시원한 물줄기 소리와 함께 세면대 위로 차가운 물이 빠르게 차올랐다. 땀에 젖은 손을 넣어 슬쩍 차가움을 가늠해 보고는 더 잴 것 없이 무거워진 머리를 물속으로 들이밀었다.

사악―

손오공의 머리에 씌워진 금강고처럼 머리를 꽉 조이고 있던 무언가가 천천히 풀려 나간다. 언제나 그랬듯 차가운 물은 그렇게 온몸을 타고 퍼져 나가 무겁게 꽉차 있던 머릿속을 깨끗하게 씻어주었다.

"오래 기다렸지?"

젖은 얼굴을 닦으며 욕실을 나서는 태가 말했다.

"아닙니다, 보스. 말없이 불쑥 찾아온 제가 잘못한 것을요. 그런데 지금 이 시각에 일어나시다니 간밤에 일이 꽤 많았던 모양이지요?"

"아아, 그런 것 같진 않은데… 뭐랄까. 생활 리듬의 변화에 몸이 적응하느라 그런 모양이야. 가끔은 그리 굴리지 않는 몸과 머리지만 쉬어줄 때가 필요한 것이니까.”

“하하! 어디 가서 그런 말씀 하시지 마십시오. 보스를 아는 사람들이라면 그 말에 화를 낼지도 모릅니다. 보스가 머리를 쓰지 않으신다니요. 농담치고는 조금 얄미운데요?”

“후, 농담이 아닌데 말이지. 그래, 무슨 일로 이렇게 말도 없이 찾아온 거야? 무슨 또 좋은 일이라도 생겼나?”

물기를 닦은 수건을 의자 위로 던져 둔 채 태는 홍차를 홀짝이는 제퍼슨의 앞으로 다가섰다.

“퍼스트 플러쉬 다즐링(First Flush Darjeeling)인가요? 차 맛이 좋군요.”

“그냥 이름도 모를 싸구려 홍차야. 그러니 말 돌리지 말고 바로 말해. 나 오늘 늦었어. 방금 전에 일어났다고.”

“흐음, 매사 바쁘게 살 필요는 없는 법이죠. 늦게 일어난 것도 흔치 않은데 오늘 하루는 쉬시는 편이… 낫지 않겠네요. 하하!”

제퍼슨은 웃으며 농을 건네다 와락 구겨지는 태의 표정을 보고는 바로 말을 접었다.

“하고 있는 일이 내가 빠져도 잘 돌아간다면 그리하겠지만, 지금은 그렇지 않아. 벌여놓은 일을 수습하기에도 바쁜 시점이라고. 다른 일들이야 내가 눈을 감고 있어도 척척 일을 풀어내는 자네들과 함께했지만 이번 일은 아니야. 아직 다듬어야 할 게 많은 곳이라고, 그곳은."

"쩝, 그렇습니까? 휴, 하긴 연예 기획사라는 것이 쉬운 일은 아니지요. 더욱이 범국민적인 열풍을 몰고 온 프로그램을 맡고 있는 곳이니 고충이 크시겠지요. 그럼 잔말은 쏙 빼고 본론만 잽싸게 말하겠습니다. 얼마 전 한국 대표팀에서 친선 경기에 대한 섭외가 들어왔습니다. 리그도 끝났고, 구단주이신 보스의 모국이기도 해서 감독이 친선 경기를 긍정적으로 생각하고 있는 모양입니다."

"친선 경기라고?"

제퍼슨은 되묻는 태의 모습에 고개를 끄덕이며 답했다.

"예. 곧 월드컵도 있고, 앞으로 첼시의 경기가 빠짐없이 방송되기도 할 테니 선수들 역시 긍정적으로 생각하고 있는 모양입니다. 타국이라 할지라도 주가가 올라가는 것은 그들에게도 나쁘지 않은 일일 테니까요."

"그렇군. 나쁠 것이 없는 일이라면 진행하도록 해. 물론 그에 따른 절차 서류는 차후 팩스로라도 올려두도록 하고 말이야."

"예, 보스. 그렇게 하겠습니다."

태는 깍듯이 고개 숙여 말하는 제퍼슨을 보며 휙 몸을 돌렸다. 늦은 하루다. 지금이라도 빨리 옷을 챙겨 입고 나서지 않으면 다시금 따가운 직원들의 눈초리에 시달려야 할지도 모른다.

"아, 저, 보스. 이야기할 게 아직 하나 더 남았는데요?"

"하나 더?"

제퍼슨은 얼굴을 찡그리며 돌아서는 태를 보며 어색한 웃음을 지어 보였다. 시간을 끌며 느긋하게 말했던 전의 일이 쿡 가슴에 찔렸기 때문이다.

"다른 게 아니라 감독과 스카우터가 한국인 선수 한 명을 스카웃할 것을 제안해 와서 말입니다. 되도록 빠른 답을 듣고 싶다고 해서 이렇게 불쑥 찾아오게 된 겁니다."

"한국인 선수?"

태는 말없이 고개를 끄덕이는 제퍼슨을 보며 전날 밤 걸어 놓은 셔츠를 끌러 입었다.

언제부터였을까. 한때는 미친 듯 열광했던 축구의 결과가 팀의 이름만 보아도 알 수 있게 된 뒤였을까?

기억 속에 남아 있는 선수들의 이름을 뇌까려 보다 작게 고개를 흔들었다.

"누군지 감을 못 잡겠군. 한국에 첼시의 스카우터와 감독이 탐낼 정도로 뛰어난 선수가 있던가? 요즘 통 한국 축구에 관심을 두지 않아서인지 잘 모르겠군. 그래 누구지, 그 선수가?"

"자국 축구도 모르시면서 그 큰 구단을 인수하셨습니까? 왜, 지난번 월드컵에서 크게 활약한 선수 있지 않습니까. 박지성이던가요? 정말 인상 깊은 플레이를 남긴 선수였는데 모르세요?"

"아, 박 선수!"

제퍼슨은 단추를 잠그며 말하는 태의 모습에 어깨를 으쓱하며 웃었다.

"물론 실력은 아직 빅 리그에 통할 것이다, 아니다 이야기가 많지만 잠재력이 있는 선수고, 차후 빅 리그에서 배우고 늘어갈 것이라 믿습니다. 게다가 자국 내 인지도와 이미지 등에서도 그렇게 좋은 선수는 흔치 않거든요."

"그런가? 하긴, 스포츠에서 조금 멀어져 있는 나 역시 박 선수는 좋아하니까. 노력파랄까? 사람 씹어대기 좋아하는 신문 기사에서조차 박 선수의 악평이 쏟아진 적이 한 번도 없으니 그 정도면 훌륭하지. 기량에 대해서는 전문가들인 그들이 판단했을 테니 영입에 대해서는 Ok, 찬성이야."

"오우, 그럼 저는 이대로 가서 몸값과 세부 내용을 산출해서 올리도록 하겠습니다. 늦은 하루, 무리하지 마시고 편안하게 보내시길……."

"아, 그래, 고마워. 서류는 오늘 안으로 정리가 가능하겠지?"

"예, 보스. 그럼 바이."

후루룩, 잔에 남은 홍차를 털어 마신 제퍼슨의 걸음이 문밖으로 향했다. 짧지만 꼭 필요했던 그의 허락을 얻었으니 더는 걸음을 지체할 필요가 없다.

“왠지… 일이 많은 날이 될 것 같군.”

‘쿵’ 하고 닫히는 문을 바라보는 태의 어깨가 작게 으쓱했다.

To be continued…

못할게 뭐 있어?!
다세포소녀
즐기면서 사는 고딩들의
Fun뻔하고
Sex시한 로맨스
〈정사〉〈스캔들〉
이재용 감독
김옥빈·박진우·이켠·유건·김별·이민혁·이용주·남호정·박혜원·이은성·이원종·임예진·박용식·이재용·김수미
2006년 8월
문제적 고딩들이 온다!

초등학생이 반드시 읽어야 할 좋은 책 49권

각 학년별로 초등학생이 반드시 읽어야할 좋은 책을 선정하여 통합논술의 기본이 되는 '올바른 독서법'을 일깨워 줍니다.

교과서와 함께하는
초등학교 통합논술

초등1학년 | 값 12,000원 / 초등2학년 | 값 9,500원 / 초등3학년 | 값 11,000원 / 초등4학년 | 값 9,500원 / 초등5학년 | 값 9,500원 / 초등6학년 | 값 11,000원

♣ 혼자 할 수 있어요.

엄마가 책 읽는 방법을 가르쳐 주어도 좋아요.
독서지도하는 선생님이 가르쳐 주어도 좋답니다.
"초등 교과서와 함께하는 통합논술 시리즈"는
아이 스스로 독서할 수 있도록 꾸며진 책이에요.
엄마와 선생님은 요령만 가르쳐 주시면 된답니다.

♣ 교과서의 중요한 내용이 총정리되어 있어요.

각 학년별로 중요한 교과 내용이 함께 수록되어 있어요.
초등학생은 교과서 내용을 충실하게 공부해야 합니다.
아울러 그와 병행한 독서가 대단히 중요하지요.
"초등 교과서와 함께하는 통합논술 시리즈"는
두 가지 방법 모두 알려준답니다.

♣ 이 책은 훌륭하신 선생님들이 함께 쓰신 책이랍니다.

동화작가 선생님들이 쓰셨어요. 소설가 선생님도 쓰셨답니다.
국어 논술독서지도 선생님들도 함께 쓰셨지요.
"초등 교과서와 함께하는 통합논술 시리즈"는
엄마의 마음으로 모든 선생님들이 함께 꾸민 책이랍니다.

입소문을 통해 아는 분은 다 알고 계십니다!
올 한해 공인중개사 최고의 화제작!

수험생 기본 필독서
만화 공인중개사

제목 : 만화공인중개사 쓰신 분에게 감사드립니다.

학원을 두달 다녔어요. 근데 과연 그 숫자 외우기 그렇게 몇 문제나 나올까 생각을 했어요. 아니라는 생각이 드네요. 학원강의를 뒤로 하고 서점을 갔어요. 내 머리에 가장 이해될 수 있는 책이 없나 하구요. 거기서 만화를 발견했어요. 무조건 세번 봤어요. 3개월 걸렸어요. 문제집을 보라고 했는데 그건 시행을 못했어요. 근데 합격을 했네요.

어떻게 감사의 말을 해야 될지…

도서관에서 만화책 들고 다니니까 사람들이 비웃더라구요. 만화책으로 공인중개사를 공부한다고 미친사람 처럼 보더라구요. 근데 그거 다 감수하고 했던 내가 자랑스럽습니다.

어떻게 감사의 말을 해야 할지 정말 감사합니다.

부디 행복하세요. 제 나이 41살에 좋은 스승을 만난 거 같습니다.

엎드려 감사드립니다.

-본사 홈페이지에 독자분이 올린 메일 中 에서 발췌-

'다세포 소녀'는 '무쓸모 고등학교'를 배경으로
'뽀샤시한' 순정만화 주인공 같은 외모의
남녀 고교생들이 펼치는 엽기적이고 황당한 내용과
성(性)에 관한 발칙한 상상력을 보여주면서
네티즌들로부터 폭발적인 반응을 얻고 있다.
"제 또래들과 함께 나누고 싶은 성,
사회 문제 등을 짚어보고 싶었다"는 작가의 변에서
볼수 있듯 만화 속 이야기의 절반가량은
주변에서 전해 들은 '실화'를 참고했다.
작품에서 보여지는 비꼬는 패러디와
냉소적인 유머에서 삶에 대한 진지한 성찰이
엿보이는 것은 그 때문이 아닐까!
300만 네티즌을 열광시킨
상식을 뒤엎는 엉뚱한 만화 세계!!
다가오는 2006년 7월
무더위를 한방에 날려 줄 발칙한 상상력!
DASEPO
girl
다세포 소녀
인터넷 원작
만화 출판!!
도서출판
청어람